当代作家精品
散文卷

主编 凌翔

从长安出发

杨莹 著

民主与建设出版社
·北京·

© 民主与建设出版社，2021

图书在版编目（CIP）数据

从长安出发 / 杨莹著 . —北京：民主与建设出版社，2021.6
　ISBN 978-7-5139-3511-1

　Ⅰ. ①从… Ⅱ. ①杨… Ⅲ. ①散文集—中国—当代 Ⅳ. ① I267

　中国版本图书馆 CIP 数据核字（2021）第 077702 号

从长安出发
CONG CHANG'AN CHUFA

著　　者	杨　莹
责任编辑	周佩芳
封面设计	陈　姝
出版发行	民主与建设出版社有限责任公司
电　　话	（010）59417747　59419778
社　　址	北京市海淀区西三环中路 10 号望海楼 E 座 7 层
邮　　编	100142
印　　刷	河北信德印刷有限公司
版　　次	2021 年 7 月第 1 版
印　　次	2021 年 7 月第 1 次印刷
开　　本	710 毫米 ×1000 毫米　1/16
印　　张	19
字　　数	270 千字
书　　号	ISBN 978-7-5139-3511-1
定　　价	69.80 元

注：如有印、装质量问题，请与出版社联系。

卷首语

醉长安
杨莹

酒，是诗的灵魂
诗，是酒的醉花

昔日的长安人，一端杯就想起李白
今日的长安人，一喝酒就唱起秦腔

喝一口老酒，品尝着李太白的韵味
走一条古街，倾听着古风里的段章

拉近我目光的是那坛与坛之间的距离
醉倒了神韵的是那唱与腔之间的激昂

诗花，羊肉泡，肉夹馍，老酒
钟楼，大雁塔，大明宫，城墙

那个穿长衫的小二，满目春风，穿越时光
那个品老酒的长者，一脸沉醉，历经沧桑

车水马龙的闹市，浮光掠影
鳞次栉比的店铺，满目琳琅

昨日，那酒楼焕彩，财源兴旺
今日，那婚宴鼎盛，秦声飞扬

酒，在岁月长河里流淌，演绎着千年不变的性格
诗，在文明进程中升华，记录着长安永恒的辉煌

梦里归真，我神游秦川，手拎一只空坛
醉里溯源，你手舞凤香，携来一瓶陈酿

昨日的古城巷，聆听着丝路上的驼铃
今日的古城墙，晃动着塞外的风光

薪火在传承，三千年的城市，已融入国际
历史在连接，两千年的古都，又健步起航

民族复兴的夙愿，在古城心里
现代都市的气息，在古城激荡

长安城的街头，飘着唐诗秦韵
长安人的心里，装着梦回大唐

散文女子——杨莹散文集序

雷抒雁

　　杨莹要出版散文集，希望我能写点什么。和杨莹熟识，一因她是陕西文友；二因她是报刊编辑，有一年高考，她硬逼我和应考生同在半个小时里写出一篇作文，事后想想，残忍得很；三因她还是我在鲁迅文学院里的学生。其实这一切也都只是肤浅的认识。贾平凹甚少夸奖哪个女子，偏偏我从他嘴里不止一次听到了他夸杨莹多么聪慧有才气、多么和善。

　　杨莹的聪明自不用说。杨莹又当编辑又当记者，又写诗歌又写散文，诗集散文集先后出版了多本。如今，她又尝试画画、写小说。在西安写字画画，这似乎并不为奇，作家当书法家、画家的大有人在，杨莹自不例外，她的画作与雷涛的书法都赫然悬在陕西作家网的首页上。让人不能不惊叹才女的才艺。如果和杨莹作一路同行，她的歌喉还会一展惊耳哩。

　　杨莹在文章里自诩有些"小资"。这在我辈老朽看来确乎如此，不知小她一些的晚辈如何看。她很注意打理自己的"羽毛"，衣饰总是彩色纷呈，但又不以怪异刺人眼目。她在一次参加西北电网的笔会时，不慎摔伤了臂膀，我看她眼里总布满了一些深深的忧愁伤感。我问她疼吗？她说疼

03

倒不厉害了，只是担心落下后遗症，不能恢复原样了。"如果最后像周恩来的手臂那样怎么办？"她竟如此说。我原以为，她会骄傲自己向维纳斯靠近一步了。

杨莹说话有时像孩子。清浅、直白，逻辑甚至有些断裂，使她都以为深刻，这反差，使她越发显得可爱，至少在现在这个年龄是如此。

杨莹写了大量散文，其中在国外旅游的占了很大部分，我建议她别将此类收入散文集，如今"游客作家"多，"到此一游"的作品也多起来，最为出版社和读者所头疼。她听了我的劝告只收了这些写生活写情致的作品。

这部集子的作品，很见作者的才情，杨莹毕竟是位女子，女性的细致温婉，在她的作品处处可见。

雪花飘落，常见之景，自古至今，不知有多少人写过。杨莹在《雪花赋》中却为雪花的即生即死动了伤感，面对雪花竟动起灵魂追问：你就这样活着？还是就这样死去？又一个哈姆莱特。如此轻盈的雪花一落地却溅起如此沉重的回响。原来，雪花的洒脱、自由、无羁正是她心灵深处苦苦追求而不得的梦想。

她行走在飘飘的大雪中，迷茫在茫茫的雪野里，却又冷静地对雪的思考中。类似的思考在《烟花》一文中也有体现。杨莹能从这短暂即生即逝的景致里，或一聚一散的烟花爆放里，感慨人生，追寻人生的意义与价值。瞬间的醒悟，原是诗人的功力，杨莹以诗为文，增强了她文章的超然。

杨莹还喜欢以议论为文。在《浪漫》里，她从方方面面谈了对"浪漫"的理解。我认为那些文字的后面，藏着一颗欲吐还含的自己的浪漫情怀。例如说到婚姻，必得是两个人一起浪漫，只一个浪漫也不行，这就有些难为人了。她甚至以为"浪漫的人往往没有邪念"。似乎也只看到了一些表象。但不管怎么说，她喜欢浪漫，追求浪漫，便是一种浪漫情怀，是一种生活方式。

杨莹生活着，追求着，思索着，书写着，不甘心做一个俗女子，很好！那就继续她的浪漫人生，当一个诗歌女子，散文女子。以一个好人的姿态，把好的文章留在这个世上。

目　录

家住雁塔之南　001
等候灵魂跟上来　005
初恋清水似瑶池　011
欧洲笔记（节选）　017
文学依然神圣　026
童年记忆　032
花自书香来　045
雪花赋　051
守着母亲　056
烟花　060
浪漫　066

写给我的两个孩子　069
抓周记　072
小巷深处　076
看莲要趁早　086
说幸福　088
草在绿着，我知道　093
美丽的野山　095
休憩南山　098
找不着　102
乾坤湾记　109

学一首陕南民歌回去　120
庐山七日　125
老城记　149
随孙见喜先生去商洛　156
老爷山上漫花儿　161
社火　171
台湾笔记（节选）　180
俄罗斯笔记（节选）　187
怅然沈园　225
人间四月天　231
画乡古韵　242
走过冰天雪地　248
在路上　258
怀念一位台湾诗人　262
为了梦中的橄榄树　266
一半，一半　275
谁能说：我和那悲伤无关？　278

附录：

我看杨莹散文／贾平凹　286

品人生之茗　得思辨况味
——读杨莹散文随感／石英　289

人生途中的女性心态图
——评杨莹散文的艺术追求／大可　292

逼近那个真正富有的成熟／沈奇　295

家住雁塔之南

我家住古城西安大雁塔之南，家里北窗正对着大雁塔，在天气晴朗的早晨，透过北窗便可望见林荫道尽头已染上瑰丽之色的大雁塔。心烦时，望一眼雁塔，心就会很快踏实、沉静下来，背靠终南山、面向大都市的大雁塔是那么富有底蕴，彰显着北方的雄伟浑厚，又散发出宁谧、柔美及深厚古韵的魅力。

大雁塔位于曲江池西侧，是曲江池风景区最为壮观的建筑。曲江与长安区相连，此处曾是唐朝的郊外，如今脚踩着的这片土地，与唐时的土地之间没有隔土层，难怪我时常恍惚走在唐时的土地上，仿佛正要和朋友们一起，如唐代人那样到曲江池游玩，登上大雁塔，在塔顶一览长安的壮丽景色，诵诗抒发情怀——"叠叠燕台迷蓟羯，层层雁塔却幽州。汴梁已有兴邦志，为爱东楼难得收。"（北宋·蔡權:《登慈恩寺雁塔怀汴京》）"河汉西流秋夜长，登临高塔思茫茫。谁将笛怨吹衰柳，况复砧声杂细螀。太液光浮龙塞月，曲江寒带雁门霜。愁来此际知多少，思妇羁人总断肠。"（清·秦定远：《秋夜登慈恩寺塔》）只是如今再登上大雁塔，看到很多高于大雁塔高的建筑，再难抒发那样的情怀。

早在大雁塔建成初期，时为太子的李治就率百官亲临赋诗，当上皇帝后，又亲谒慈恩寺赋诗一首，诗云："日宫开万仞，月殿耸千寻。花盖飞团影，幡虹曳曲阴。"唐中宗时，招纳文人雅士随驾游宴，其中每年九月九重阳节，皇帝都要亲临慈恩寺登高远眺，吟诗作赋，学士们则纷纷唱和，雁塔诗会一时蔚然成风。公元752年秋，杜甫与岑参、高适、薛据、储光羲相约同登大雁塔，凭栏远眺触景生情，每人赋五言长诗一首，流传千古不衰。

大雁塔记载的不仅仅是唐朝玄奘法师西天取经和译经的不凡经历，也不仅仅是诉说着一个个脍炙人口的动人故事，更铭刻了中国历史上的一段繁华和大唐盛世的美好回忆。如今，这座丰碑仍然高大笔直地矗立在这片古老的土地上，承载着这座古老都城千百年来的悠久历史，见证了它的喜怒哀乐，繁华与衰落。雁塔南广场步行街上的那些雕塑记录了这些。

坐落在大慈恩寺内的大雁塔和位于西安南门外荐福寺内的小雁塔为唐代长安留存至今的两处标志性建筑，它们被视为古都西安和陕西省的象征，五年前入选世界文化遗产名录。塔寺内保存有一口重达一万多公斤的金代明昌三年铸造的巨大铁钟，钟声洪亮，雁塔晨钟由此闻名，从而被誉为关中八大景之一，也因此令大小雁塔名扬天下，成为极负盛名的旅游胜地。此时，仿佛听到那渐渐远逝的晨钟之声……它早已驻留在人们的心里及潜意识里。

如今，雁塔晨钟依然作为长安八景常常被人提起，大雁塔气势恢宏的夜景，更让大雁塔以现代都市形象出现在人们面前。曾经的那片田野，现已是繁华地带，凸显大唐气象。如画的风景，别致的风情，与众不同的浪漫，尤其是"西安年，最中国"活动，更让它作为现代大都市的形象而闻名于世界，成为国家文化软实力担当，丰富的文化资源使大雁塔迎来旅游高峰。国际马拉松比赛把这里选为跑道的一部分，越来越多的游客把大雁塔作为旅游必经之地。

无论是走在人头攒动的步行街上，还是雁塔脚下的喷泉广场，都会不由自主地以现代审美情趣去重新审视大雁塔的美，用现代元素提现大雁塔和传统文化的美，使大雁塔与大唐芙蓉园、大唐通易坊、曲江新区等共同组成了规模宏大气势磅礴的大唐文化主题区域。

以前，游览大雁塔的人，一般只登大雁塔去一下慈恩寺，而如今，没人会舍下广场，哪怕随便在广场走走，都是一种享受。大雁塔广场不仅是全国最好的广场之一，更是全国最重要的唐文化广场，是亚洲雕塑规模最大的广场，是西安曲江大唐文化主题区域的重要组成部分，同时也是亚洲最大的矩阵喷泉广场，它以大雁塔为南北中心轴，分成九级，由南向北逐步拾级形成对大雁塔膜拜的形式，山门及柱塔作为大雁塔北路与广场轴线之转接点，由水景喷泉、文化广场、园林景观、文化长廊和旅游商贸设施组成。音乐与喷泉共舞，共同描绘线条之美、色彩之美、律动之美、人性之美，音乐喷泉规模宏大，流光溢彩，美轮美奂。广场内有两个百米长的群雕，有一组大型人物雕塑，有四十块地景浮雕，拥有中国最著名的音乐喷泉，那是邀请国内著名作曲家量身定做的"水韵雁塔舞动西安"系列，由独白、独唱、合唱、轻音乐四部分组成，其中还有诗歌朗诵部分，包括序曲和"花绽芙蓉""水润古城""梦萦丝路""春满长安"等四个篇章。款款曲调各有特色，时而慷慨激昂、时而灵动婉转、时而深沉厚重、时而谐趣俏皮。

距今已有上千年历史的大雁塔，古朴而有韵味的标志性景点，如今，它的周围有风景秀丽的街道和蜿蜒的小径，透过每一条小径，透过每一个树枝，透过春夏秋冬，去看大雁塔，都有着不同的韵味。这里有中国最美、最特别的夜景，这里的每个建筑、每个角落，都涌动着艺术元素、环保元素，变得国际化、洋气和时尚，灯链、洋房、小店，鳞次栉比，既是现代化的都市，又具有古色古香的特色。如今，这一切，都与大雁塔以及与大雁塔遥遥相对的曲江池，连为一体，周围不仅有高楼，还有蓝天绿地和湖水。

夏日的傍晚，在大雁塔周围散步，是一种享受，似乎更能感受到大雁塔的华美和繁华。这里的夜晚，美得让人心醉，到处是鲜花和笑脸，到处透着生活的气息。由于这个广场保持最清洁，拥有世界上首家直引水，拥有世界上很多之最——最豪华的绿化无接触式卫生间、最多坐凳、最长光带、最大规模的音响组合等，所以，这里原先是要收门票的，如今免费开放，游客转累了，随时可坐在旁边休息，自己想停留多久就多久，那些唐人雕像，可随时带你梦回大唐。边走边从不同角度去欣赏眼前的现存最早、最壮观的唐代四方楼阁式砖塔，仿西域佛塔的形而制的大雁塔。望着身旁的一组组大型雕塑和地景浮雕，怎能不联想到伟大的唐朝和唐朝伟大的诗人们，以及明清时期的那些"明题雁塔，天地间第一流人，第一等事也"之类的题名碑，怎能不想起唐代的新进士及第后，大唐天子赐宴于杏园，在曲江聚会饮酒，在慈恩塔下题名等风俗活动，那就是人们常说的曲江流饮和雁塔题名，可见，大雁塔本身就是历史与传统的浓缩象征，是历史生命文化的象征，大雁塔的文化地位，决定了它成为历代文人墨客歌咏对象的必然性。大雁塔里镶嵌着唐太宗李世民撰《大唐三藏圣教序》碑和唐高宗李治撰的《述三藏圣教序记》碑，均为唐代著名书法家褚遂良书写。碑文高度赞扬了玄奘法师西天取经、弘扬佛法的历史功绩和非凡精神。碑文属传世珍贵书法碑刻，唐代碑刻中的精品，是研究唐代书法、绘画、雕刻艺术的重要文物。

一场场音乐会和灯光秀，似盛世里的一场场集市或盛会，与早已传响世界的雁塔晨钟相呼应，可谓完美。不是有人说，不到大雁塔不算来了西安呢。

人们或在欣赏音乐，或品着美味小吃，感受着夕阳中的雁塔之美。大雁塔周围，尤其是大唐不夜城，营造出一种氛围，感到大雁塔就是这个古老城市的灵魂，华丽的灯光美轮美奂，带给大雁塔的夜色之美，让这座城市兼具现代感和历史感，无论历经多少沧桑岁月，大雁塔依旧是西安的魂魄。

等候灵魂跟上来

　　一段时间以来，热情被庸俗消磨殆尽，我的思想和我的脚步，不断从长安出发，远离自己的城市，离开我繁华的故地，只为丢开眼前不喜欢的人和事，寻找自己梦中的橄榄树，寻找自己喜欢的生活方式。这段时间里，我一直在我生活居住的城市以外的大地上四处奔走，为的是记录那些现在还能打动我内心的有诗意栖居的地方，那些地方带给我的感动和感悟与思考常常无法用语言来形容，我执拗地选择了自己的理想，并忠诚地按照自己的人生理想不断进行"再选择"和生活，一个又一个新的痛苦不断产生，一个太过感性、外界一刺激自己就感伤的人，又能怪谁呢？面对社会现实带给我精神上的忧伤，只有默默承受，心，却不由自主地一次次瘫痪。心若没有憩息，到哪里都是流浪，无论走到哪里，都无法战胜自己。就这样带着一个不平静的灵魂，四处游荡，四处撞击，常常觉得自己像一个梦游者，沉浸在某个梦境里。

　　很多折磨人的东西说不出，却摧残着你的心灵，在你咀嚼那些的时候，当你体会到一些什么而感伤其中的时候，时光已经过去了。这一切又能怨谁，又由得了自己的心吗？一颗瘫痪的心又能写出什么触动人心灵、拨动人心弦的文字呢？凡百事不动心就好了，可是，又怎么可能？其实，谁不呢？那么多的人，虽各自想的不一样，却与自己一样孤独。

有位网友这样说："如果我们走得太快，要停一停等候灵魂跟上来。"左臂骨折休养在家，为减轻骨折后漫长恢复期带给我的烦恼，亦为散心，我再次出来走走。这日，来到了玄奘大师的译经地和圆寂地、佛国之灵山——玉华山，就暂且将它当作我"等候灵魂跟上来"的地方了。

唐代的玉华山是一处皇家避暑胜地，李世民父子营造的玉华宫曾是关中地区最大的避暑行宫。后来，唐高宗废宫为寺。一进玉华山，就感到空气异常清新，和风中鸟鸣若隐若现，松涛林海，清泉飞瀑，禅房花深。人们习惯把玄奘当成唐僧，那是受神话小说《西游记》的影响，唐僧不过是作者塑造出来的一个艺术形象，到了这里，才真切地意识到唐僧是被广泛误读了的玄奘，与现实生活中的玄奘有着本质的区别。取经路上，唐僧有孙悟空等几位能者相帮，现实中的玄奘有几个孙悟空式的徒弟呢？所以，除了被玄奘大师的美德和博学感动，我更感动于他的勇气和他坚毅、勇敢的进取心。玄奘大师十三岁开始，沿着一条路走下去，寂寞的路上，只有他自己给自己做伴，自己给自己鼓劲。他也曾多次遭遇强盗，却从不畏惧。玄奘从阿踰陀国沿着恒河乘船东下，准备到阿耶生穆佉国去，当船行百余里时，突然遭遇一伙盗匪想用仪容伟丽的玄奘来祭祀什么。玄奘面无惧色，在祭坛上镇定自若。忽然黑风四起，河流涌浪。强盗大惊，知道触怒了天神，忙问与玄奘同行的人："和尚从什么地方过来？名字是什么？"同行人回答说："这是从中国远来求法的僧人玄奘，你们如果杀了他，恐怕有无量的罪孽。这般天象，也分明是天神震怒。"强盗们当即扔掉劫具凶器，归还了玄奘等人的衣资，顶礼辞去。玄奘的修行不是形式主义的修行，而是处于高层次的，那么，他所经历的磨难又何止"九九八十一难"，所以，现实中，玄奘只有一个，大大小小的"唐僧"却有无数，哪个不得有"九九八十一难"呢。

玉华寺初名仁智宫，始建于公元624年，是唐王朝抵御北方突厥族的进攻，护卫京城长安安全的军事指挥中心。贞观二十一年（公元647年），唐太宗李世民扩修仁智宫，形成"十殿五门"的宏大规模，并更名为玉华宫。太宗在此避暑、理政达八个月之久，并于6月召玄奘法师来玉华宫避暑，阅览玄奘新译佛经《瑜伽师地论》，并为之作序，即《大唐三藏圣教序》。公元651年，唐高宗敕废玉华宫为玉华寺。当年玄奘法师在玉华寺译经期间，理佛、居住和生活皆在肃成院内，肃成院即玉华寺时期的肃成殿。译经之余，法师在这里开凿石窟，雕造佛像，日夕供养，虔心礼佛，进行了大量的佛事活动。拾阶而上，走进肃成院遗址，在青草间仍可寻见当初石阶，站在大殿遗址的中央，我只是疑惑，那石窟里并无精美的雕像，如今，它们为何就全部风化掉或被人为破坏掉了而一丝无存。不过，望着院后空空的石窟，才会感觉到玄奘大师他曾在这里真实地生活过。玄奘在翻译《大般若经》后曾动情地说："吾来玉华，本缘般若。"玄奘法师在玉华寺是他一生译经最好的时期。佛门中修心的最著名的经典就是记录释迦牟尼佛向其舍利子讲述观世音菩萨是怎样修心的，以及修心后的成果的《般若波罗蜜多心经》，而佛经中最大的一部六百卷《大般若经》就是在玉华寺译成的。公元659年到公元664年，玄奘法师奉敕来此设立译场，带病译经四年，翻译佛经，与其弟子窥基同创佛教法相宗，并在此传道、授业、解惑、释疑，使玉华寺成为法相宗祖庭和中外佛教文化交流的中心。

石窟门前有一条小水渠，这就是有名的"渡渠伤胫处"了。当年，这水渠上面并无今日这一层玻璃罩遮挡，即便今日，我们这些人都很难一步跨过。望着它，我想象着当年的情景，麟德元年正月初九（2月5日）傍晚，玄奘法师已是六十多岁的老人了，他去院后石窟礼佛，就在经过这个小水渠时不慎跌倒，伤及胫骨。那个时代，老人一旦骨折了就意味着将要老去。玄奘法师被门人抬回寝室，后在此圆寂，玄奘法师在玉华寺度过了他生命的最后四年。玄奘圆寂肃成院内，玉华寺因而成为中国佛教名圣寺，世界的又一处佛门圣地。我们能随时来此静心净心，多么方便，多么幸运，今日我们心中抛弃杂乱，因为来到这里就变得宁静起来。

时常，我们并不快乐，于是，我们便不由自主地开始思考一个问题：人活着的意义究竟是什么，又是为什么活着？人活着究竟要干什么？

有人说：挣钱，很好地活着。

然而，一些人有了足够的钱后仍不快乐，他们并不能很好地活着。那么，怎样才能快乐呢？事实是，很多时候，很多事情，我们并不需花钱，我也并不需要你们想的那么多钱啊。

那么，是需要时间？因为一旦忙起来，我们就没了花钱的时间。然而，有了时间就不会空虚和无趣，就不会心灵孤独吗？

这次与一些女作家参加一个采风活动来到玉华宫，也是与这里有缘。然而，在此很容易就联想到女子的身份，想到女人一生所受的束缚与烦恼，想到曾在两个不同的作家笔会上听到过两句不同的玩笑话。虽是在不同地方由不同人说出，却有着相同的感觉。一次是在外县的采风活动中，一位男性作家对我说道："你跑到外县来，把老何扔家里这怎么能行？"另一次在市内的座谈会上，中间休息时一位男性诗人用同样口气对我说道："你一天不好好在家里做饭出来活动，你老公没意见吗？"随意的玩笑话也难免会流露出他们男性的优越感。

想每个女子来到这个世上，她们一生所受的看得见看不见的各种有形无形的大大小小的千丝万缕的束缚与烦恼，也不少于"九九八十一种"吧，一生的"取经路"也不亚于唐僧的经历吧。很多女子，默默地承受着那些摆脱不掉的束缚，辛苦一生，也未曾获得"真经"。往往，当她还未体验完那些烦恼的时候，就已经老了。所以我想，今天能"不给丈夫做饭"而"出来者"已是不易，能在心里不断鼓励自己，坚持走到最后并能取到"真经"者，就该算是"女唐僧"了吧。我想。

在太华宫宾馆吃早餐时，与叶广芩、冷梦、刘亚丽坐一个桌，由方舟子聊到假文凭，那假文凭竟然在网上还可以查到，"假作真时真亦假，无为有处有还无"，这是一个比较"悲凉"的话题。依然面对的是社会带给我们的忧伤。记得诺贝尔文学奖得主索尔仁尼琴曾说过:"一个作家的任务,就是要涉及人类心灵和良心的秘密,涉及生与死之间的冲突的秘密,涉及战胜精神痛苦的秘密,涉及那些全人类适用的规律;作家有作家的责任,作家绝不能以事不关己的态度去评论社会和自己的同胞,他应该分担自己的国家和同胞所犯的一切罪孽的后果。"作家有尊重事实的义务和责任,作家有为人类,为人民,为社会,为国家,为自己独立代言之责。因此,文明社会、文明国家,有文化的人,包括作家自己,大家要像尊重世俗权力一样尊重作家的独立话语权,否则,国家就少了一份有生力量,民族就少了一颗良心,公平就少了一颗砝码,正义就少了一份维持力。

曾做过记者的叶广芩说,她很想去办一个假证,看看它究竟会怎样。这意味着,她很有可能自己花钱去那"脏地方"——那些地方未必就让我们看见它的脏,也许它看上去还异常"干净"也说不来——买个假证从而获得素材和体验,似一次记者的暗访,一如她当年学车考驾照后写《学车逸事》(后改编成电影《打左灯,向右行》)那样诞生一部以假文凭为素材的小说——她的小说都有事实依据,从而让那"脏地方"变得干净。一个作家的良知、责任和勇气会令他随时以笔作枪。听了这话,我身上触电般地感到一种精神带来的力量,感觉有了这种精神,就有了一种不可战胜的力量似的。过去文人喜欢做隐士,如今,有了这种精神和力量,我们就可以让自己生活的环境保持洁净,不一定非要披着猩红大氅出家当了和尚,才可落一个"大地一片白茫茫真干净"的世界。若无这种精神,我想,我们即便是躲到天边,也躲不掉那窥探中的污浊的心。

玉华山是一个干净的世界,为了让它继续保持它的宁静和干净,我们未再往深处走去。我知道,只要人到过的地方,真正美丽的鸟儿,就不会再去那里栖息了。

心安才是福。我想,真正的快乐来自内心,生活本身有无穷的乐趣,社会有讲不尽的人生。我想,不管谁,他还是有一点信仰的好。有信仰和没信仰,活着的感觉是不一样的。一个人的目标越大越难实现,来自各方阻力就大，所要承受的压力也就越大，为之付出的代价也就越大，而能接近目标者，往往是那些不畏艰辛坚持到最后的人，哪怕只有他一个。像玄奘一样怀有这样或那样的远大理想，并一生追求自己理想者有很多人，他们一生会遇到各种险阻，却并非每个人都能像玄奘那样始终目标不改。

　　站在这块土地上面，激活了我的思维。想起这段时间，我一直在不断地问自己：究竟是谁让我意气消沉？是谁，让我的心瘫痪？不停地写，不停地删，写写停停。

　　佛说：观自在菩萨是修行"深般若"时，修成了无分别心，故而照见五蕴皆空，从而能度一切苦厄。佛向舍利子讲述，一旦修成无分别心，就会知道："色不异空，空不异色，色即是空，空即是色。"即：想不异空，空不异想，想即是空，空即是想。感觉自己真不该再疲惫地回忆过去，不该再麻木地让心持续瘫痪，该继续保持以往的热情，阳光地生活下去，只一味地去种去播，然后做一棵无声的树，不问收获，任谁捡去果子，我心里也是舒畅而欣慰的。似乎这样活着，才对得起玄奘大师这位世界文化名人曾居住过的长安。

　　今晚，玉华山原生态的小路上，少人走过，我停下来听花的声音，似走进了一个绿色的神秘园。

　　今晚，终于可以睡得安稳些了，心里似乎清净了许多。人生，就像一次孤独的旅行，心情、状态、甘苦、冷暖自知。

　　今晚，玉华宫，天高，云淡，风清，远离尘世的纷扰。是玄奘的美德照亮了我的心，是玄奘受的磨难给了我勇气嘛。在此，我真切地感受到，大师是一位不慕荣利，有理想有抱负之人，他身上那种不屈不挠的"硬骨头精神"和历尽千难万险、百折不挠的奋斗精神，再次将我深深打动。

　　今晚，月亮特别干净、清爽，像印在刚擦干净的玻璃上似的。

　　今晚，我的心，亦难得的如玉华宫的月亮般宁静和明亮，似当年那个月亮照耀了、驱散了心头无名的阴云，给了灵魂游荡的空间，放下烦恼，顿生清静心。八月十五快到了，心里的那轮明月也该升起来了吧。

初恋清水似瑶池

在2019年盛夏到来之际，我应邀到甘肃天水市清水县参加知名作家"写意清水·助力脱贫"采风活动，有幸来到这个气候宜人，至今我见过的最具自然美、极具发展特色的生态县。清水坐落于风景秀丽的山谷中，坐拥青山、河流、绿草，兼具南秀北雄之美，十分纯净的风光向世人展示着它的本真自然，让人一见倾心，第一次来到这里的我就被迷住了。

在独自去往那里的路上，我就领略了它的美。公路两旁绿树成荫，树荫后的山石若隐若现，清澈的蓝天里白云悠悠，迷人的景色很是上镜，随处一拍皆是好图，听不到大城市里的喧嚣，在夏日里更显得静谧、原始和美好，广袤无垠的绿色和数不清的山峦，勾勒出它绝美的风光，像一幅幅令人心醉的油画。

夏日里的人们，不管走到哪里，都喜欢水，海水、湖水、河水、泉水，不管是什么水。当日傍晚，住在这小县城里的汤峪河畔，自然会想到藏匿山谷中的清水温泉，想不到竟是全国名泉之一，山高谷深，满坡披绿，花香鸟语，溪水潺潺，在这十分幽静的环境里泡温泉，自然会有与众不同的感觉，是绝美的小众秘境。

我迷恋于四面环山的干净空气,那摇曳在夏风里的一棵棵樱桃树、花椒树、苹果树……果树本无心,遇树则有情,还有那飘着清香的麦浪和无名的花香,都让我着迷,渐渐地,我就深深迷恋上了这里。

第二天清晨,旭日初升,我从鸟语花香中醒来,从窗户望出去,晨光将整座山染上瑰丽之色,似上帝打翻了放满绿色颜料的巨大调色盘,周围被点染上透亮的绿色,霞光映照,群峰熠熠生辉,晨曦中的花雀在葱茏树木间轻舞,云天流光溢彩,给人一种恍若隔世的感觉。

清水位于甘肃东南,天水东北,渭河上游,南接天水麦积区,北与甘肃天水张家川回族自治县相连,东邻陕西宝鸡,清水的关山村与宝鸡陇县的关山牧场接壤。关山牧场是我所熟悉的,那是中国西北内陆地区唯一的以高山草甸为主体的具有欧式风情的风景名胜区,也是陕西人常去度假的一个地方,难怪清水这么美,难怪我忽而恍惚是在关山牧场,忽而又以为自己到了欧洲,难怪清水被称为"陇上江南"。一切都源于这里优越的地理位置,这里属关陇要冲、陇坂屏障、丝路咽喉,山峦起伏,沟壑纵横,林林总总的林木形成独特的自然景观。以天水麦积山石窟、炳灵寺石窟、嘉峪关长城、敦煌莫高窟、悬泉置、锁阳城、玉门关等七处世界文化遗产为代表的众多不可移动文物,如繁星一样散布在从天水到甘新交界处雅丹魔鬼城的一千六百余公里丝绸之路沿线上,丝绸之路从天水进入甘肃,唐蕃古道也从天水进入甘肃,而且就是清水县所在的关山区域。清水自公元前688年秦武公置邽县至今,已有长达两千七百多年的建县史,是古丝绸之路陇山南路的一个商旅重镇。

身边蜿蜒曲折的牛头河,在这里成为大地母亲绝美的泪痕,唯有亲临这个地方,才能感受到大自然上万年的沉淀。这里不仅有壮丽奇幻的山峰和河岸、河谷,还有细腻的田园风光,仿佛隐藏在人间的神话世界。我忽地意识到,原来,清水离黄帝升天地陕西是这样近、离古长安是这样近,离我是这样近呀!到这里不过一百分钟的动车距离!而心里的距离一下子被拉得更近,有梦境家园的感觉,这座拥有许多文化遗产和古迹的县城，历史如此悠久，灿烂的文化使其底蕴深厚。

我迷恋这里厚重的历史氛围，迷恋那被历史所收藏的远古文明的足迹，始祖文化、先秦文化、汉唐文化、宋（金）元文化等，这里的文化资源在全国名列第五，是中国民间艺术之乡、轩辕文化之乡。

翌日傍晚，看过西秦腔歌舞传奇剧《轩辕大帝》后，不禁想起庄子所云："天地有大美而不言，四时有明法而不议，万物有成理而不说。"自然风光、田园风情和人文艺术，这三者如缺少一个，都算不上是这里独特的美，有了这三者，才有了风韵迷人的天地之大美，才有了景象勾魂的龙脉气象，虽不是大城市那么宏伟壮观，却有着自己平凡而独特的韵味。

丰厚的历史遗存证明了在远古时期清水先民们创造了丰富的物质文化和非物质文化遗产，对弘扬轩辕文化具有重要作用的清水道教音乐，吸收了秦腔眉户戏剧精髓的清水小曲、富有生活情趣的清水跑驴舞蹈，以及轩辕鼓、木人摔跤等非物质文化遗产，与一批重点文物、文化资源一起得到了有效发掘和保护，使五千多年的历史文明在这里世代传承。

"百闻不如一见"，这话就是西汉著名将军赵充国所说，当时汉宣帝问他该如何应对战事，他称自己要实地考察过后才能回答。这次采风在清水县城北一公里处的牛头河北岸一级台地李崖村西，拜谒了民族英雄赵充国墓，他是清水人的骄傲，当时就是他说服了满朝文武接受他"以兵屯田"主张。同时，我在这个墓园里见到了著名的北周书法佳作鲁恭姬造像碑，还有宋（金）墓群。清水是宋金时期砖雕彩绘墓葬的集中出土地之一，所出土的四座宋（金）墓群，每一座墓室既是一处地下艺术宝库，又是研究宋（金）时期社会、生活、经济文化、民俗宗教及建筑的珍贵史料，具有极高的历史、艺术、考古、研究价值，从我看上那彩绘的第一眼起，就迷恋上了，从砖雕彩绘内容可以看出宋（金）文化在此交汇所留下的痕迹，它们此时就被集中保护在清水县出土的这四个宋（金）墓群里。此时我想，与其说清水是一座有着两千七百年深厚历史的古城，不如说是一个被藏起两千七百年的秘境，是私藏在甘肃的"中国第一村"。

清水率先走出了一条具有清水特色的新路子，被交通运输部授予"四好农村路"全国示范县称号，清水县农村公路最近登上了央视中文国际频道，这个隐藏在大山深处的县城惊艳了全国。

我走访了地理位置较为偏僻、道路交通条件差的山门镇旺兴村。村乡亲几代人受够了没有路所带来的痛苦，村支书郭子孝患病的妻子因道路不通而未及时医治而离世，于是他就带着大家伙修路，他们自筹资金，愚公移山似的搬石碎石，从脚下一米一米铺起，他们硬是修出了两条二十多公里的村级公路。很难想象，在那样的情形下，他们是如何坚持下来的？在我的想象中，典型的轩辕子孙就是他的样子吧。当我在清水县山门镇旺兴村村委会门口见到这位村支书郭子孝时，怎么也看不出他是1962年出生的人，不敢相信眼前这位头发花白、满脸皱纹、皮肤黝黑的清瘦老人今年才五十七岁，他不善言谈，只是望着我微笑、握手，质朴得不能再质朴，朴实得没有太多的话语来表达自己，但我从他身上能感受到轩辕故里人民的勤劳、勇敢和智慧，崇敬之情油然而生。

我们走进了一户人家，家中生活着两位七十多岁老人，地上有他们养的家犬，墙角有他们种的鲜花，窗台上有他们采摘来的野生金银花，他们平日有滋有味的日子，可见一斑，幸福指数绝不亚于城里的健康老人。拐弯看见一个院子里编制的篱笆墙真好，我和同行的女作家葛水平、向春都忍不住走过去与篱笆墙合影。主人迎了上来，他们是一对四十岁左右的中年人。望着那打扫干净的院落、堆积的干柴、挂着的苞谷，可以看出主人是多么热爱生活，多么节俭，多么勤劳。我再次叹道：董永和七仙女的生活不过如此吧。人类无论走到哪里，幸福生活都可靠自己的双手获得，勤劳致富，是永恒的真理。

我们一路寻访古村落、古民居等乡村文化资源，我处处感受得到初祖农耕的气息。我所闻到的果香、花香和酒香，就飘在这片古老的土地上。农耕是人类的立身之本，在轩辕故里的清水，我感觉得到农耕文化传承的温度和深邃的内涵。伴随我国现代化文明的飞速发展，传统农业的生产方式、生产工具和农民的生活方式、生活用品等，都已经或正在发生着革命性变革，不难感到，清水人在为世代进步感到高兴的同时，也对渐行渐远的传统农耕文化充满深深的怀念。

当下包围村庄的，不仅仅是浓厚的轩辕文化气息和秀丽的山色，还有现代时尚的思想和经营模式，比如沙棘果业之类的生态园，就是大自然中人造的杰作，是自然之美与现代之美完美的结合。在这里，传统和现代、现代工商业和文化、动感和宁静，都完美地融合在一起。城里人只要有时间和心情，随时就可来这里体验农家生活，在菜园边拍照，在自己认购的果树下采摘。清水四季分明，气候湿润，日照充足，昼夜温差高达十五度，远离污染，果树主要生长在野外，以沙质土壤为主，自然阳光照射，易于果实糖分积累，香气浓郁，饱满多汁，营养价值极高。这一带的花椒早在唐代就被列为贡品，如今更是以它芳香浓郁、麻味纯正、色泽艳丽而享誉中外。生活在青山绿水中依山傍水的清水人，给人类带来了大自然最简单、最本真的农产品。

那晚，我们就住在这个田园诗般的小村镇，村里的氛围宁静而美好，家家门前皆有核桃树和花椒树，看到家养的羊、黑猪和土鸡。饭前，品尝了当地与众不同的薄皮核桃，核桃肉厚、醇香，此时才知，清水也是全国核桃主要的产区之一呢，这当然取决于当地独特的气候条件和地理优势。以为晚饭会是玉米糊糊和饼子之类，没想到在饭桌上吃到的是当地土鸡和炒土鸡蛋、土猪肉。记得在来时的火车站上，一位天水女人听说我要去清水，就告诉我碰到了那儿的黑猪肉一定尝一尝，特别好吃，真的，如她所说。这里的土鸡也得天独厚，养分积累周期长，在自然环境中生长，土鸡肉质紧实，蛋黄大，这个也是真的。

安静的村庄与在四季循环往复中已浅吟低唱了几万年的牛头河互相交织，十分优美，那牧童在日出日落的晨雾、炊烟中走过的美景，令人遐想，我联想到王维《鹿柴》诗句里的景色："空山不见人，但闻人语响。返景入深林，复照青苔上。"村里的人就这样在平静中享受生活，在平淡中品味生活。走访的几户农家生活，几乎都是我所羡慕的，他们浑然不觉地过着诗一般的生活。我甚至羡慕生长在这世外桃源里那棵看似孤独的树，你去或不去，它都站在那里，荡漾着山之静谧，装点着清水的四季，就像一直生活在这里的人们。当我说出了清水的好以后，当地人说，我们在这里生活，以为这里很平常，经你这么一说，才觉出自己是多么幸福！他们这样说时，露出一份自信。他们应该自信，自古以来，无论是帝王将相、文人武士、贩夫走卒，越陇山而至清水，无不高歌浅吟，留下许多逸闻趣事。

　　站在山顶往下面望去，令人心旷神怡，满山梯田和盘山公路，一条条公路在峻岭深处的山谷、半山腰、山顶上蜿蜒，林中的村庄被朝阳唤醒，缥缈的云雾浮在山间翠绿的田野上，如画的风景里，间或出现一些朴实的农舍，宛如仙境。公路与自然景观融为一体的美丽画面，它们扭转交织着爬出山去，与外面的世界连接起来，与新丝绸之路连接起来，与世界握手。

　　古丝绸之路上的清水，深藏的美会被现代人不断发现吗？会的！当我要离开清水，最后从那条美丽的公路上经过，我这样想。再见，清水！我记住了你的模样，清水！你众多美的内容，已深深留在我的记忆里，无疑给我提供一段美好的创作历程，带给我写作的激情和灵感，你是写不尽的，清水！

欧洲笔记（节选）

鸡尾酒

到了巴黎这样的地方，似乎曾经很不浪漫的人，也会变得浪漫起来。我很欣赏一对正在喝卡布奇诺的中国夫妻，以前，也许他们没有时间，也许他们没有心情，也许他们没有想起，但此刻，他们有时间，他们有心情，他们想在这个再合适不过的地方，带着自己营造出的一种浪漫心情，与自己亲密的人一同感受着正宗的欧式咖啡。看来，每一个人的心底，都藏着浪漫情结。

在巴黎，经过豪华优雅的香榭丽舍大街时，我不由自主地想起了曾与两位小资女友说过的话。我们曾信誓旦旦地说："当我们仨白发苍苍的时候，一定要拄着拐杖到香榭丽舍大街上去喝喝咖啡。"这次在巴黎所感受的法国咖啡、法国红酒以及法国香槟，没喝出滋味，无非是鸡尾酒的感觉。

喝咖啡，也要看和谁一起喝，需要一点默契，否则，一些感觉会被破坏。此时，我想到那天在红磨坊看歌舞表演时坐我身旁的一位中国人，我笑了。当时我看见她往醇正的法式香槟里倒果汁，还掏出早餐时装在身上的方糖块等辅助材料，她拿醇正的法式香槟当了鸡尾酒的基酒。我想着那样会甜腻腻的，会有甚爽口的味道？接着，她动作较大地把一个个已被倒空的香槟瓶从冰镇桶中拎出来，殷勤地招呼道："喝完它，别浪费哦！"有点像在家乡喝西凤酒似乎还能倒出"福根儿"来。我原本想感受一下纯粹的西欧风情，至少是生活方式，具体到这样喝东西，可惜被破坏了。可以说，这一切真的没什么，但多少让我有点不舒服，因为真的影响了我当时的感觉，没人说她没品。此时，感觉人和人在一起，真的需要一点默契。

　　离开家乡应该入乡随俗才对，总不能把法国歌舞当秦腔欣赏吧，把凉菜、冻肉与炒菜烩在一起，能吃出什么滋味来？我的确也见过喜欢偷懒把"精密"事情搞得"简单化"，但此时需要简单时，最好什么也别加，就让它保持原来的味道吧，简单而醇正，有什么不好，有人偏偏喜欢把简单的事情搞得复杂，失去醇正的原味。吃羊肉泡馍一定要在陕西最正宗的地方去吃，在陕西喝西凤酒最有滋味，在巴黎，就要喝最醇、最正的法国香槟、法国红酒。

　　人与人只要彼此靠近，就会有感觉，不是他影响你，就是你影响他；不是染上好习惯，就是染上坏习惯。如果互相不想被影响，就需彼此保持距离。当你自己感觉愉快时，就本能地会去尽可能地靠近；感觉不好时也会很自然地拉开距离，渐行渐远。无法拒绝时，只有躲开。当然人都喜欢与自己感觉舒服的人在一起，笨拙也罢，聪明也罢，只要彼此感觉舒服，会临时调和成新鲜的鸡尾酒。但是，不管你是自认为聪明还是自以为愚笨，毕竟是不可调和的两种"酒"。

　　不同的人种，不同的性格，不同的信仰，不同的三观，不同的社会，不同的人生，在一起时自然会调出各式各样的鸡尾酒。

　　坐着来自中国各地的一车中国人，似一大杯以中国人为"基酒"的

"鸡尾酒"。下了大巴车，车里的人散落在欧洲的街道，眼前就成了一大桶以西方人为"基酒"的"鸡尾酒"。

突然地走近，有熟悉，也有太多的陌生，不同肤色、不同民族、不同服饰、不同语言、不同国籍的人；不同行业、不同年龄、过着截然不同生活的人；不同观念、不同个性、不同气质、不同文化程度、不同文化背景、不同文化环境下思考关怀着不同问题的人，因买了这个时间里的门票，可以进到巴黎红磨坊里来，坐在一起，就会有不同的感觉、不同的观点。

人这一生，会在不同的地方，进入各类不同的集体，追求和谐，被放进一个个大大小小形状各异的"杯子"，与不同的人待在一起，会调出一杯杯色彩、味道不同的鸡尾酒。哪怕最终很和谐的夫妻，起初磨合时，也有可能是不可调和的"鸡尾酒"。于是，一对对夫妻，形成了世界上一杯杯丰富多彩的"鸡尾酒"。

两种元素之间不产生任何反应，总比生成恶的反应好。而那些注定不能走近而一直在一起的人们，亦如一杯由不能混合的饮料组合成的鸡尾酒。这个时候，哪怕你是冰块，也会被溶化在各种饮料中，如果你是烈酒，更无例外。不管那鸡尾酒是如何不是滋味，不管你喝多喝少或者滴酒不沾，不管你看惯看不惯高高地抬起大腿，都得保持有风度地坐在那里。等到散场，丢下酒杯，走出这个大门，摘下"鸡尾酒"的五色面具，不让别人尴尬，也不让自己烦恼，蒸发、重新溶进自己的河流里。这样，人生就有了那么多鸡尾酒，也有那么多空的鸡尾酒杯。人生就是这样，或者说，这就是人生。

巴黎的天，好朦胧

如果用女人来形容巴黎，那她是一个既古典又时尚的、有多视角魅力的女人，而且是一个爱哭的女人。有人说，男人要永远感谢在他二十多岁的时候曾经陪在他身边的女人，因为二十多岁的男人处在一生中的最低点，没钱、没事业，而二十多岁的女人却是她最灿烂的时候。但我不觉得巴黎是二十多岁的女人，她是风姿绰约的三十多岁的女人，不是清纯，而是精致的、有味道的，其中一定有红唇的感觉。走在巴黎街头，望着欧洲古典及现代感的建筑物，我联想到香水、口红、披肩，也想起小野丽莎演绎的带着慵懒气质的《玫瑰人生》。

在欧洲人眼里，中国无疑是充满着神秘、魅力和诱惑的，而欧洲的古老文化对于我，也一样透着神秘和诱惑。也许，仅仅是历史课本中得到的一些概念，仅仅是一长串历史人物的名字，仅仅知道他们与某些历史事件、文化背景、古典艺术紧密相连，还有英语课文里带给我的欧洲文化的点点滴滴，它们使我产生一种强烈的想法：将来到欧洲去印证我记忆里一鳞半爪的印象与感觉，清楚当地的沿革。一提到巴黎，我总无法掩饰内心去那里感受阳光的渴望，那是世界上最大的都市之一，一座拥有众多古迹建筑和深厚历史沉淀的世界历史名城，融文化与艺术精华于一身的文化之都，与生俱来的时尚气息吸引着成千上万追求品质的潮流追随者。

走在巴黎怀旧气质的街道里，不自觉地思量着一个城市的文化符号，感受着一个城市的文明与智慧，感受着不同肤色各种形体语言间，同样的人性魅力。在这里，我欣喜地觉得自己与曾在这里生活过的一些我欣赏的人物在精神上有一次小小的邂逅。在这里，不难感觉到来自人性、来自生活的温暖。

拿破仑下令建造凯旋门，他带领士兵奋勇杀敌，最终却兵败滑铁卢，凯旋门建成之初迎接的不是胜利归来的拿破仑，而是躺在棺材中的拿破仑。但，当人们经过凯旋门时，当人们乘坐地铁时，无法不想起拿破仑这个名字，因为法国因拿破仑而改变，欧洲也因拿破仑而改变。所以，法国人很崇拜拿破仑，尽管他只有 1.56 米的身高。虽然，在邻国眼里拿破仑是个侵略者，但在法国人眼里拿破仑却是英雄。在巴黎市中心旺多姆广场矗立着一座铜柱——这是拿破仑一世为纪念奥斯特利茨战役胜利而建立起来的，柱身由缴获的1200门大炮熔铸而成，柱顶塑有手托胜利女神的拿破仑的立像。

著名的蒙柏纳斯大厦，巴黎最高的建筑，整栋大厦高210米，站在它的顶端，可将整个城市的绚丽美景尽收眼底，可以看到被法国人民誉为世界上最美丽的广场——雄伟的协和广场，可以看到埃菲尔铁塔，可以看到宏伟壮丽的凯旋门……

人生的旅途中，无意间经过的某个令你心潮澎湃的地方，往往无法停留。只能是过客，只能匆匆一瞥。此时，接到一个国内朋友的电话，朋友很向往地问我，那里一定很好吧？我仍然报以微笑。因为我实在不能够表达这个"好"字包容的全部意义。这里的发达很好，绿草的纯净也很好。那么，这个"好"字，终究不过是"生活在别处"的普遍观念吧。

神秘的巴黎圣母院

巴黎圣母院，这个曾有小说、电影、音乐剧都以它为名的大教堂，是古老巴黎的象征，是天主教巴黎总教区的主教堂。虽然这是一幢宗教建筑，却闪烁着法国人的智慧，反映了人们对美好生活的追求与向往。

它是一座典型的哥特式教堂，是法兰西岛地区的哥特式教堂群里面非常具有代表意义的一座，是欧洲建筑史上一个划时代的标志。它位于整个巴黎城的中心——可见那个时代宗教在这里人们心中的地位，它矗立在塞纳河中西岱岛的东南端。西岱岛被誉为巴黎的头脑、心脏，是司法、治安和宗教的中心。塞纳河边因为有了圣母院，而使这条河流充满了宗教意味，也充满了神秘与肃穆。从圣母院1163年兴建以来，这里就是历代法国国王举行登基盛典君临天下的圣地，同时，许多改变法国历史的重大事件也在这里发生。它承载了多少辉煌、多少耻辱、多少欢乐、多少辛酸，有几人能够说清楚？因为国家的沦陷，巴黎圣母院的钟声曾经哑然失声；因为胜利，巴黎圣母院的钟声又嘹亮得穿透了云霄。

我站在游船上远眺高高矗立的圣母院，巨大的石门四周布满了雕像，一层接着一层，石像越往里层越小。大门上雕刻也是精巧无比，多为描述圣经中的人物，大门正中间则是一幕《最后的审判》。左右两边各另设一个大门，左侧大门是圣母玛利亚的事迹，右侧则是圣母之母——圣安娜的故事，每一个雕塑作品都层次分明工艺精细。

从塞纳河的这头到塞纳河的那头，阴云下的巴黎圣母院，神秘而又神奇。从河这边望去，只见巴黎圣母院的两个对称的塔楼以及塔楼中间的尖顶，像一个瘦骨嶙峋的老人伸出的手臂，指向遥远的天空，不知在找寻什么。也许是雨果笔下的那个善良而又丑陋的敲钟人卡西莫多，在寻找远在天堂的美丽的吉卜赛女郎？他们那凄美的故事，今天还在由泪泪流淌的波浪深情地向你述说。此时，我的心头不禁涌上了法国诗人阿波里奈的诗句：

米拉波桥下塞纳河滚滚地流／我们的爱情一去不回头／哪堪再回首／为了欢乐我们总是吃尽苦头／夜幕降临钟声悠悠／时光已逝惟我独留／……

爱情如滔滔河水滚滚而去／永远不再回头／岁月是这样的缓慢／希望强烈难羁留／日复一日周复一周／岁月滚滚／爱情已休恰似这塞纳河水一去不回头

教堂外还有那么多贫穷而生动的吉卜赛人，似乎无论过去多少年，他们的命运从来都不会改变一样。就在刚才，就在爱丝梅拉达跳舞的地方，我的一个同伴的钱夹子被一个吉卜赛男人偷走了，里面装有他的证件和五千块钱。他们不下手则已，一动手就"百发百中"。

走入圣母院内，院内摆置很多的壁画、雕塑、圣像。右侧安放一排排烛台，数十支白烛辉映使院内洋溢着柔和的气氛。坐席前设有讲台，讲台后面置放三座雕像，左、右雕像是国王路易十三及路易十四，两人目光齐望向中央圣母哀子像，耶稣横卧于圣母膝上，圣母神情十分哀伤。

圣母院第二层楼是著名的玫瑰窗，色彩斑斓，可不仅仅是装饰，这富丽堂皇的彩色玻璃刻画着一个个的圣经故事，以前的神职人员借由这些图像来做传道之用。

上午、下午、傍晚和夜晚，在这几个不同的时间段里，在地面，在水面，我从不同的角度去看了巴黎圣母院，感悟着这座大教堂。从塞纳河的游船上看钟楼时，它是那样的悠远，那样的安静。

在12世纪至15世纪，城市手工业和商业行会相当发达，城市内实行一定程度的民主政体，市民们以极高的热情建造教堂，以此相互争胜来表现自己的城市。当时教堂已不再是纯属宗教性建筑物，它已成为城市公共生活的中心，成为市民大会堂、公共礼堂，甚至可用作市场和剧场。在宗教节日时，教堂往往成为热闹的赛会场地。

时光过得太快了，转眼已经到了21世纪。如今，走进这个教堂的欧洲人，不难看出，他们仍充满了宗教感。这里毕竟是教堂，承载的宗教意味让它显得神圣而温和。在西方，每到一个国家，那些辉煌、耀眼、极富有艺术感染力的建筑大多是些各具特色的教堂。推开西方教堂之门，不难发现，在那里，教堂不仅是建筑艺术的体现，也从一个侧面反映了所在国家文化的深刻内涵。

去红磨坊看康康舞

巴黎是法国歌舞的王冠，而红磨坊是法国歌舞王冠上的宝石。到了巴黎城北蒙马特高地脚下的白色广场，远远就望见，在一片灰蒙蒙的建筑群间，红磨坊屋顶上那醒目的十字形标志，屋顶上长长的大叶轮闪烁着红光，那大风车大过周围所有的霓虹灯。

红磨房歌舞团至今已有一百一十多年的历史。由于艺术活动活跃，蒙马特高地街区那弯弯曲曲的卵石坡路的两侧，小咖啡馆、酒吧生意兴隆。后来，这些小咖啡馆、小酒店里来了一些舞女，她们穿着滚有繁复花边的长裙，伴着狂热的音乐节奏，扭动着臀部，把大腿抬得高高的，直直地伸向挂着吊灯的天顶。红磨坊画家图卢兹·劳特累克在他的多幅水彩画中描绘了那些贪婪的看客，而他本人最后也沉湎红磨坊，在同舞女的夜夜狂欢中毁掉了生命。当时英国人称这种舞蹈为"康康舞"，认为它很放荡，很下流，禁止在英国演出。但是，康康舞在蒙马特高地很受欢迎。每年狂欢节，舞者走上街头大跳特跳，人们从城市四面八方赶来观看。于是，1889年10月，红磨坊歌舞厅在康康舞的乐声中正式诞生。

动作干练的侍者娴熟地打开香槟的酒瓶，一滴不漏地倒入我的酒杯。这香槟和红酒皆是法国正宗货，包括在135欧元（1400元人民币）的票价内。室内温度很高，穿毛衫都显得热，抿一口冰镇香槟，醇厚甜绵，感觉沁人肺腑。尽管位于市中心香榭丽舍大道的丽都具有美国百老汇的风格，但即便是百老汇也在模仿红磨坊，而红磨坊的歌舞就像杯中的酒水，是原汁原味的法国特色。

不看红磨坊歌舞表演还真不懂法国人是何等幽默、滑稽、浪漫和狂放。女演员个个都像电影《红磨坊》里的莎婷那么漂亮，男演员个个都像影片里的作家克里斯丁那么英俊。演出阵容强大，场面壮丽、盛大，交汇出一种别具特色的斑斓，充满欢乐与兴奋。内容刺激而精彩，裸露的上身仅仅披挂着华丽的羽毛服饰或金属片，虽然衣服少到和没穿一样，但无低级、下流之感，令人感觉一种欢快、健康的美。康康舞节奏强烈、火辣，紧密急促，舞蹈动作的难度很大，需要超强度的体力，大腿常常要高高地直直地迅速地抬起又落下，无论男女，众演员始终笑容满面，体现出他们千锤百炼磨合出超水准的艺术规范。

看着，看着，我竟走了神，在这样激烈的舞蹈面前。我想起印象派大师奥古斯特·雷诺阿的名作《红磨坊街的舞会》，那幅画使这个歌舞厅蜚声世界。

此时，舞台上仿佛充满了阳光，但也许是我来的季节不对吧，这几天我一直见不到巴黎的阳光，巴黎的阳光呢？

阳光在演员们的脸上，我没有理由不相信挂在他们脸上的笑容是真的，他们以前是他人眼里的"下等人"，如今，他们是有一定艺术性的演员，他们跳康康，跳得很卖力、很认真，他们跳得心花怒放，流露出美好而高雅的欧式风范。

我想象着演员们背后的生活，据介绍，红磨坊的舞女来自世界各地，主要是澳大利亚、俄罗斯、英国。她们的愿望不高，只希望能够遇到一位能够善待自己的男人。进红磨坊是不少女孩的梦想，因为许多在红磨坊跳过舞的女孩，后来成功地进入了影视界。

红磨坊的历史上，出现过多位有名的艺人，如古吕、摩姆·弗罗玛茨、珍妮·阿弗里尔。其中最有名的要数古吕，此人身材丰满，风姿绰约，绿色的缎子拖裙系在臀后，每次走过蒙马特街区，都引起一阵骚动，整整几十年间，她成为红磨坊的代称。不过，此人晚景凄凉，20世纪60年代，有记者要为她写传记，才发现她竟住在旅行挂车里。除了舞女，红磨坊还有一些很出名的男艺人，如伊韦特·吉尔贝，以说笑出名，糅合着诙谐和优雅的说笑风格使他成为法国"名嘴"。女演员必须受过芭蕾舞训练，身高起码应达1.72米，年龄在十六岁至二十五岁之间。容貌要姣好，笑容要灿烂，大腿要修长，鼻子要俏皮。他们付出很多，每周工作六天，每天演出两场。

红磨坊现今的主要舞蹈兼独唱演员玛丽莎来自澳大利亚纽卡斯尔，父亲是工程师，母亲是护士，一个良家女子。玛丽莎在红磨坊当演员整整十五年，已与团里一位意大利籍独唱兼杂技演员结婚。虽然今年已经三十三岁，但人们说她仍然具有十七岁女孩的身材，表演时她全套行头重十二公斤，她能像少女一样"举重若轻"，高高地抬起大腿。

不禁又想到影片《红磨坊》里黑暗的色调与主人公的悲惨命运，今日的欢笑，今日所有的辉煌，都是踏着他们的身体，透过他们的血汗、泪水得来，怎能忘记？即便是所有的观众忘记，这里所有的经理、演员，他们都不可以忘记。

文学依然神圣

4月29日上午8点多,我微信的鲁院同学群里有人@我,是东北作家刘元举@我,并向我发了三个哭的表情,我赶紧打开微信群,看后心里一惊,是《北京文学》的王童在群里发了陈忠实先生病逝的消息,同时埋怨我为什么没及时向同学们报告这条消息,我一边检讨自己,一边一个字一个字地读着那个消息,怀疑着它的真假——"今晨7:40左右,著名作家、茅盾文学奖获得者陈忠实因病在西京医院去世,享年73岁。"几乎同时,朋友圈满屏都是陈忠实先生去世的消息,不用再怀疑这个消息。

在陈老师发现他患病前的那个冬天,作家出版社的几个朋友来到西安,他们在荞麦园吃饭时叫我过去,我正好坐在陈老师的身边,当时感觉他的饭量还可以,吃下我帮他夹的一块清蒸鲈鱼后,他说想吃点羊肉水饺,他坚持不再让我帮他夹菜,说他吃几个自己来夹,感觉吃得很认真,只是,吃一会儿,他感觉累了似的停几秒钟,好像气不够用,只见他深深地吸一口气,调整呼气的动作不大,但我感觉到了。间隙,我轻声问道:"陈老师,您最近身体还好吧?"他说还行,就是免疫力差一些。

春节过后的一天,我忽听说陈老师身体不好,具体问作协一直负责接送陈老师的杨毅时，他说陈老师口腔里频繁长出一个个的口腔溃疡，经过治疗和小手术，在渐渐好转。陈老师忙于创作、读书、处理手头永远都没个完的事务，他并未把这个小病当回事，自己胡乱吃一些药，文人似乎都把精神放在第一位，心里惦记的事不处理完，就会睡不安宁。

后来听说终于又可以出来了，已经和几个陕西文友出来吃饭了。似乎他真的挺过来了，后来，听说病情加重，但很快又听说经过治疗，在好转……一切都是听说的，大家都是在通过杨毅及时地了解了陈忠实先生的病情，一时间陈老师的病情几乎在陕西作家圈内是个公开的秘密。据说，已经分别用了中医、西医、放疗、化疗的残酷手段，白天在医院治疗，晚上回家。

我想去看看陈老师，电话联系时被他很坚决地拒绝了，与几乎所有想去看他的作家朋友得到的回答一致：治疗期间，为了安静养病，不让人看。但得知病情已得到遏制，向好的方面发展，大家一直揪着的心暂且放松下来。

真以为他已经好起来了，没想到啊，走得这么快！太快，快得让人难以置信，忽闻噩耗，心里怎不感突然，真没想到，还在美好的人间四月天里，陈老师离开了他无比眷恋的这个世界。禁不住埋怨，太把病不当回事，关中汉子似乎都这样，极顽强、极能撑、极好面子，常常有病不治，在一片惋惜、叹息声中，再次了解了关中人的脾性，生冷硬朗、打死不认卯、吃苦耐劳，他就一直那么硬撑着，他如能少抽烟爱惜自己，如能早治疗，怎能这么快倒塌，多么令人痛心哪。我想，当他像夸父一样突然倒在干渴的路上时他心里一定还有不甘心。

那么一个深悟儒家文化、内敛克己、有担当、走得正走得硬的书生，偏偏这样早就故去了。很想跟文友说说他，又忍不住自己的眼泪，当天应咸阳文联副主席王海之邀参加咸阳举办的诗歌朗诵会，我发现会上人还不知陈老师已走，就建议他们朗诵陈老师的诗，或大家即兴写的怀念诗作，但那一刻，只要我一提起、一想到某个细节，心里会一阵难过，心情低沉，一时难以平服，我虽如约而至却怏怏离开现场。在一个普通人离开这个世界的时候，熟悉他的人都会情不自禁想起他留在世上的善和好，何况是这样一位老作家，我们眼看着一个从事文学创作的人就这样熬干了自己，如一朵圣洁孤傲的莲花枯在枝头……

隐隐有种物伤其类的感觉。想提笔写点什么，却文不能成章。到4月30日早上，读到报纸上陈彦那篇题为《陈忠实生命的最后三天》的文章，才知陈老师后来在不见我们的日子里的具体情况，我在书房里不出来，丈夫问我怎么了，我哽咽无语，这个"五一"小长假，我没心情出去，哪里也不想去。每天看微信朋友圈，看了转发，转后再看朋友的留言，再流泪，我每天每个时刻都被激活着一些关于陈老师的记忆，不知为什么，心里是满满的悲伤。当一个人在你没想到时突然离开，会令你有意想不到的伤心。于是，几日后，我才能完成陈老师去世当天断断续续写了一半的悼念文章。

我的家里和工作室里挂有陈忠实先生的题字和题辞，它们勾起我的回忆，睹物思人，脑子里闪现着他朴实、宽厚、睿智、真诚的面容，他是一位纯粹的、有深度有内涵的作家，是一位令人尊敬的长者，还有两个月他就七十四岁了，七十三、八十四，真还应在陈老身上了……此时，再看这些字和照片，心情完全不同，眼泪不由自主地涌了出来，就像失去了一位亲人。

当我再次走进作协大院，再次走进高桂滋公馆，满目的花圈和挽联，时间似乎静止在一花一木之间，让我不由得悲从心起，缓步进入追思堂大厅祭拜，看到陈忠实栩栩如生的遗像时，潸然泪下。

再次听晓河朗诵陈老师的《两株玉兰树》时，心情完全不同，因为这篇文章我曾在21世纪初的《华商报》"名家专栏"上编发过。记得当时我向陈老师约专栏文章，想用刚申请到的千字三百的"高稿酬"标准来"诱惑"他时，他在电话那端哈哈哈大笑起来，问道："你知道《南方周末》给我一千字多少钱？"我问："多钱？比我们还高？"他说："最少一千。"

不过，陈老师还是很支持我的工作，他的稿子很快让杨毅转给我了，这让我感到自己有多好笑、陈老师有多伟大。一个为写作而生的人，会天然地保持着内心的纯粹。

想一想，自己从十几岁一个什么都不知道的"瓜女子"，不就是这样在前辈、大作家们的点点滴滴爱护和鼓励下长大成熟的嘛。

20世纪90年代上半叶，陈老师从美国访问回来，那时我在《文化艺术报》当记者，头版有个"人物"采访，报社安排我去采访他，说给我半个版的位置。记得那天我穿了一件披肩式毛衣，我骨子里属思想传统那一类，但从陈老师一见面赞美我的语气里，我觉得陈老师的眼里的我是"现代的""时尚的"，我以为那不过是一位"农村老汉"对城里女娃娃的一种印象而已，但这至少让我觉得一向严肃的陈老师是会聊天的，而且是很幽默的。接着，陈老师对我说，他也蛮时尚呢，"我也喝咖啡，我还不放糖，是用我那个大洋瓷缸直接熬了喝"。他一边说一边用手比画那个洋瓷缸的大小，我问在哪里喝，他说在原上。这倒令我有点惊讶，他的时尚也这么与众不同。这次是我哈哈哈大笑起来。他一边看我笑一边得意得对我说，他在途经香港时买了邓丽君的磁带回家听呢。

那次采访再次让我感到文学的神圣，感到陈老师的内涵之深、智慧之清明，是一位质朴而平和、坚强而坚定的作家。报道写得比较长，超过了原定字数，见报时总编也未作删改。《中国文化报》一位女记者途经西安时看到了我发在《文化艺术报》的报道，找到我说她很想见陈老师，并想得到一本签名本《白鹿原》，希望我引荐一下。我有点为难，先试着给陈老师打电话，没想到陈老师很给我面子，答应得很爽快，那么直接，来回就几个字，电话里他说："我是陈忠实。""杨莹。""你有啥事？"我的话音刚落，他就说："你带她来。"我们去了，而且中午一起吃了饭。记得当时点的有鱼有海鲜，我说，陈老师，您一定只喜欢吃面食或陕西小吃之类的，吃不惯这些。陈老师听后哈哈哈笑起来，大笑过后他说："我喜欢吃面食，这鱼和海鲜我也很会吃。"

我书柜里放有陈老师题写书名的《少妇集》。记得当时我是陪外地几位作家朋友到省作协高桂滋公馆旧址陈老师的办公室里看望陈老师,时为作协主席的陈老师请我们喝酒、喝茶、聊天。我们聊到诗歌,聊到我最近正在整理准备出版的散文集,一旁的朋友突然提议让陈老师为我题写个书名,没想到陈老师显出高兴的样子,作家给作家写书名是常有的事,我有点受宠若惊,岂敢和先生相提并论,先生继续鼓励我说,一般诗人的散文随笔都写得漂亮。他说写就写,立即站起身走到案旁欣然提笔写下"少妇集""陈忠实题",我赶紧说谢谢,赶紧双手接过。

知道我与陕西文学院签约了,要试着写小说了,陈老师又鼓励我说"期待读到你的诗性小说",写了一封贺信让人捎来;陈老师知道我画画了,他又鼓励、夸奖我的画"素净空灵,诗性禅意,精巧大气,疏朗高雅,绚烂静美。"(陈忠实:杨莹画读后感)我家先生不让把我画的那些木头、砖头、瓦片、石头、瓶瓶罐罐放到家里,我在和陈老师聊天时说想搞个工作室,专门用来写写画画,还可与女诗人、女画家以及一些有趣的闺密们玩墨、朗诵诗歌,玩着给一些布包、裙子、围巾等东西上画画,陈老师又爽快地为我题写了"杨莹工作室"。

今天,到西安殡仪馆送别陈忠实先生,在咸宁大厅中央,那个抽雪茄的陈老师此时躺在那里,他就这样离开了我们,真的离开了,我手机里存的那个号码,再不会有什么讯息,再也不会传来他说话声和哈哈哈的大笑声……真的走了,陈老师走了……

从西安殡仪馆回来,浑身无力。从得知陈老病逝那天早上直到此时,似乎看一眼娱乐性新闻,心里都有对大作家不敬之感,一种悲情从29号持续到今日,除了难过,还是难过,写也无力,诵也无力,"头七"祭日就这么在难过中过去了。悲情产生于多年来带着文学高于一切的信念,产生于为了文学而一直挣扎着脱俗,产生于深感坚持无功利纯粹写作的艰难,产生于文人的无奈和遭遇的尴尬,产生于我的郁闷,尤其是近一二十年来,我的心瘫痪到不能写,产生于心里诸多的痛楚,产生于在自己得到有关方面为难的时候，是陈忠实老师和贾平凹老师的支持，那种帮助是纯粹作家之间的帮助，没有社会上那些人的请客送礼之类的杂念，不知所有的作家是否都有我那样的不容易，只知道，作家是最懂得作家的，我知道，小作家有小破烦，大作家有大破烦，大作家和我一样，心里也与我同时感受着这世间的一些无奈和破烦，一个人再顽强、再从容，又能承受多少无奈和无聊？在被扭曲又扭曲之后，在没有厚厚铠甲的我被社会打击得遍体鳞伤，心被深深刺痛，夜里睡不着觉时，我的感受力无法不敏锐，我的精神信仰已处在崩溃的边缘，我想知道谁的心灵没有受伤，有一些事说不清、不能说，理不清、不能写，我只能让自己的心瘫痪。那么，陈老师呢？估计他只能再多抽一根雪茄，只能让脸上的皱纹陷得更深……之后，我们仍相信文学依然神圣，唯有如此，我们才能让自己活下去。

　　内心驱使，我与女子诗社的诗友相约再次来到刻有陈老师书写的"文学依然神圣"石旁大树下，与姐妹们商定，将在陈老师"三七"时举办一场纪念陈忠实先生的诗歌朗诵会，朗读陈忠实的诗歌、散文随笔、《白鹿原》篇章，以及怀念陈忠实的诗作，就让我以陈忠实老师喜欢的方式来怀念他吧。以此缅怀。

2016年5月5日

童年记忆

每个人的潜意识里,为何总是期望家乡永远不变,期望老宅永远不变?尤其是当自己在长大以后,心被碎裂成两半时,更怀念童年时光的幸福。

每当我从东大街经过,尤其是从杨家的老屋——27号门前经过时,总感觉这条街仍蕴含着某种旧时日的风情。我就出生在那院中一间厦房里。奇怪的是小时候总感觉日子过不完,多年的岁月一眨眼就过去了。然而,童年的记忆却是那么的深刻,那附近的风景已深深地烙在了我的记忆里。

但什么都会改变。

如今已很繁华的东大街在我的梦里出现时,仍是一条很朴素的街道。我记忆里的东大街,总是与一些街道、树木、消防队、学校、院落、屋子,以及过去的一些人联系在一起。时间使以前的熟悉变得陌生,而回忆又会使陌生变得亲切而熟悉。尽管街道的模样改了又改,但27号院门口那两棵有树瘤的老槐树还在。看到它们,恍然到了黄昏时分,我站在门口等妈妈下班回家。那个时刻,我的心里莫名其妙地在害怕着,眼睛会忍不住盯住右边那棵树身上挥舞着爪子的怪猫。那是个很大的树瘤，白天里我摸它时胳膊上起了一层鸡皮疙瘩。透过伸向天空的两棵树的黑色枝条和茂密的树叶，可以看到灰色的城墙和城门楼，还有城楼上空飞旋的燕子。

每到黄昏时，我莫名其妙地害怕，我听得到静寂里的钟摆声和自己的心跳声，会想起白天玩时看到的黑乎乎防空洞洞口，看得见奇幻的影子；有一次妈妈一大早要溜出门去部队看爸爸，我醒来哭着要跟妈妈便未去成，后来，梦里总会梦到妈妈到部队上去探望父亲时没有带上我。其实，妈妈也只是说说而已，她后来没去部队上探过父亲一次，不知是因我闹着要跟还是因她一直走不开，反正她一直没离开过我，因为我从来没离开过她，一刻不见她我就跑出去找，一次就撞在了手端开水的妈妈怀里，洒出的开水烫坏了我头上的一小块皮；我害怕一个人在屋子里待着，害怕看到习武的三叔那张从来不笑的脸；我害怕大人们喝酒的声音越来越大……

一

街上的事我都知道。那时的东大街，像个长长的舞台，我的看台就在27号门口那个位置。我在有意无意间看到了很多生动的历史画面。

那时买任何东西都要排队，到了腊月，更多的长蛇从各个铺子一条条伸展开去，人们手里握着各种票证站在队伍里等待，那时没有人着急，因为急也无用，日子就那么一点一点往前移。

一个黄昏，一场大风，在东大街黄昏的暗影中，漫天遍野地刮过，扬起的尘土卷起了地上的纸片，卷起那棕黄斑驳地铺了一地的梧桐树叶，我感觉它们像飞舞的大蝴蝶，便喜欢盯着它们看，我拿了一个空木盆，给里面盛一小窝儿水，学着大人到门口泼水的样子玩过家家。我看到路边走过一队人，押着一个头戴纸糊的高帽子、脖子上挂着大牌子的人从我眼前过，他的手里拿着一个铜锣，走几步敲一下，说一句："我是牛鬼蛇神！"

国庆节时，门口变得热闹非凡，各家都站到马路边看游行。一辆辆五颜六色的大彩车，一排排踩着高跷的人，李玉和、李铁梅随着咿咿呀呀的唱腔，还有由工农兵学各行各业组成的游行队伍，从眼前经过。

我的碎姑——长我八岁的小姑，我的碎爸——大我5岁的小叔，他们放学后会和我一起玩，碎姑的沙包、皮筋、搅糖、糖纸、鸡毛、骨拐、跳房、跳绳，碎爸的弹弓、铁环、木猴、纸飞机、方包、三角、甩炮、弹球。碎爸喜欢做一些研究，常常把大瓶子往小瓶子里砸，弄开我的万花筒看看里面到底是什么，他常常会把我的新玩具拆开来研究，再重新安装好，但他也有装不回去的时候。有次他把拆开的汽车无法安装好，只好和我各自拿一个车轱辘当陀螺玩。祖母有时让他带着我到后院去拉屎，他没按大人说的把屎用土盖了铲到厕所去，而是给屎团上插了一根炮竹，让屎开花。祖母追着打他，他抱起我就跑，慌乱中把我的下巴碰到了后门的青砖边上，我下巴上的疤痕至今还隐约可见。

和碎姑玩时还是较斯文一些，但也有恐怖的时候。一天傍晚，碎姑拿个小凳儿放在上房一角的大炉台上，让我坐在小凳上看她做搅糖。我看到她的同学邻家的薛姑姑也喜欢这么玩。碎姑把搅糖做好后，她用两根小木棍儿搅了一个让我先玩着，说她去外面拿个什么东西。

碎姑去了很久。我一直很专心地玩着那块搅糖。突然听到一个低沉的声音说道："……给我打发一点儿……"我抬头，看到一个衣衫褴褛的乞丐站在了门口，很大的破旧草帽遮着他的脸。天黑了下来，应该开灯了，我被吓坏了，哭着喊碎姑。只见乞丐赶紧取掉草帽笑了起来，我一看，原来是碎姑。尽管心有余悸，但我还是挂着眼泪笑了。

开春，若碰到卖雏鸡雏鸭的挑子从门口经过，妈妈会拉我蹲在那大大的扁筐旁，看着它们在一堆儿黄里挤来挤去。妈妈选那挤得最厉害的，我则选那漂亮可爱的，然后买几个用小纸盒装回来，放在院子里让我追着玩，没人和我玩的时候，那令人心疼的几团淡黄也会带给我无限的快乐。

二

有时，碎姑、碎爸和同学去学工或学农劳动、野营拉练，没人和我玩的时候，我会想到祖父的铺里玩。那铺子本是祖父开的，公私合营后，祖父每天就到那里上班，铺子就在马路的对面。一次，我穿过车水马龙的东大街，一个人跑到祖父跟前，祖父把我放在他的腿上很无奈地教给我："在过马路前，要先看看你的左边，然后再看看你的右边，看确实没有车经过了，你再过马路。过的时候一定要抓紧。"从此，我学会了过马路，在没有大人跟着的时候，我过马路时就不至于紧张得连看都不看地跑到马路对面。还记得在跟着大人过马路时，如果他们手里拎着东西，就会让我拉着他们的衣服下摆的一个角。

我爱看祖母早上梳头，用篦子抹着清水，黑黑的发丝被梳到很光亮地贴在头上时，再辫成一根辫子，然后再将辫子盘成一个发卷，用一个比发卷大点的黑色的硬壳发卡罩住，这样根本就看不到被罩住的头发了。常常有同学看着祖母的照片说，你婆（家里一直依照老家习惯这么称呼祖母）很像宋庆龄，我后来就常常盯着酷似祖母的二姑和四姑的脸看，心想，她们还真的很像宋氏姐妹呢。

那棵皂角树覆盖了半个后院，常见有别院儿的人洗衣服时来找大人讨皂角，也常常看到有毛毛虫从树上吊下来，悬在空中。

我们的后院和左右另外四个院子是相通的，可以从每个小院的后院走到东大街上。

午后，祖母常常让我搬上小板凳，拿一个筛子或菜篮子，里面放着需要拣的豆子或菜什么的，来到过堂或后院晒太阳，拣豆子或剥择下午饭需用的菜。

祖母的故事一个个的，一句一句的，从早上说到晚上，从屋子里说到门口的太阳下面。

还记得祖母离开我的那个下午。

那天，祖母没有带筛子或篮子，也没有带我，她只带了一个较高的木凳，说是"革委会"组织几个院子的爷爷奶奶开会。我爬在窗户上看，后院里坐满了老头儿、老太太。

大会开了整整一个下午，患有高血压的祖母也整整在后院里坐了一个下午。

太阳移到院墙那边的时候，突然有邻居对着在一旁玩耍的我喊道："你婆晕过去了，赶紧去喊你家里大人！"

刚从部队转业回来等待分配工作的父亲闻声拔腿就往后院跑。父亲把祖母背回家，用嘴对着祖母的嘴，吸出了卡在祖母喉头的那块儿痰，母亲很快把大夫叫到家里来，接着，祖母被送到了离我们家最近的西安市第四人民医院。

再回到家的祖母一直躺在那里，脸上盖着一张大大的麻纸，大人们对我说，你婆睡着了，你不要去她跟前打扰。还在混沌世界里的我，哪知慈祥的祖母从此就永远地离开了我。

祖母死于高血压，之前没出现过任何症状。在那样一个阳光明媚的下午，只因在后院开了一个较长时间的会，据身边开会的邻家老人说，祖母那天发了言，比较激动，是在和大家一起喊"千万不要忘记阶级斗争"时，从木凳上滑下去的。爱我的祖母没打一声招呼就突然离开了我，我在以后的很多年里一直为此事百思不解，怎么就不让老头儿、老太太们中间休息一下呢？一个很健康的生命就被那么温柔地夺走了！那么一大家人，就那样把我的祖母拉回故里埋进了土里。那年，祖母才五十岁，我五岁。我一直想过这样一个问题：如果那天祖母不去参加那样一个会，祖母是不是就一直不会离开我，那么她留给我童年的美好记忆会更多、更长一些呢？

每到打雷下大雨时，我会站在后院门口，望着操场上祖母坐过的地方，望着那些一起一灭的水泡发呆，一个人站在那里看很久。

三

我小时一直把祖父叫 yaya。这样叫，听起来像秦腔一样硬。说起来好笑，我一直以为祖父的牙齿很结实，所以叫他"牙牙"，因为他的牙齿可以咬核桃，也因为牙齿距我们最近，也最重要、最坚硬。祖父每天少不了二三两白酒。我常常拿了祖父递过来的零钱和小碗儿，到隔壁的小卖部去打酒。有时只有一个小碗，那里是可以记账的。我总不明白祖父为什么那么爱喝酒，因为我不觉得酒会带给他什么快乐，他每每喝下一口酒后，脸上的皱纹扭曲着，总是一副很苦的样子。我尝过蘸了白酒的筷子头，又辣又苦，感觉喝这玩意可真没什么意思，喝它简直就是活受罪。

在祖父的影响下，我的父亲和几个叔叔也都很喜欢喝酒，他们在年轻时就喝酒，酒量越喝越大，脾气比酒量更大，一点就着。

从我记事起，家里就有了酒桌，矮矮的，地上可以放，床上也可以放，看是方的，四边撑开来又是圆的。

喝酒对于他们，好比一个男人从年轻时就尝试着吃苦，并把吃苦不当一回事，而一直到老。但在我的记忆里，酒于他们并不是什么好东西。酒，给他们胆量、勇气的同时，也给了他们很多无端生事的理由。他们常常会掀翻酒桌，在院子里追着打架，打起架来常常忘记自己是谁。

父亲没有儿子，只有我们这三个女儿，在别人眼里他没本事，他也就似乎真的有点自卑起来，这与生长的那个非常守旧或说是有浓重封建意识的大家庭不无关系，男尊女卑的思想他也有的。

祖母去世后，我们家被从老屋里赶了出来。安葬完祖母，我和刚出生不久的妹妹就被留了下来，留给了外婆、舅舅、姨母们。大人们是偷着离开的，当时，我和妹妹还没有醒来。一年后，到了学龄的我回到父母身边，就回到离老屋不远的东三道巷父母租的房子。

在家里是长子长孙的父亲总记得每到了晚上，家门口有卖夜宵的挑子经过，一听到叫卖声，宠爱父亲的祖母便唤祖父拿个碗去门口买回来。

他还记得小时候吃过的各种西安名吃。我猜想，一定是祖母对父亲的偏爱造就了父亲从小性格懦弱、"没本事""老实"，也使得弟兄们心生莫名的嫉妒和怨恨。

那是我们被赶出老屋的第一年，回老屋给过世的祖母过生日。他们又喝酒，三爸忽然骂了身为兄长的父亲，嫌他没本事，没钱给去世的母亲献上糕点，只献手工做的长寿面……从不打架的父亲，天然染着旧家庭共有的暴脾气，平日虽文弱，但容不得对自己尊严的侮辱。于是，当着我和妈妈的面，父亲的鼻骨被三爸打断了，门牙也被打断一颗。那时，我才七岁，我看着满脸鲜血的父亲简直吓坏了，我只是在心里希望着大人们以后不要再喝酒了。长大以后，我认为那种喝到脑子发热就失控、就想起种种不快的喝法毫无意义。

大人们的打架，是我童年里最不美好、最不愉快，也最痛苦、最无奈的事情，那又是一段难以忘记的记忆。后来，我们从老院子里搬出来，住在三道巷租的一间民房里，事情也简单得多了，小家庭里的恩恩怨怨要比大家庭里少得多。后来，大人间很少走动。往来断断续续，时有时无，合了又吵，不如不见。再后来，听说碎姑上山下乡了。碎姑也很想让家人走走关系好从乡下提前回城，但她一直没有如愿，直到全部回城，她才在一个大型军工企业里有一份很好的工作，和一位工程师结了婚。

祖父去世后，那个聚集亲情又破坏亲情的酒桌就不知被放到哪个角落去了。

四

我的童年，在梦的怀抱里呢喃。所以，我怕回忆童年，因为，我怕我说不清，因为，我的童年，是一个梦的世界。梦的世界，如何说得，又从何说起。

妈妈常给邻居说，她常常叫不应我，我总让她着急。其实，我感觉那时的自己，是生长在一个相对隔离的世界里，那是唯有自己可以感受着的一个世界，那时的我是烦被打搅的。我小学二年级以前一直只相信自己的感受。别人说花椒很麻，我就非摘一粒放嘴里嚼着尝尝。大人说羊肉泡馍好吃，我一直不以为然，在嘴里嚼来嚼去后，反到认为那馍没有煮熟，难以下咽。可是，大人吃得那么香，令我费解。

那个时间里，我相信那些童话里的故事都是真的，那些动物的命运像小说人物一样让我牵肠挂肚。

我喜欢自言自语，喜欢一边走路一边唱自己即兴编的歌子，尽管那些歌子回头连我自己也想不起调子来。

我每天会很自然地就沉入自己编的一个故事里，每个故事中的主人公，当然都是我。我记得自己总把自己想象成一个大人，想象着长大后的样子。眼睛看到警察，我就是未来的警察，看到军人或运动员，我又是军人或运动员。我把自己想象得比他们更多了一些特殊的能力，比如飞翔，比如自燃，在课堂上被走近身边的老师惊醒时，我便想立刻飞出窗户，或者自己燃烧掉。

沉醉在想象中的我是兴奋的，又是漫不经心的。由于沉在其中时是那么快乐，所以常常不喜欢被别人打断，被打断时就会很不开心。记得这样的世界持续到小学阶段，在这个阶段里，幻想是我唯一爱好，那时，我的专心和不专心全不是我自己所能控制。为了不被人打扰我自己的这种想象的快乐，我总不由自主地要远远地躲开大家，一个人跑到人少的走廊那头的窗口，或到操场上去在无人的台阶上坐着。上学路上我也喜欢一个人走。那种不专心和不集中是自己无法克服的毛病，似乎是与生俱来的，可以这样说，在我长大以后还没有完全学会很好地利用理智去控制我的想象力，这使我把自己的力量不能集中发挥在一件事情上，把一件事情做得很好。我想，我大概一生都需要一个比我理智的人来领导我，如果没有这样的"领导"，我就只能自己走到哪里是那里了。

而我的那种"专心"造成了我对其他事情的无法专心，尽管我也很想专心地去做某件事，于是，我有时也很讨厌自己。想象力太过丰富的结果就是看到什么都会沉在其中，发生一连串的似真似幻的联想。看沸腾的开水和变异的水蒸气也是我很乐意的事！它们似乎会开花，而每朵花都像要燃烧起来。我可以长久地看排队的蚂蚁，看泼在地上的一摊水，甚至是自己在后院地上的尿水痕迹，看着它们，我展开很久很久的想象，如果没有人打扰，我会一直想下去，它们在我的眼里是图画，是花，是树，是动物，是村庄，是风景，是小屋子，是花园，是一切我能想象到的东西。

而走路时脑子里的图画会像电影一样地回放，这时的思维随着走路的节奏更显活跃，有时也惨了，由于太专心，遇上树木、电线杆、绳子、铁丝之类的东西不知躲开，碰到树上、电线杆上，脖子被挂住是常有的事。一次在走路时，自己给摔倒了，也不知是怎么摔倒的，很疼，书包被扔得远远的，当时，都有点不好意思爬起来。发展到摔跤也成了常常发生在自己身上的事，就有点可笑了，更可笑的是成年后摔跤的事还时有发生，家人说，我要是开车，他们是不会坐的，这也造成了我的不自信，已在多年前考过驾照的我，至今很少自驾外出。

五

零零散散的日子一直都有秦腔的伴奏，一直感受着秦人的火辣辣的耿直性格，一直感受着秦人的生活习俗和习惯，一直享受着秦人的传统文化和饮食风格。会过日子的妈妈总可以省出一些零钱来，拉着我的小手去东光市场买一毛钱五个的火晶柿子、两分钱一碗的豆浆、五分钱一小碗儿的甑糕。后来我自己拿着油票、肉票、粮票去店里买回妈妈需要的食物。身为巧妇的妈妈，总会把爸爸和我买回的一点有限的东西，甚至是从粮店买回的陈年杂粮，也会细做成可口的美味。那时家家都没有冰箱，过年时吃的东西也未必新鲜，年前排队买回的库房里的冻肉冻鱼，就连豆腐也一直要放在窗外冻着吃到年后，所以，每样东西需要在年前都一一过了油，因为就这些东西平时凭证也买不到，这样的年便过得有滋味。所以我想，现在的年没年味，是与人们没必要那样去买东西、没必要那样去吃东西不无关系吧。

小时候总觉得别人家的饭好吃。上小学一年级时，一天放学回到院子，喊妈，没有回音。我以为大人不在家。大妞激动地拉我走到她家炉前看，她说："我妈今天竟做饭了，我家炉子上有饭！"我们俩背着书包就那样站在炉子边把留的饭一起吃光了。我还感叹道："原以为你妈只会打扑克不会做饭的，谁知你家饭竟比我家的还好吃。"

听从后院晾完衣服回来的妈妈问饭可好吃，才知那饭是我妈留给我的，我们家的炉子在烧热水，怕我回来饭凉了，就放在了大妞家炉边上。

记得，下雪的时候，储存的大白菜得用草被盖上，各家把那些凭户口本买回的红白萝卜埋在后院。这时，爸妈就需要我们孩子们帮忙了。小时候的冬天怎么那么冷，我们的手常常会皴或被冻裂，必须早早戴上妈妈给织的手套，鼻涕常常会从鼻子上滑下来。不禁回想，什么时候我们没有了"冬存菜"，打从有了冰箱以后吧。

我口细，那时供应的粗粮多，尽管妈妈会杂粮细做，但我还是吃不下，我总觉得面粉在仓库里已被放得发霉，我能闻到那种味道似的，我说出我的感觉时，爸爸总说我胡说。我总奇怪别人怎么能吃下去有点发苦的杂粮。尽管我很想把自己那份吃掉，但我怎么也咽不下。有一天，爸爸对我说，你把这碗饭吃完，我给你两毛钱。我吃了很长时间，终于吃完了，我高兴地把两毛钱装进口袋。我想着明天自己在学校门口，可以买五分钱的果丹皮，两分钱的疙瘩剁糖，或者是两分钱的棉花糖，干脆用一毛钱买个苹果，这样想时……可是，可是，我在沙子堆里玩时又把两毛钱给搞丢了，于是，我对爸妈说，我的那碗饭白吃了。爸爸、妈妈、妹妹都笑我。

那时吃完饭后，没有别的娱乐，帮妈妈做完家务，写完作业，如果不和与我同龄的孩子在后院玩沙子，就和妹妹给妈妈表演样板戏《红灯记》《红色娘子军》唱段。或者玩一种游戏，拿一把火柴散在桌上，用其中一根小心地去一根根挑开另外的而不得碰其他的火柴棍儿。

那时西安还没有泡泡糖,老家在上海的同学探亲回来带给我们那玩意,我们都很稀罕,那段时间就喜欢玩那个,玩好久都不舍弃之。后来有同学教我们用麦子嚼成相似的东西,现在想来真有点不可思议。

那时的发型都很简单,但爱美之心却人皆有之。刚刚兴起的有机玻璃发卡很快就流行起来。开始是几姐妹轮流戴,当自己终于有一个时,晚上会把它放在枕边激动得睡不着觉。我记得后来它断了,我又用它做过8字形的发卡。

那时的服装没什么款式,那时有妈妈用五颜六色的花布做成的连衣裙是我们的"时装"。现在,当我看到大街旁五颜六色的花树,和那一片儿一片儿的小碎花,我就会联想起那时妈妈做的花裙子。有种看上去很高档的白色连衣裙,尽管我不知那是用纱还是别的什么料子,但那是我在那个年龄最迷恋的时装梦。

我们搬过三次家,都发生在我的童年阶段。第二次是租的小屋在一次大雨中倒塌了,妈妈单位知道后为我们腾出一间库房,那是位于东关柿园坊临街的一个小木楼,没有窗户,我们家的下面就是妈妈单位的大门,我们在那里过渡了几年。

第三次搬家,就是父亲在单位分到了房子。但我没有转学,仍在东关小学上学,这样,我就又回到了东大街老屋,那时,后院里搭满了防震棚,球场没有了。

毛泽东主席逝世的那几天,一直在下雨,东大街是潮湿的,大喇叭里放着追悼会的哀乐……我们的衣服是潮湿的,我们的脸是潮湿的,我们的眼是模糊的,我和同学们站在这条马路上,我们站了很久,很久……

小学毕业时,我终于离开了东大街。我的童年也画上了休止符。

到陕师大上学时,老屋那间厦房闲着,我便搬进去住过一阵子。

六

我相信天下的父亲没有完全一样的，就像每个人都不一样，都有自己的个性。我的父亲是长子，小的时候受过祖母的溺爱。我四岁以前，父亲一直在部队上，是骑兵。他的理想是上医学院，可让他想不通的是"革委会"主任的孩子上了大学，患有色盲的他却必须去当兵。当他戴着大红花从家门口经过时，他一边感觉给成分不好的家庭争了光，一边忍不住让自己泪流满面……

平日里，我给妈妈使小性儿全是无声的，也就只有妈妈知道，别人是没感觉的。父亲也是这样，最爱他的那个人祖母去了，有谁感受他的感觉呢，除了妈妈。父亲喜欢读《红楼梦》，读过多遍。他并非研究，他只是欣赏玩味其中的某种他自己认可的境界，他口里常念着《好了歌》："闹哄哄，你方唱罢我登场，甚荒唐，到头来，都是为他人做嫁衣裳……"他喜欢登华山，登过十次。每到生活所迫，置他于烦躁无奈时，他曾说过想出家当和尚的话，但我们几个长大了，他也上了年纪，没再提过那话。

父亲的一些话无形中在影响着我，尽管我当时没说什么，但在以后的某一天，那些话会突然间对我发生作用。后来，我理智地对自己无形中从父亲那里感受到的虚无主义思想进行清理。相比而言，妈妈更热爱生活，生活的态度更积极一些，这一点对我们有耳濡目染。后来，我才知道，一个人的童年少不了这种营养，它对一个人的一生很重要。

父亲人生之车怎么开，要开到何处去？这个问题他自己似乎从不去考虑，只是不急不慢地往前开着，他是善良的，是单纯的或简单的，是与世无争的，也从未计划过自己的人生，他是"闲心""正心"什么心都不操的。他说好儿不争家当，他便什么都没争，房产全让给姊妹兄弟。他说儿女自有儿女福，不用留什么家产给孩子，我们的事他也很少问。于是，家里大小事都由母亲操心了。父亲一生都是糊里糊涂，没什么目标等他奋斗，所以永远也不会有所谓"斗志"，对生活的要求极低，他很像老舍《我这一辈子》里的福海。虽然他经济上没有姐姐、弟弟、妹妹们宽余,一生过得比他们简朴,最艰难时,用酱油炒葱花拌挂面,他也乐在其中,回头来看,这种不争的性格倒弥补了他暴躁脾气对身体的影响,利于他养生,使他比弟弟们活得相对宁静和健康。他有时也觉得他自己说任何话似乎都是多余的,无人听的,今生他该说话时没有说,甚至是为自己的辩解,不该说时又说了一些多余的话。

如今已记不清为什么童年时父亲总对我们实行罚跪,无什么意义,完全受上一辈人传统家庭教育的影响,孩子们无形中自觉遵守默已成规的家教。被罚时还不能笑,笑了会罚得更久,说罚就罚,有时令人恐惧。

老屋的小院以及我们租的三道巷的那个院落,早已不完整,它们什么时候变得恍惚与陌生,是从我梦境呓语与现实渐渐分裂的时候吧。

儿时,每个日出日落时分,爸爸、妈妈的身影,是我童年最美最壮观的风景,我们姊妹在那风景里渐渐长大,春去秋来,爸爸、妈妈、妹妹的身影,渐渐成了我记忆里的风景。

花自书香来

大约每个人都曾想有一个相对特别的婚礼，我曾多次向朋友们宣布"我要结婚了"时，也曾这样想过。由于种种客观原因，我的婚期就不得不"从五月到十月"不停地往后推。我想，若自己真要结婚那天，朋友熟人一定会想起"狼来了"的故事，没几个能来参加我的婚礼了。那天给贾平凹老师送请柬时，他家没人，我将请柬从他家门下放了进去，不知他能不能看到。

举行婚礼那天，我脑子里满是事情，忙乱不堪。当我乘坐的那辆小车缓缓开到科技馆侧门时，出乎我的意料，贾平凹老师带着女儿浅浅已经在那里候着了。这个侧门今天是个不大引人注意的地方，一起来的还有景平和张月赓两位先生。

我和新郎下车后，从人们的夹道中走过，走到贾平凹老师身旁时，听到贾老师给浅浅说："快看杨莹阿姨今天当新娘子啦，漂亮不漂亮啊？"浅浅仰着小圆脸笑着说："漂亮。"

婚宴后，大家来到了我的新房，贾老师在我们的小屋里看了一圈，推开小窗说："推窗见柳！这个角落蛮不错的。"我走过去，站到他和景平的身旁也往外看，他风趣地说道："今儿咋这么拘谨，一扫平日风采啊？原以为你的婚礼会很现代的，没想到也跟俺们一样，很传统哩。"我说，原来也想过啊，想法可多呢，可是，都在西安的双方父母"首脑会晤"的结果是这样啊，只要有双方父母参加的无疑就是按一件郑重的大事来办的传统式的婚礼啦，我都快别扭死啦。

贾老师这天送了我一首诗：

一个蝴蝶翩翩地飞

飞到一个少女的书桌上，变成了诗

少女十八次地变，变成了一枝花

被插进了一个男孩的小瓶

从五月到十月走不完的鹊路

一夜间读尽了李清照的"绿肥红瘦"

这首小诗当时是写在一张稿纸背面的。大家都说写得好。贾老师便说改天可用毛笔写了挂墙上。后来果然写了，他交给我时说至少得花两千块，我说多少钱我也不卖它。

贾老师给我们带来的礼物还有一件毛毯，好像是他刚得了一个奖的奖品。当时收的礼物里，毛毯算最贵重的了，后来任代理省长的张海南当时以朋友身份送了一件，加上我们自己买的，一共有三件。从老家赶来参加我们婚礼的外婆，是个小脚儿老太太，老人说她一辈子没盖过毛毯，想要一件。我们就请老人挑。老人挑了贾老师给我们送的那一件，说她喜欢轻一点的，盖在身上不沉。我有点舍不得，说我自己要留纪念的。外婆便说我小气。一旁的老公说："拿走吧！"外婆说："还是我孙女婿大方啊！"

这么多年过去了，每年春节去老家看外婆，外婆她不说老女婿——我的父亲好，不说我好，也不说贾平凹老师好，只说："我那外孙女婿好啊！他给我送了毛毯，你们看看，就是这一件！"

这时，我母亲就对我说，等人家贾老师的女儿结婚时，你可一定要把这份人情还上。我笑着说母亲俗气，母亲说我傻气，说有些礼节是该学的。

今年春节时外婆不能坐起来了，躺在那里还没忘指着放毛毯的地方说那些我们都能背过的话。我对母亲说："外婆都103岁了，已经有点糊涂了，等外婆老了，你可记得把这个毛毯还给我呵，我要收藏的。"母亲说："我看你可真是个书呆子呢……你留心看贾老师他娃啥时办事呢。"

我说，好像有了对象了，但没定呢。记得一次到他那里去时，大女儿浅浅和她的男朋友刚走。他就对我说："你知道当父亲的在这个世界上最恨谁了？"我装作不知，问："谁啊？"但我又马上笑着与他异口同声地说："就是那个人！"他笑了："唉，咋看都不顺眼。唉，女大了，留不住喽……"人类结婚、养女，然后总有点不舍但又不得不把爱女送走，便使得这些父母不想"随便"地送走长大的女儿，我的父母不例外，贾老师也不例外。时间过得真快，眼前的浅浅已经是个漂亮又可爱的大姑娘了。似乎是不经意间，她就在大家各忙各的事情忽略她时长大了。

有次，贾老师又病了，我提着先生公司里养的用来试着做口服液的乌鸡，与朱鸿等几个文友去西大他住的地方看他。我们要走呀，开门时看到浅浅站在门口哭。这是贾老师和韩姐离婚后，我第一次见到浅浅，她这时已经上中学了，我问她你可还记得我，她擦了下眼泪点了点头叫道："杨莹阿姨。"我心疼地把她带进去，她说她已经来了好一会了，敲门没人开。可能是刚才里面说话声太大，没注意外面有人，浅浅敲门声又小，大家都没听到。我觉得，我是能理解浅浅此时的心境，离异后家里的孩子是敏感而脆弱的，也许她以为是爸爸有了新女友，不再爱她了，有意冷落她而故意不开门。我的感受和浅浅一样强烈，因为我真的很感伤，眼睛已经有点潮湿，但我还是在笑着抚摩着她乌黑的头发想安慰她。

我的脑海里回放着有关浅浅的童年片段，而这些片段，地点常常在车家巷，那应该算是浅浅童年里最无忧无虑最快乐的时光。往往在韩姐收拾家务，贾老师在书房或客厅陪人聊天时，浅浅就会出现状况。那时她人太小，她的世界无人能沟通，大人没人和她玩，还认为她是在捣乱、在淘气。其实，从孩子的角度想，真是岂有此理！她一淘气爸爸就会把她拉进卧室，让她趴在床上，她就老实地趴在那里，尽管在不停地哭喊，还是被父亲扒下裤子，狠狠打那露出的屁股蛋儿。我碰到过几次，就叽叽喳喳喊着："现在都啥年代了，还兴这样打孩子啊？！你这是封建家庭那一套！应该说服教育才对啊……"救下浅浅来，感觉独生子女真可怜，没有玩伴，借口找大人玩时还要挨打，不想吃饭也要被拉去打，大人不知耐心地哄一哄。于是，我就很同情地带浅浅出去玩。记得她很喜欢吃一种叫甘草杏的东西，在他们家那条小巷口的小卖部里有卖。我似乎还能想起牵着她的小手在那条小巷里走的样子。或者，我们拐出车家巷，到阿房宫电影院看电影，如果有儿童片的话。后来，我还把我养的小白兔送过来陪她玩。

很久没有见到浅浅了，记忆里她一直是个小姑娘，然而，谁也不能阻止岁月的流逝和一个小姑娘在岁月里长大。一个很偶然的周末，我还赖在床上看书，王志平先生来电话，电话里乱哄哄的，打通电话却不像是在与我说话，只听电话里说道："新娘，快找新娘！"我问他是在和我说话吗？现在是在哪儿，在干啥呢？他说在参加婚礼呢。我问谁的婚礼。

"贾浅的。"

"啊？不说……啥……怎么是浅浅要结婚了吗？上次听那口气是对象还没定下来呢，女婿是那个……吗？"这才意识到已有很长时间没见到浅浅了。

"早都不是了……你别啰唆了，快来吧！"

"好，我马上来。"贾老师和浅浅参加过我的婚礼，浅浅的婚礼我当然不能错过啦。

到礼堂时，已经很晚了，客人已开始自由走动着敬酒了。我无心吃酒。我凑到孙见喜先生身旁问："今天谁收礼金哪？""门口。""门口怎么一个人都没有啊？！""那你来得太晚了！"我无辜得想哭。你们怎么没一个人提前告诉我啊！过于感性的我，不知怎的，此时很伤感。

据王志平先生说，这婚期也和我当年一样是往后推过的。可我竟浑然不知。我承认自己在有些事情上表现愚钝，可这件事也太愚钝了吧，怎么就没得到一点风声啊，怎么总是沉在自己的一个相对封闭的世界里。这被我母亲知道是会骂的。我向一位自称有浅浅电话的韩先生要了她的手机号码，打算把礼物和礼金送到她新房去。可那是什么电话啊，一直打到第二天都没打通。

我只好迫不及待地给贾老师打电话，我埋怨他没有通知我："……我被搞得这样狼狈，您把我搞得很伤心，您怎么连我都不通知……"我这么说时心想贾老师不知被多少像我一样的人埋怨呢，我伤心的程度开始逐渐减轻，便说："现在我只好得麻烦您把我的礼物转交给浅浅了，不能再晚了，必须今天交给她……"他电话里笑着说："你先不要伤心，你不知道，我给谁都没说，只给通知了亲戚……今儿回门呢，我们跟娃刚吃完饭……""那好，现在我往秋涛阁方向去，咱俩都往那边的茶楼走，在那里见面吧。"

我当即过去，贾老师已经和司机小夏坐在那里喝茶了。阳光洒在仿古家具上，洒在我们的身上，暖暖的。

我递上红包和一套日本茶具。茶具是彩色的，温馨的，我想浅浅一定会喜欢，因为我知道她是内秀的，喜欢浪漫和美好的，而这套茶具正是这样的年轻女子所喜欢的，我甚至想象着她和她的朋友用它喝茶或者喝酒时的开心样子，或者是日本大麦茶，或者是她喜欢的一种红酒。

品着绿茶，随便聊着天，话题当然离不开浅浅。我又想起他那时打孩子的事，他笑了说："我那时爱打娃，因为她那时吧太小，你给她讲道理不顶用嘛，把人当时气得又没办法……"

我说："你在婚礼上的讲话很感人，你读的时候自己有没有被感动得流泪哪？"旁边的小夏说："前一天已经流过了……"是的，作为家长，作为男子，他的眼泪怎能轻易让别人看到呢。我这样猜想，也许，他可能提前已经想到自己会逃不过讲话，而他也有话要说，但他这天一定是激动的，一激动就会说不出来，于是，像参加比什么都重要的会议一样，郑重地写下了一份很特别的讲话稿《在女儿婚礼上的讲话》，听他读讲话稿时，我和朋友们停下筷子认真地听，抑制着自己的眼泪不要在这个喜庆的时刻掉下来。等他一念完，我就提出要把它发在我们的副刊上，贾老师同意了，并说谢谢我。我再次感觉到了他对女儿的爱。

浅浅的婚礼使我陷入一种回忆，以致此时还沉浸其中，我不知道贾老师和韩姐是怎样的感受，婚礼上，我看见贾老师和韩姐是坐在一起的。他们脸上一直挂着幸福的欣慰的笑容，他们脸上被人抹了红，韩姐在不停地擦那脸上的红，我递给她的纸巾已被擦透。站在他们身边，我又想起了当年和他们一家度过的快乐时光，我想，如果他们一直这样不曾分开过多好啊。可是，命运是由老天安排的，时间不可能倒转，历史已经写就。容颜未改，只是彼此都多了一种沧桑感，其中多了很多年轻时不可能有的感受。望着他们，我感慨万千。

此时，我感觉不到眼前贾老师那对深邃得望不穿的眼里，是不是包含着泪水，但我可以感觉得到他对这个女儿，爱得深沉。

雪花赋

听家人说下雪了,就撩起窗帘往外看。哦,好一个美丽的世界呵!眼前正是漫天的雪花在飞舞,像飘逸的音符!这样的景色怎不让我对着窗外微笑呢。这是一个美丽的早晨。

趴在窗台看了一会儿落雪。愉快地梳洗。活跃起来的脑子就跟着想起了几件愉快的事情。人就是这样,心烦时想的都是烦恼事,愉快时想的都是愉快事。

终于,我忍不住了,想走出去看雪。我找出厚围巾厚手套,决定今天不坐车,我要走着去上班,出了南城墙就到报社了,不过两三华里的路程。

雪花,在街上飞舞,在我的大衣周围飞舞。看着天空,我想到了轻盈洁白的鹅毛。

雪花,在树枝上画着速写,一笔一笔。

雪花,落在我的脸上,落进了我的眼里,落进了我的心里。看着雪花飘到每一个角落,我可以感受到雪花的快乐,它是那样自由,那样洒脱。

雪花，把广场大厦社区院落屋顶，无一遗漏地装扮起来，把路边的树枝和小道笼罩得很美很静。只有几辆小车在轻舞的雪花中，小心翼翼地往前慢慢移动。大雪使古城一改往日的喧嚣，笼罩着一股淡淡的萧瑟气氛。

雪花带给我们的那种感受不是寒冷，此刻才真正明白了为何有"温雪"之说，才领略了梅不知寒的意味。

在北方长大的我，也并不是第一次饱览柳絮般的大雪花纷纷扬扬从天而降的壮观，只是突然间对那飘飘洒洒落入俗世的雪花有了一种不同的情感。感觉这冬天的雪花竟与夏日的荷花有着同样的魅力，一样地把圣洁和美带给了满是污浊的人间。

于是，在漫天大雪中，我似乎很享受，是雪花让一颗清晨苏醒的心充满温存，充满幸福和快乐。在忙得遗失了自己的时候，倏忽轻轻哼起了歌子，拥有了一份属于自己的间隙，此刻，便满心欢喜。尽管我心里知道，这份快乐像这些雪花的生命一样短暂。

我喜欢雪花落在我脸上的感觉，我喜欢它那飘洒、温柔的状态……在雪花中散步是一件美妙的事情，它让我不再郁闷，灵魂的长久独行似乎已不算什么了，于是，不再有孤单的感觉。

我活得不如雪花。曾经，无法找到一张安静的书桌，无法让自己的心静下来。总让无奈和微笑和在一起。曾经，独自面对冰冷的世界，忍了又忍。曾经，只是凭着感觉走着。回想一下，自己的灵魂曾无数次地问过自己：你就这样活着？还是就这样死去？敢于雪花一样地死，才有雪花一样的活！其实，在我的生命里，也飘过无数次雪花，那应该是我偶尔神采飞扬的时候，只是很快就消失了。

终于，我没有像雪花那样死，便没有雪花那样的洒脱，我仅仅只是活着，却真的不得不比雪花活得复杂。想只要活着，总能离理想更近一些的，死了，理想也就跟自己一起死了。为了理想，我得这么痛苦地活着。于是，那么多的日子，我就活在俗世里。精神世界的某个地方，一直空白着。

感觉我是刚刚从一种死寂中爬了出来，终于可以静静地呼吸，并可以用一颗从容的心去写了。想想，也许，在这个变革的社会里，过于感性的自己需要学习的东西太多了，那么多无端的痛苦，都是因了自己的无知与错觉。然而，很多的灵感、激情和好的感觉，也已如雪花随风而逝一去不复返了，我失掉的又何止是太多的时间呵！

雪花在展示自己时，那样洒脱，那样自由，那样无羁，既是被人踩踏而死，亦无甚憾。它们在落下时，并没有想着要回去，然而，当它们整整舞了一个冬天，才知道自己原来是迷惑于人间的那个谎言。不过，总算熬到了富有生命气息的春天。

长长的一生里，总有种悲凉的意味让人常常陷入沉思。女人在40岁以前，走不出自己。总是被自己少女时就设在理想中的一种情感追求、一个谎言所迷惑，一切由不得自己的，想那张爱玲在一个年龄段里也同样走不出自己。是的，如今我的生命并不老，但也已不再年轻，随日子而逝的美丽的梦，留下了美丽的忧伤。因为在追求水中月镜中花一样的过于理想的梦的过程中，太阳也在大把大把地揪落着我身上的春色。

然而，痛苦总是心灵自由的永恒的内驱力，不禁想起卢梭的话来：一方面基于天性而不断地涌动着对自由的渴望；另一方面，却因无所不在的枷锁或是因为客体，或是因为社会，或是因为自身而备受羁縻之苦。人生总要在生活中经历种种磨砺，才学会舍弃它粗俗的实质，仅仅取其芬芳馥郁的香味，奇谲变幻的色彩，用这些东西来做成一朵自己的玫瑰花。

我拐到了那条正在施工的公路上，华丽的街道突然飘到了身后，这里的地面一片雪白，宽阔而平展，没有车，也没有植物。雪地上少人走过，裸露着的建筑木料上落着几只麻雀。平日来回走动的大吊车和轧路车都静止了。新年就要来了，新的东西总会让人充满憧憬。

厚厚的雪，发出噌噌的声音，扑向脚面。我的脚立即感到一种强烈的寒意，体味到了生命的温度与生活的香醇，体味到了生命的美丽和生命的洁净。似乎越冷越能清醒地感受到生命的存在。这冷的感觉也让我想起一个女子。最近，在以我名字命名的那个论坛里，出现了一个叫冷的很有灵气的女孩子。虽名冷，但从文字里我却感觉得到一种少有的激情。越冷越有激情，这是北方的气候铸造出北方人外冷内热的性格。可是，这个女子却说她来自南方，此时正在上海的家里。是北方的雪和冷吸引她来的吗？还是北方的人吸引了她？耳边梦一般地又回响起刚收到的一个名为《怀念北方》的 flash。那音乐像从天外传来，却也有点苍凉，是莎拉布莱曼的一段音乐。"当我轻轻地离开了你，让我回到我北方去，当北方已是漫天大雪，我会怀念遥远的你……"每一个人都有个动人的故事，而每个人的一生，都会渐渐变成一首动人的歌。

走过含光门时，我更充分地感受到了大自然绝妙的神力。环城公园里的小亭、城河、城墙尽染，城河两边似盛开着的千树万树的梨花。我嘴里念叨着："我的北方"已被银装素裹了。矮矮的花树和草尖上，已经积了厚厚的一层白雪，无意间，我看到了一抹隐隐约约的黄，让人心疼的黄，那是蜡梅。似乎在看到它的那一瞬，就闻到了它的清香，似乎我这正是踏雪寻梅而来。西汉诗人韩婴曾说："凡花皆五出，唯独雪花六出。"我无心细数蜡梅与雪花各有几瓣，只远远闻着了它们和在一起的淡淡清香，正是这淡淡的，才打动了我，使我的心里觉着难忘这短暂的美。我像那风中飘曳的带雪树枝，任雪花飘落在我的身上，然后又被无意间抖落。感觉整个世界安静了许多，干净了许多，空灵了许多。人，心净了许多，心情，也豁亮了许多。想起香山雪，想起独自在外的日子，那么静，那么美，也那么冷……去年冬天，我在鲁院参加全国中青年作家高研班的学习，其实，那时的北京没有西安这么冷，但我那时怎么一直觉得冷，沁人的花香里渗透着刺骨的冷，直冷到了心里。想想还是在家的好，即便是这样寒冷的日子，心里也会有一种温暖的感觉。

到了办公室，我仍不由自主地走到窗前。我的眼前，是一个被美化得更加洁净的世界。雪花，缓缓地落下。雪花，落在南城墙，南城墙便显得更加清秀和壮观、有气势。雪花，落在环城马路上，落在西北大学的操场上，有人影在雪花间走动。雪花，飘在市第二保育院的上空，浮现出格林的童话世界。一上午，我就站在七楼的大窗前看落雪。我看到了眼前的一幅很美的图画，也看到了我心里一幅感动着自己的图画。一切，都是单纯的，洁白而清爽的。

午后，外面的人渐渐多起来，路上的车也渐渐多起来。路上的雪化了，路是黑的，雪花的结局往往同泥泞和污浊连在一起。一切，都是复杂的，混浊不清的。

我上午看到的那个世界没有了。雪花的生命，真的如此短暂，却又挥洒得那么精彩。雪花飘飞的世界，是我的梦幻世界。当雪花不再飘舞，当我的梦幻世界开始融化，我便停止了活跃的联想，不得不回到现实世界。

雪往往是需要冷眼旁观的，就像有些人，有些事。而雪花，却是要在它飞舞时观赏的。活，不是雪花的目的，雪花在乎的仅仅是那个挥洒的过程。雪花活的过程，却是死的过程。雪花活得漂亮，死得却难看。雪花以自己这个死的过程，唤醒了一个在寒冷中沉寂的世界。尽管苏醒后的世界留下的是雪花的残影，人们也不会忘记雪花的美丽。

守着母亲

　　看着贾平凹先生那幅画作《通气图》，我思量着一位善良的母亲和一个孝顺的儿子。

　　8月27日那天，正当画家王志平夫妇来找我要一幅关于民工的摄影作品时，我接到了贾平凹先生的电话，他告诉我，说他母亲手术三天了，怎么还是不通气，急得他不停地给主治大夫打电话，一再嘱咐要用最好的药。那天，我们几个陪他去了贾妈妈住的那家医院，守候在医院的外面。由于贾妈妈年纪大了，肝肾功能衰退，恢复得很慢，儿子再急也是无用。还是没通气，我遗憾这阵子买什么好吃的贾妈妈都吃不成，心想着，老人嘛当然恢复得慢，可总会好的，等贾妈妈出院了，我们买了她喜欢吃的送家去。

　　贾先生是个大作家，他也是一个普通的儿子。自己的母亲，世上只有一个，走了就再也没有了，尽心尽孝是要抓紧的，并且是要亲自的，朋友们最近都不敢打扰这位作家儿子，他们想帮忙也是帮不上的，他们知道，最近这些天来，这个孝顺的儿子一直都守护着自己的母亲，深怕自己以后在心上留下什么永远不可弥补的遗憾。

那天，贾先生回到他工作室里画了几幅画，其中就有这幅《请神龙为母通气图》。从那天到今天才刚刚十天时间，他的母亲就离开了他，早知道这样，他可能不会让母亲做那个手术的。可是一切都是那么难以预料，他一定是为了让母亲活得更长久生活得更好，尽一切可能挽留和延长母亲寿命，才接受大夫的手术建议的吧。

陕南丹凤县棣花村，是一个美丽的小山村，离西安有3小时的车程，三天前，儿子和儿媳陪着母亲回到故里，默默地守着母亲。多年以前，这个儿子的父亲去世了，不久，这位母亲追随着儿子去了城里，老家的房子空下来给乡亲住了。母亲在城里住不惯也得习惯，因为母亲的心里没有一刻不惦记着城里身有病患的儿子，她一直为儿子的身体操心劳神着。

在城里，从多年前的住不惯到后来的习惯，母亲心里在静静地守着儿子，是儿子撑着母亲的一片天。无论再忙，儿子心里也一直守着母亲，在他遇到事业和家庭的挫折时，是母亲给了他最大的安慰。

贾先生有篇题为《我不是一个好儿子》的散文，从文中看到贾先生经常给母亲送钱，是一个非常孝顺母亲的儿子。"不是一个好儿子"，只是他自己认为"常回家看看"的次数没有他想的那么多而已，如今，这个年龄有家室有事业的人谁又能保证每隔几日和父母吃一顿饭呢？大作家虽然忙，母亲的家他却是常回的。其实，每个人到了中年，都很难保证"常回家看看"了。记得两年前的一天，我们夫妇陪贾先生办完一件事，本来要一起吃饭，这时贾妈妈让他大妹凤霞打电话叫他回去吃午饭，并说他隔几天必须回一趟老人那里看看，吃上一顿饭，他说不如你们一起随我回去吃吧。我问够吗？他说，管你们吃饱。我想这样也不错啊，一来可满足我的某种好奇心，二来也让百忙中的大作家尽了孝心，再说，他母亲老觉得他饿着，非要他吃饱。那我们做朋友的更要满足这娘俩儿的心思了。

那天我们去贾妈妈那吃了她包的素菜饺子，贾妈妈看上去很精神，从她的说话和动作看怎么都不像已是七十八岁的老人。那次临走，贾妈妈和凤霞给贾先生装了一大塑料袋包好的素菜饺子，让他带回去放进冰箱，写作时饿了煮着吃。那时，他正在修改他的长篇《秦腔》。做母亲的一直心疼儿子的身体，希望儿子能吃好吃饱，认为"我娃写出来的字，都是我娃的心血"。我为作家儿子和他母亲的故事感动着。

这位大山里走出的儿子终于又陪着他的母亲回来了。这些天，儿子守在母亲身边，他回忆着母亲，感受着母亲怎样地一点一点离开自己。这个儿子和这个母亲正在经历着一场生离死别……

看着遗像上贾妈妈慈祥的笑容，我的眼睛模糊起来，忽然就想起了一个黄昏，我在西大上完硕士班的课，往学校大门方向走时看到一位熟悉的老人瘦削的身影，她独自坐在藤廊下乘凉，我定睛一看，是贾妈妈，便走过去打招呼，贾妈妈伸起胳膊指指旁边宿舍楼的方向，热情地招呼让我去她屋里坐，我说不啦，咱们在这里说说话吧。我问了问贾老师女儿浅浅的情况，她说浅娃也在这学校上课呢，常常还住她这儿哩。看样子老人已经渐渐习惯了城里的生活。就是这样一位普通而勤劳的母亲，为中国文坛培养了一位伟大的作家，她除了承受一般母亲所承受的痛苦和快乐，她还承受了一般母亲所没有承受的灾难和幸福，贾妈妈是伟大的。

面前穿一身孝服迎来送往的人把手伸过来要和我握手，我一看，正是为母亲守灵的贾先生，此时他已和我前面的那些人都一一握过。他看上去还好，但这个时候，叫我礼貌地微笑一下都有点难。我说："你一定要保重自己啊，你的健康就是对贾妈妈最大的孝了，老人多么希望你健康，你可得多吃东西，吃了东西就有精神。"我一时感觉不知道说什么样安慰的话，嘴就变得笨拙起来，每次一到关键时候就这样。

贾先生点着头，他告诉我们，贾妈妈走的时候很安详，他会注意自己身体的，今天来的人多，他过会儿去吃饭。这时，我往后退几步，看清楚了贾先生写的概括了贾妈妈一生的挽联："相夫教子慈悲贤惠，持家有道六十年；扶困济危知理明义，处世传德八十载。"

贾先生正陪着我们在里屋说话，谈着老人最后的身体情况，有乡亲进来对他说："烧纸了。"于是，贾先生出去与他的弟兄姊妹们在院里跪了下来……

握别时，朋友们感觉到，所有的担心和叮咛这时对这个儿子都显得多余了。道一声珍重，向贾先生和他身后的小屋挥一挥手。

回城的山路上，飘着秋雨，车里，听到正放的一首歌，是陈洁仪的《天冷就回来》："……不知为什么，伤心像快乐，妈妈笑着说她也不懂得。我想出去走一走，妈妈点点头，妈妈的眼里有明白，还有一份无奈，天冷你就回来，别在风中徘徊……雨水一点一点洒下来，那滋味叫作爱……天冷我想回家，你已经不在……"这歌词我当时记得不全，或许有些地方记错了，可是，它却代表了一种情感，我感觉它就像是为这对母子写的。

一行泪，就轻轻地从我的脸上滑落，为了一个母亲。

烟花

　　每一次从长安出发,都是为了再一次更好的回来,为了回来后更有激情地活着。客自长安来,还归长安去。每一次回来,又是为了更好的出发。人生,是需要境界的,做什么事情也是需要激情的。然而,常常,我们总是看着淡青的天,空空的,闷闷的,低着头,看着脚尖那一块地方,夹着尾巴,默默地走长长的路,沉重,难以一下子就大彻大悟。回头看时,才发现,很多时间里干的事是徒劳的。在参加别人的追悼会时,才感觉有的人终身竟躲在一个空壳里,就那么活下来,一直到死。想想,好可怕,惊叹:人生不过是一场烟花,一场有准备的烟花么!那我们为什么不提起精神来,让它一次次的绽放更加灿烂呢?

　　这些天,无奈地碰到一些世俗而又虚伪的人,被俗人算计为俗事所累,想逃,但又逃不开,我知道那是徒劳的。好不容易挨到了周末,感觉倦极了,要好好睡一觉,有了精神好把那写到一半的稿子写完。可是对一个本要拒绝的电话,不知怎么说"不"。不想唱时唱的歌会跑调,心烦不想说话时,话越说越难听,那么,不如索性说:"好吧。"这样,与一群完全不着调的人耗费我宝贵的周末时间,心里并没看烟花的兴趣,却还是去了。

到了外县，吃了一顿很漫长的饭。此时的我似乎很难被谁点燃，身旁没一个"对的人"能刺激到我的神经，我只能在我的世界里漫游，有一句没一句地应对着那些没盐的话，那个声音好像已经不是我自己的。

晚饭后，快快地跟在几个刚认识的人后面，穿过几道陌生的街巷来到一片较阔的乡村路上。夕阳的余晖里，幻灭越来越深重，看着几秒钟后就幻灭的夕阳，看夕阳荼蘼一片，一种美丽的莫名伤感。

不想让自己因此耿耿、郁悒而消沉，可这实在不是我喜欢的一条路，不宽，少树，乡镇里的商场，透着一种莫名的荒凉，三三两两的人凑在一起说话，几个经过的路人无意识地望一眼摆放一旁的烟花箱，并未意识到这里将有一场烟花。在陌生地看意外烟花，心底忽然萌生荒凉处有至美的念想，大美无言，心里就有了种对市外烟花的期待。

天色一点点暗淡下去，不知过了多久，就黑成了一片。正与旁人说话间，第一箱烟花已腾空而起，一场焰火轰然开场。一朵巨大的烟花照亮了星空，没有遮掩，没有虚伪，没有娇羞，没有踌躇，只有真切、美丽而热烈的绽放。强烈的光和巨响，刺醒了我的神经和感觉，这烟花不是为而我放，但它闪耀的光彩却令我心动，这是一种切肤的感受，它就在我眼前绽放，第一次离烟花这么近。周围一下子就站满了人，每一道目光，都射向爆炸那一刻的闪光点。走近，才能看得真切；放大倍数越大，才能引出细节。以前看烟花，都是远远地坐在市体育场的看台上，总让烟花的美带着一种远远的朦胧。

一朵艳丽的烟花在空中静静地散开，淡去，渐无声息，无人能触及，迅疾化为烟尘，消失，那么短暂。来不及惊讶，来不及叹惋，来不及感动，第二朵异样的烟花已经升空，还未完全展开，第三朵紧接着就绚烂开放，第四朵，第五朵，令人眼花缭乱起来，喷花、吐珠、线香、旋转升空类烟花一簇簇地在空中争相开放，形态各异，交相辉映，一朵大过一朵，红的、黄的、白的、粉的，飞入乡村空旷的天际，在天空尽情绽放，五彩缤纷，色彩斑斓，点缀着漆黑的夜空，高高地绽放在乡村的夜里。烟雾吃掉了那一块天。这是一场有准备的怒放，霹雳雷霆震撼着四野，烟花释放出的绚丽光芒照亮了乡亲们的脸，照亮了周围平淡而简单的生活。一捆捆烟花释放出的绚丽光芒，在点燃着心灵，在点燃着热血，一种激情在人的胸中燃烧。别处是沉寂的，只有这里是燃烧的，热闹的。就像一个平时不被注意的人突然地登场亮相，这里在其他时间里也是看不清的，而这一刻里它是通明的。

天上开过那么多花，每一朵都大过我们能看到的。我站在漫天的烟花下，犹如观看人生的青春时代，犹如欣赏一场好莱坞大片，犹如欣赏一场伟大的爱情。每一场烟花都有它燃放的原因和理由，每一个看烟花的人都怀着不同的心情。烟花把它所有的热量释放、挥洒、燃尽，看烟花的过程里，我才意识到自己心里竟潜有那么多还未挥洒的激情和勇气！

其实，每件事都有成功与失败，在完成它的过程中总有成功者和失败者。具有并实现"伟大理想"之"巨大成功"者，总是极个别的少数人，看看我们周围有那么多用毕生精力去努力想当个大画家、大书法家的人，其作品能传世者又有几人？绝大多数人在一生里并未能实现自己的"伟大理想"者，那你能说他们都是失败者吗？如果因"大书画家"总是凤毛麟角而不敢有当"大书画家"的想法，那这个世界就会真的没有大画家、大书法家了。敢于成功的人往往是有"大理想"的人、敢于冒险的人，他们并不知一路潜藏如唐僧取经路上的艰难险阻，知道了也会勇往直前。所以，人一生，要敢于"实现大理想"、敢于"怒放"才行，不能因不会获得最大成功而轻易放弃。胡适先生"宁鸣而死，不默而生"的精神，是在说一个道理：人生最大的冒险，就是不去冒险。

美国画家、作家伯纳德·韦伯说："勇气，是再来一次！是知道还有高山，就一定要去征服！是坚持自己的理想！是棒球比赛进入最后关头，轮到你最后一击！"那么，我要说，怒放也是一种勇气！即使知道要消亡，也要耗尽生命迸发出自己最后的绚烂。承受寂寞，是一种勇气！只要有勇气，就能看到绚烂的烟花！人的一生里，不可忽略的是"勇气"。几乎每个人，都是不快乐的时候多于快乐的时候，你也许纳闷，为何有的人脸上常挂着微笑，甚至妒忌那些笑脸。其实，他也和你一样，内心有着做人的难和苦，之所以还笑得出、还给得出一个笑脸，那是需要一种来自内心的勇气，那是一种勇敢！他是比你更敢于面对，并不是每一个人可给得出你那样一个灿烂的阳光笑脸。于是，当我把灿烂的笑脸给我的家人、我的朋友、我的同事时，似乎一种美好、阳光的感觉就会感染到他们，于是，我不但让自己给别人笑脸，还要给得灿烂。

半个小时后，街道恢复了平静，眼前恢复了黑暗与静寂，刚才热闹非凡聚满了人的地方立即变得空空的了。一场烟花转瞬即逝。夜空沉寂，我该回去了。不再问，今夜这烟花是为谁妩媚？那个问题就像问我们为什么要写作。每个敏感、好奇、试图触及灵魂和精神的另一个层面的人，都会不由自主地丢开与"燃放"本身无关系，它只是在需要燃放、需要抒发时及时地燃放、及时地抒发了而已。犹如爬上了一个山顶，欢呼一阵子，然后，踩着路上编结的眼前散落一地的无法重新编结的花环，踩着空空的泥泞下山去，或许，只是证明了曾经久久欣赏过的一场虚无。自古烟花即有鼎盛繁华瞬间成空的意味，有人把这种盛开过后立即败落认为是唯一的"隆重而安静的死亡"。我不这样认为，人类的种种事业，无一不在渴望着再度辉煌，或许，仍带着迷惑，望着最后的星火，把梦糅作一团，在等待熄灭的时候，就已在等待着下一次燃烧了。也许，只是为了在另一个时间爬上另一个山顶。

怒放的烟花犹如怒放着的生命，有储备才有怒放，那充满勇气的绽放瞬间与灼热，正是积蓄一生的修炼与积累，怒放前的安拙守静，沉潜与坚守，都是必需。生生不息的热闹人生注定也是寂寞的，开放以前和开放以后的时间，都是那么漫长。尽管绽放的时间是那样短促，在接近顶峰的时刻，更需要沉稳和耐心。真的，看看我们的一生，灿灿烂烂轰轰烈烈的时候总是有的，但都是很短暂的恰到好处的那一段，生活中惨惨淡淡稀稀疏疏很闷的平淡而又简单的日子却是多的。人生更多的时候比烟花寂寞，很多时候，只有我们的梦想不寂寞。尽管人生的寂寞总多过甜蜜，人的梦想和欲望却是无穷尽的，总存有对更高层次的向往，那一个个梦想、一个个欲望，就似一场场烟花，那梦想也许是一个国际大奖，当你郑重地捧着奖杯回到家里时，面对的却是烟花后的寂寞，面对的是梦想实现后的下一场烟花重放前的一段长长的沉寂。

"天行健，君子以自强不息。"如果什么都看破了，怎会再有触动内心的东西？怎会再有激情？就像对爱情的向往淡了，我们还有属于自己的梦呵，还有对理想境界的向往呵！当然，不怒放，也并不影响我们的生活，可是同时也并没人来剥夺我们怒放的权利啊！只是，我们时常突然感觉自己没有激情、没有动力、没有希望了，不是吗？这时，我们需要一个希望，一个动力，那么，烟花何尝不是这样一种动力和希望呢。黑格尔说："要是没有激情，就不能从事任何伟大事业，伟大事业也不会自我实现。"所以，我甚至想，老子和孔子一生也一定是充满激情的吧。

"无为而无不为。"有些东西是无法记住或者是应该遗忘的，有些东西虽然短暂却深刻得令人无法忘记，如烟花。生命里的爱，如烟花般一次次在一刻一刻里绽放，在人的记忆中永远留存着的，是烟花绽放时的样子，那一份无法留驻的浪漫，却是此生里美丽的图案，所以，尽管烟花的光芒是短暂的，但我们还是无法抗拒它的美丽，在世上的所有漫长而平淡的现实婚姻生活中，是不可能有不灭的烟花的。如果让女人如烟花一样，只为生命中的那一场盛宴而绽放，换来的仅是记忆中一个华美的过往，也因为在平凡的一生里已拥有过如烟花一样灿烂而美丽的爱情，也才会有满足，才会有再一次的渴盼。想，那美丽肯定是真的，没必要对烟花的真实性产生怀疑，但那种真却并不一定能够长久。有哪一种鲜花可以一直盛开呢？有多少笑可以一直在脸上灿烂呢？

夜里十点钟，走在回去的路上，没几个行人，我心里满满塞着烟花的样子。梦，无论曾经多么的繁华，也终会被琐碎的生活鞭策得归于平静。可是，人的精神境界却仍如一场又一场的烟花无止境，需要一次次的怒放。我想，如果明白了这些，也就可以忍耐绽放前的寂寞以及绽放过后的沉寂和忧伤了。知道了灿烂之后的平凡，在这光芒散尽时，夜空无边的寂静里显衬出的就不该是烟花的悲哀，而是一种长久的回味。一直追求完美的自己，如果心里所寄的希望和理想不再那么高，就不会再让美丽落到虚空，就不会总感觉到残缺，就不会再产生极致的绝望，就会为下次彻底的燃放而积累，而准备而努力。然而，正因为有没有实现的理想，才会有下一次的感动和回味，最终"怒放"——做一件尽自己最大能力做出的事情——比如一个作家写一部自己最满意的作品——唯一能够带进棺材里的东西，以它而满足而无憾，就会把绝世的光彩镌刻在心里。

  常常，美丽刚刚开始，萎谢便随之将至；常常，在幻灭之后，又看到了燃烧的太阳，看到了太阳荏苒。"道可道，非常道。"重要的是自己可否在无人注目的暗夜里忘情地燃烧。

浪漫

  并不是每一个人都懂浪漫，因为并不是每一个人都有浪漫情怀，而并不是每一个有浪漫情怀的人都会浪漫。我想，只有那些充满活力、充满想象力，对生活总带着美好希望的、富有诗意的想象力的人，才会给自己的生活和自己的爱情着上丰富的浪漫色彩。
  浪漫存在于人的想象之中，一个有浪漫情怀的人，只要与相爱的人在一起，不管在一起干什么，不管条件多么艰苦，多么狼狈与尴尬，都会以不同的形式产生浪漫，从而使他们感到十分充实。有时，浪漫只是一种情绪，一种感觉，比如，将一张微笑的脸向着晴朗的天空，或在雨天，漫无目的地散步，都有一种浪漫感觉在其中。于是，有浪漫情怀的人，哪怕静静地待着，也会让自己和友人激动和幸福。这也就是为什么不管在什么条件下，倾心相爱的人总会有浪漫感觉的原因吧。
  生活中，不能缺少浪漫，更不能没有浪漫，有没有异性朋友，结没结婚，都不影响浪漫，因为有时浪漫就意味着变化，试想如果每日只是日复一日地复印着昨天，人如同行尸走肉般，寻不到一丝浪漫的痕迹，死气沉沉地提不起精神地活着，那还有什么意思！只在纯粹延续生命的生命还有什么意义！不如死了算了。

人们平静的生活为什么都会是美好的回忆呢，因为浪漫总隐藏在平淡的生活中。在凡尘里存留一点浪漫与渴望，心中有着柔柔的一隅，生活就会变得不是那么沉重、冰冷。于是，有的人是不愿失去他认为浪漫的机会的，一有机会能浪漫就不失时机地恣意浪漫一回。

浪漫与人的阅历有关，浪漫的人往往没有邪念，浪漫需要有浪漫的心情，这是前提。有人是天生就带着的，有的人是通过文学艺术构筑自己的精神空间时，而天生加后天的作品熏陶，心底的浪漫意识就更强。随人的年龄增长，人生道路的向前延伸，浪漫的感觉也在变化。我觉得，浪漫只要不过头儿，总不是坏事。

浪漫有时也与缘分有关，相信缘分的人容易产生浪漫的念头或联想，往往在第二次碰到某个人、在第二次做某件事时，就会认为会有一种躲也躲不掉的情分与缘分，便有种浪漫情调弥漫其中，心情自然就会愉快，如果他们认为没有缘分，那就不会产生什么浪漫的情结。

浪漫虽不是异想天开，但也需要智力，需要有丰富的想象力，想象力越丰富，浪漫的色彩就越浓。一般来说，想象力丰富的人就是一个浪漫的人。到了21世纪，浪漫不仅仅是人们已经表现出来的那些——出门时给一个吻，上班时打一个电话，周末看一场电影。什么是浪漫，对它怎么定义，也许一个人一种想象，因人而异。对有的人来说最浪漫的事就是曾经收到的一封情书，多么单纯。而对有的人来说这已不算浪漫，他一生有可能充满了别人想象不来的浪漫和乐趣，有回忆不完的美好记忆。浪漫即便是褪色，也是美的，它永远畅销。所以，要想使自己的生活过得丰富多彩，要想使将来有更多美好的回忆，要想使自己的生命更具意义，就必须花一些时间展开你的想象力，给自己的生活注入浪漫的色彩。

罗曼蒂克是一种感情形式，浪漫的人有时是不现实的，比如，他在谈恋爱时是绝对不谈收入、住房等物质问题的，他是纯粹的恋、纯粹的爱，是不适合结婚的，一旦进入现实，打击将是难以承受的。所以，在现实生活中不能一味追求浪漫。

　　浪漫是要具有活跃的时代感的，一个有浪漫色彩的人会使他的婚姻变成一个花园，如果有着浪漫情怀的夫妻在每个阶段都关照他们的花园，他们的花园就会是一个永远美丽、鲜艳夺目的花园；只有没有浪漫情怀的人，才会使他的婚姻变成坟墓；如果两个人都不讲浪漫情调，那还不是悲剧，最要命的是其中一个浪漫另一个无一丝浪漫感，那么，另一个定会痛苦不堪。

　　婚姻并不是不要浪漫，只有掌握好婚姻与浪漫之间的辩证关系，才会有一个幸福美好的家庭。婚姻是现实的，爱情是浪漫的，没有浪漫的婚姻还可以维持，而没有爱情的婚姻迟早会解体，婚姻不可没有浪漫，婚外恋常发生在不追求浪漫的婚姻中，然而，再浪漫的婚姻都是建立在现实的基础上的，拥有只追求爱情和浪漫的不实在的婚姻，心里是永远不会踏实的。

写给我的两个孩子

每当我喊出女儿大名时,心里多少想风趣一下,想让孩子有大人的感觉,因为自从把她从婴儿室抱回来,我们家人至今一直都叫她的乳名宝宝,可见我们骨子里有多么爱她。我一直以为,对我们这些当年需领"娃娃头"才能生育的独生子女家庭来讲,一个孩子,甚少!俩男孩或俩女孩总比一个好。而有一个女儿的,还想有一个儿子,有一个儿子的,还想有一个女孩。正当我们有所遗憾的时候,有一天,我家的九零后独生女带了一个男孩回来,这个男孩也是他家独苗。俩孩子的价值观、思维方式、语言行为如出一人,继承了东方的雅韵和西方的摩登。女儿天生喜欢小动物,晨辉喜欢养动物,尤其是小狗和乌龟。他们是那样相爱,二人是被同学牵线相识的,相亲那天,他们忽想起曾在某场婚礼上已见过面,当时他们被当作金童玉女,一个是伴郎,一个是伴娘,可谓有缘。陕西有"八大怪",其中一怪是"姑娘不对外",也是做父母的不舍得姑娘嫁得太远,很高兴我女儿在西安遇见了与她这样投缘的一个男孩。感谢他们美好的遇见,感谢在同一个城市"遇见"好姻缘,感谢老天这样的安排!只要女儿爱,我就视为宝,于是,我称我的女婿为"金龟婿"。望着两个孩子,我忽有种自己多了一个孩子的错觉，顿时产生了一儿一女的幸福感，并非人们常说的"一个女婿半个儿"，我想把这种美好的错觉一直延续下去，我会像爱自己孩子一样去爱他，我相信，如果努力，一切都有可能成为现实。同样地，我相信，如果我的女儿像爱自己爸妈一样去爱他的父母，女婿家也会把女儿当成自己的孩子，女婿他们家也就多了一个女儿。那样的话，在这个世界上，两个孩子多了一个疼爱他（她）的母亲和父亲！我相信女儿会的，所以，孩子们是幸福的，我们是幸福的，我们是多么幸福的两家人！逢年过节乃至周末，我们两家人可常在一起聚餐、郊游，这也是现代独生子女时代成就了我们，给了我们尝试另一种处理亲家关系的方式和机会。

谈恋爱，结婚，生子，是让一个男人和一个女人成熟的过程。慈悲的佛能做到"扫地恐伤蝼蚁命，爱惜飞蛾纱罩灯"，你们要有一颗仁爱之心，博爱之心，大爱之心，爱家庭，爱父母，爱孩子，爱事业，爱国家，爱社会，永远不说有损于国家的言语。要知道，有小爱，有大爱，才能成全一个人。

我很高兴我的孩子正在走向成熟。现在，我要对我的两个孩子说，今天，你们结婚了，从今天起，你们就要有所担当，要勇敢地承担起对家庭、对双方父母，以及未来对你们的孩子的责任，双方的脑海里时刻要有一种责任感。

婚姻对一个人的一生来讲是重要的。女人的一生好似花开的过程，天生需要家人的呵护而不被坏人欺负，作为她的父母，我们在渐渐老去，于是，我们将把呵护她的义务慢慢移交给另一个呵护她的人，晨辉的责任会越来越多。男人的一生是在外面世界拼搏奋斗的一生，有时就像天空里勇敢而孤独的风筝，无论外面环境多么恶劣，都要尽量保持自己飞翔的风度、姿态和尊严，天生需要家人的关心体贴，家人时时不可放弃手中那根充满了爱和美好希望的生命连接线，同样地，作为晨辉的父母也在逐渐变老，这是人类的一种必然，相信他的父母也终会将他们手中的线儿全部交到女儿的手里。所以，两个孩子彼此责任重大，一旦迈进婚姻的大门，就要清楚自己肩上已经有了一份责任。

希望你们俩要正确对待彼此的差异，男女差异既能擦出爱的火花，也能引发两性大战。要注意不要总是以自己的方式去要求对方，而是要在积极沟通、交流的基础上，求同存异，宽容接纳。婚姻生活中不要计较对错，夫妻之间没有对错，更不需要法官。要重视彼此的需求，用调适、包容代替改造。你们俩要得到一生的幸福，就需要双方用漫长的一生的时间来相互体贴、相互爱惜对方。

幸福需要双方相互的尊重。一个家有一个家的发展历史，一个人有一个人的发展历史，一个家有一个家的生存习惯，一个人有一个人的生活方式，这个人与那个人、这个家和那个家，一定是不同的，没必要让自己的家去和别人家的生活习惯一样，更不要攀比，只要你们不拿对方与他人比，首先做好自己，就会做到彼此尊重，只有让家庭里每个有独立人格与个性的人自在、健康地生活着，才会有一个真正快乐幸福的家庭；只要一个人在走进另一个家时，心里有一份尊重对方和对方家人的心，就赢得了一生的幸福。

在这里，我还有一点建议给我的两个孩子。夫妻之间，你觉得道理能够讲通时，你就讲，对方能够接受你的道理时，你就讲道理，讲不通时就别讲，只让对方觉得自己在爱着对方、在乎对方就够了，因为夫妻之间，往往没什么道理可讲，有时候，只要对方需要，只要对方高兴，只要对方觉得心里舒服，那就是道理，那么，所谓的是非观点，暂时不要究个分明。很多时候，我们人类往往由于自己的自作聪明，在本来可以生活得更幸福的时候却自寻烦恼。

记住，夫妻之间最主要的是相互信任，只有彼此信任，二人才能一起走得更远。

最后，再一次衷心祝愿我的两个孩子，恩爱一生，互敬互爱，天长地久！

抓周记

今天，俏俏满一周岁了。去年的这一天，天空中飘着美丽的雪花。正是毛泽东诞辰，正是想到了毛主席《卜算子·咏梅》中的诗句："风雨送春归，飞雪迎春到。已是悬崖百丈冰，犹有花枝俏。"于是，给她起名为"俏俏"。今天，天空中依然飘着美丽的雪花，随雪花送上我心底的祝福，愿你：健康快乐幸福一生！

过周岁生日，意味着孩子在人生道路上安然地度过了第一个春夏秋冬，做父母的都特别重视孩子人生这第一个生日，一般在这一天，都会举行岁礼，即抓周礼。"抓周儿"在一些地方俗称"抓岁"，与产儿报喜、满月礼、百日礼等一样，同属于传统的诞辰礼仪，其中以"抓周儿"最隆重，是对生命延续、顺利和兴旺的祝吉，这种庆贺周岁生日的主要礼仪，在民间流传已久，三国时代就有，至隋唐时逐渐普及全国。宋代孟元老《东京梦华录》中记载说：民间生子后，"至来岁生日，罗列盘盏于地，盛果木、饮食、官诰、笔砚、筹秤等经卷、针线应用之物，观其所先拈者，以为征兆，谓之'试晬'，此小儿之盛礼也"。

"抓周儿"，又称拭儿、试晬、拈周、试周，英文为Draw lots，它是婴孩周岁时举行的一种预测前途和性情的仪式，反映了父母对子女的舐犊情深，具有家庭游戏性质，是一种具有人伦味、以育儿为追求的信仰风俗，也在客观上检验了母亲是如何带领的、如何进行启蒙教育的，以此来测卜其志趣、前途和将要从事的职业。家人根据孩子所抓物品来预测宝宝的兴趣、爱好以及将来可能从事的职业。有些地方还流行一种类似"抓周儿"的起名方法，据说钱钟书的名字就是抓周所得。

如今，不少地方当婴孩满周岁时，仍有"抓周儿"习俗，纯粹是一种取乐逗趣的游戏，以助孩子周岁欢乐之兴。当孩儿抓到钢笔、本子一类的东西时，孩子父母则欢天喜地，心旷神怡，高高举起孩子庆贺逗笑，围观者拍手叫好。这也可说是我国古老民俗文化的一种"遗风"，地域不同，形式不同，虽然，小儿周岁并不搭棚办酒席，也不下帖请客，但凡近亲们都不约而同地循例往贺，聚会一番，给小孩买些糕点食物或玩具。为此要设宴庆贺，一则祝贺孩子的健康成长，二则寄托大人们对孩子的美好期望。

在俏俏周岁这天，一大早，俏俏妈给孩子梳洗干净，换上了漂亮的生日新装，抱到家里佛堂上香，告诉祖先宝宝满一岁的讯息，祈求俏俏能健康成长。

接着，亲友们忙忙碌碌地准备进行抓周仪式。首先选了比较宽敞的客厅，在中间地上铺一张大大厚厚的婴儿垫，在一端铺一条红色棉质围巾，准备一会儿将俏俏妈准备好的抓周物品摆在那里。大家说说笑笑，开动脑筋，想着放些什么物品来当抓周内容，你一句我一言的，说道，待会俏俏一放上去，一定要任其抓取，任何人不予任何诱导，任其挑选，认真视其先抓何物，后抓何物，观其发意所取，以试贪廉智愚……俏俏妈最终决定选用哪些东西，最终选的是书、戒尺、纸币、香水、口琴、计算器、地球仪、笔墨纸砚，并加饮食之物啤酒、包子等，全是俏俏第一次接触的东西。俏俏妈说，你们刚才都说得很有道理，现在规定，在一会的抓周过程中，亲友谁都不可干预，让俏俏随便抓取，这样才能以她最先抓取的东西来判断她将来的志趣。

抓周物品摆放得差不多时,俏俏的太爷、太奶、姥姥、姥爷、爷爷、奶奶、爸爸、姨姨、舅舅、姑姑等,全家老小怀着喜悦的心情,围近来看,他们都希望孩子能抓到一个比较理想的东西。各自猜测着,有说一会儿俏俏如果抓书和笔,则预兆将来会有文才,也说明会读书,适合做学者、专家;如果抓的是包子、啤酒之类,则预兆将来不会有大出息;有的说,如果抓笔墨,则会成为作家、画家;有的说,如先抓钱币,将来会很富有;如抓计算器,则谓将来长大善于理财,必成陶朱事业,则适合从商,会当商人、会计师;如抓了尺子,则谓长大善于料理家务……此时,大家发现俏俏妈准备的书竟然是一本又大又厚又沉的《汉英词典》,选的这本书太大,孩子太小,怎么拿得动,怎么感兴趣呵!大家纷纷说,赶紧找本小的来,家里有那么多书呢,随便换一本,太奶奶不是有一本小32开的《道德经》么……哦,来不及了,换起来也麻烦,看亲友们都已站定,俏俏妈说还是算了,就这样吧,这种词典孩子没见过。

俏俏的妈妈把孩子抱过来,放在垫子另一端,让俏俏自己往前爬,大家赶紧打开各自手机,围着孩子观看。

只见俏俏在垫子这端停留迟疑了片刻,像是在这各种从未曾见过物品置之孩前进行选择,然后,果断地往前爬去,直奔《汉英词典》。那本书真的很重,俏俏拿不动,她撅起屁股去抱书,又将小屁股转向一边,再坐下时,就把包子坐在小屁股下面了,只见俏俏对其他所有的东西都不感兴趣,只把那本大词典打开,一页页翻。

这时俏俏妈对大家说,这个孩子很奇怪,平常就是喜欢书,见了书,不管是布的纸的厚的薄的大的小的,她都很感兴趣,即便是在饭店吃饭,看见服务员递过的菜谱也要,服务员没理会孩子走开了,孩子生气嫌把菜谱拿走了,很是着急,逗得周围人直乐,或许孩子以为那是书,想翻着看看呢。

忽然,大家发现俏俏腾出一只手来,拿起了旁边的百元纸币,不过很快又丢开，似乎并不真的感兴趣，又一心一意翻那本厚词典……俏俏爸怕孩子把词典真当了玩具而损坏，就趁机把词典合了起来，俏俏只好转向地球仪，专心地研究起来，拨过来，拨过去，开始认真地玩起了地球仪，对别的都不再感兴趣了。

俏俏的太爷爷、太奶奶、奶奶、爷爷、小姥姥、爸爸、妈妈和一旁围观的亲戚们，在一边用各自不同的话语夸奖着俏俏，借以表示祝贺。大家在这个过程中，都把俏俏"抓周儿"这个具有纪念意义的整个过程，用相机或录像机记录了下来。

抓周礼毕，大家移步曲池边粤珍轩吃岁糕。出门来，雪花打在额头上，迎着白雪往曲江风景最好的南湖走去，昨天听书法家麻天阔先生在微信里说，那里蜡梅已开，此时，有种踏雪寻梅的感觉。年轻爸妈爱吃麻辣，这孩子天生是个火娃，怕热，好在她生在冬月，让性格中多了份温良。

2018年就要结束了，这一年很令人怀念，每个日子都印着俏俏的影子、笑声和哭声，又是一个新年，又是一个春节，"俏也不争春，只把春来报"，只"待山花烂漫时"看见"她在丛中笑"。

小巷深处

那寺里传来的念经声

十五年前,我们先是被这里穿来拐去的、两旁安静地长着槐树的古色古香的漂亮小巷吸引,后来又被这附近多样的美味小吃吸引,再后来,就被广告上的一条住房信息吸引了。

有朋友说,那里往来人多太闹,又在清真寺旁边,一日里只礼拜功课就有五次。于是,我与先生就选了三个不同的时间,来到这周围转悠,发现不远处竟有一片菜地,在寸土寸金的市区里,这大概是这个城市最后的一片菜地了吧。菜地的东边就是公园了,那一片似乎永不会盖高楼的样子,再东边一些,就是我看上的房子了,那拥有九个窗的房子户型很好,如果拿靠西窗的房子做书房,每天发呆往外看时,心情一定会好一些。就这样,当我们望着安定门,听到从清真寺里传出的唱经声如美乐时,就决定买下这里的房子。

很快地,我们迁居此巷间,从此,享受一段有滋有味的小日子,那也是此生一段五味俱全的日子呵。

《诗经》云:"心之忧矣,于我归处。"

《墨子》曰:"非无安居也,我无安心也。"

一年一年过去,当越来越敢面对自己的内心时,你的心自然就变得安然。

那里有夜宵摊桌上找不到的暖意

常常,为了自己更喜爱的,总是未更深入地研究生活,但总不想让日子不经意间从表层轻轻划过去,无声地在心里留下些遗憾,于是,只要有时间,就留意着身边。这会儿与其说是去邻居家讨教,不如说是想去邻家那浓厚的传统家庭氛围里嗅点生活味道。

平时,若去小饭铺里用正餐,心里隐隐透着一丝惨戚戚的凉意,总禁不住邻居陈家、张家老婆的热情招呼,不由自主地就掀帘进屋去,桌面就加了一双筷子,心里很快就有了那夜宵摊桌上找不到的暖意。听听他们的家常话,可让我找到忙碌时而忽略掉的许多生活细节,那里,从不喝酒,却有许多让人醉的东西,从而,让我感觉到了他们和我自己身上埋藏着的很深、很浓厚的西安情愫。

依寺而居、依坊而商的回民都很热情、豪爽、直率,讲义气,却从不张扬,不古怪,每天做着平常事,说着平常话,过着平常的日子,他们从不把生活的秩序打乱了,他们,非礼勿动,非礼勿听,非礼的东西,都被他们远远地隔离起来。我喜欢他们这样的民族特性和实在,他们常常会同时唤醒我内心的柔情与豪放,于是,此处生活十几年间,也结交了一些回民朋友。对我这样不会什么家务的人,邻居一贯是很有耐心指导的,我已渐渐向他们学会了做羊肉泡和牛肉丸子烩菜,心想着哪天亲戚、师友来家,我好做给大家吃,也不枉在回民坊住了这十几年。

回坊是不过春节这个节的,但每到春节时,回坊上的商业街却是最热闹的，尤其是那腊牛肉店，个个都排起了长龙似的队伍。我说想给俺父母买几斤却发愁排队。

老马老婆问："你得几斤？"

"十斤吧。"我说。

她麻利地说道："让老马给你买了放我家冰箱，你回头来取吧。"回民几乎家家都有生意，多年来，他们相互间照应着。有这样的朋友免得我排队，吃起来自然方便许多。当然，再照顾他们的生意，关系再熟络，态度再细致再热情，每笔账目哪怕再小，都需及时结算清楚，否则就会影响和气和友谊，因为他们多是小本经营，这样才体会得出友情的清爽、地久和快乐。这种传统的价值观与当下社会上用得通的价值观相反，不像现在那些只认眼前利益的人，今天有共同利益有好处就是朋友，明天没有这些就是陌路；也不像现在的年轻人，完全为了自己，可以毫不顾虑他人感受。

现代居民，能像这巷间的街坊这样围坐在门口说话的不多，这里一直保留着这样的习惯，逢独自在家时，我每从他们旁边经过时，总会驻足，在他们人堆里站一会儿，或坐下来，与他们聊会儿。有时下班进了院子，邻居迎了上来，站那里很认真地说着周围刚发生的某件事，常常，有新闻价值的并不多，但也有见报后让他们领到"线索费"的。

巷间图

我喜欢在这小巷里行走，因为走在这深深的巷间，就像是在世俗的尘嚣之外，宁静、优雅、富有诗意，尤其是忽然走到人少处，就像是走在山中，好像是专门为心灵设置的地方一样。饭后在巷间走走，沿途发现许多地方变了模样，尤其是鼓楼附近，去年，还看见鼓楼门洞里有人和车从中通过，如今已用铁栅栏门封了起来，也许早该如此保护起来了。鼓楼两旁修建了这样的盘道，供行人进入鼓楼步行街。鼓楼门洞北侧，扎起了石墩。以前，汽车可出入其中，往来于西大街与鼓楼步行街之间。如此一来，机动车不得从此经过了。

这些巷子是市民所熟悉的，对他们来说，每天都来回走的，哪一个不知名呢，西羊市、大麦市街、麦苋街、贡院门、举院巷、香米园……一些还是几代人都走过的能讲出典故的古巷呢。我很喜欢这些个地名，感觉走在这巷间，就是走在古时的长安街上。这些巷子都是相通的，呈"井"字形密密交织着，东面可拐弯抹角地伸展到北大街，西接北马道巷，南至西大街，北至莲湖路。这些缠绕在城市四周的巷子，如果以钟楼为中心，把东西南北四条大街看作四个方向的动脉血管的话，那些小巷就是每天流淌着热血的鲜活而精密的静脉血管儿。如果说西安市区像个方正的"回"字，城墙是"回"字内的那个小"口"，把"口"分成四份，那么，坊上人所居住的这一块巷子群，就是四分之一，也是小"口"内的一个角，西北角。仿古一条街上的书画、玉器、古玩等艺术品，常常吸引着那些来自国外的倦怠的游行者，他们沿着这迷人的巷子往深处走，去到中国传统文化里觅取清凉，觅取甘露。

市政府、市文联、西安中国画院、市第25中学、第44中学、市儿童医院、儿童公园等很多这样的单位跻身巷间。就手拍下几张图片，可惜，以前未留下图片，现在无法拿这些与以前的比较。最理想的状态是让图片自己说话，因为图片故事性够强，本身就是活的，它可以独立或连贯，有了图片，常常就不再需要文字叙述来加强了。我想，几年后这周围也许还会有大变化，这些照片留着与将来拍的照片比较吧。

这条密巷一向是车水马龙，人流不息，公家车跑不过出租车，出租车跑不过人力车，人力车不如徒步。躲过一天里上下班的高峰时间，穿行在车流人群中的人力车最是灵活，如石缝间水里的小鱼儿。

住在这巷间什么都好，行走在世俗风景画中，很少会感到寂寞，就是有时候得遭遇堵车，得忍受一些吵杂的噪声。在这里时间久了，听得到一切有声的与无声的挣扎，越发见到人生的真实，乐亦在其中矣。

飘香

繁华的巷间透着种朴白和简约，就容得下各种味道，就容得下真情。红薯片、猕猴桃干、梅子干、苹果干等各种干果五颜六色；民间传统手工艺术品的后面，晃动着纯朴女子的笑脸，那带着泥土气息的果蔬旁，晃动着厚道男人的身影，那新鲜花草、编花各种淡淡的野草香里，传来村夫俚言。

从这巷间行走，走得快，就没了感觉，于是，急不得，急时自然会碰到不堪。一次，与女友从巷间穿过，看见美女从人多的窄处蹁跹而过，炉火里喷出的火舌燎到她的长裙，吓得她大叫了起来，现在想起还觉好笑。

西安是回民聚居相对集中的地方，回民小吃烹调精致，西安小吃全国闻名，著名的西安小吃一条街、夜市一条街都集中在这里，也就是我住的这个地方。一次乘坐出租车，一听我要去的地方，司机说他也到那儿附近，说"玛丽亚面好啊"！那天，我索性随那位司机一块儿进了玛丽亚面馆。玛丽亚面馆门前停满了各种车辆，来这个面馆吃面的多是回头客，有人从很远的地方来，出租司机也不少，每个桌上除了一个筷子筒，就是一盘鸡腿、几瓣儿蒜，连酱油、醋、盐、油泼辣子都没有，可见这里的面和鸡腿的味道已被来这里的所有顾客接受，不用再添加任何调料。这样的一碗优质鸡丁面在大饭店里最少在十元以上，而在这里"大碗7元，小碗6元"。

在附近走一遭，背后有故事的老字号名店数不胜数。附近的店家叫卖着不同香味的回民菜肴和吃食：烤羊排、羊肉饼、灌汤包子、羊肉泡、羊血泡馍、水煎包、羊肉水饺、水盆羊肉、柿子饼、元宵、八宝稀饭、鸡丝馄饨、炒凉粉、胡辣汤、砂锅米线、拉面、麻酱凉皮、粉蒸肉、煎饼、粽子、姜丝拌汤……五味俱全的巷间，弥漫着种种丰富的生活味道。

习惯早起的孩子爹爬在床头问，你们早点都想吃什么，然后下楼去买了回来。这些年来，如此这般地在巷间的小饭铺打发着日子里的早点和夜宵，吃不吃的都觉得温暖。若是我一人，却懒得开灶。若饭后散步，最好往巷口走，肚子饿时才往巷子深处走，因为样样好吃，当你看见啥都想吃时，最好空腹。

每每闻到那些浓烈的味道，就自然想到一句话，"酒香不怕巷子深"。

巷间深处的院墙间，有我喜欢的有气味的植物，在自由自在地开放，香樟树、桂花树、丁香花、梨花、桃花……这热闹的巷间，更见它的安静。隐在此巷间，与隐在山里，它们的寂寞之道有何不同呢？闹市里的声音与气味可影响到它们的沉静与清香了吗？其实，花开时的美，从来蕴含着千个面目，不是每个人都可以看到它，在一个时间里，在一个人面前，它会展露给你世上最微妙的色彩。我喜欢这巷间花儿的"自足"和"自在"，这是"花儿"存在的方式，花草的命本该如此。花儿在哪里开是一样的，安静的地方开得更好，哪怕有时忽然感觉很孤单，寂寞中也是别样的人生，别样的快乐。自然万物，自有其生，自有其灭，生死之道，是为天道，不应因人赏而在，或因人未到而香陨。一个人的存在也一样，不需要那么多的麻烦。

除了这些，还有民间作坊里最地道的味道，调料味，香油味，辣子味……不远处有个巷子叫五味什字，巷子两旁撑着的一口口大锅里喷发出各种香味飘在巷间，红薯片、猕猴桃干、梅子干、苹果干等各种干果，糖炒板栗、榛子、核桃、花生、瓜子等各种炒货的香味……五味俱全的巷间，弥漫着种种丰富的生活味道。

日子总得一天一天地度过，而过度是最重要的，得一步一步踏踏实实地往过走。

在这样的巷间散步，是一种享受呢。一个人的年华是重要的，心情更重要。很多时候，感觉自己在这"井"字形巷间晃悠时，只要随时嗅到那股飘在巷间的浓烈的生活味，那气息里，透着一种顽强的生命力，让时光变得生动起来，即便是天冷时，我也不会显得惆怅。

那日，远道上来了贵客，师父高兴，恨不能拿出西安最好的东西来招待，绞尽脑汁想西安的好去处。先去鼓楼城门楼东侧的同盛祥，在包间里吃了小碗的羊肉泡。付账时，书生气十足的沈奇先生说，我今日来请大家吧，我带着钱呢，一听服务员报上的数字，他摸摸钱袋，知道不够，就连大方话都没底气说出一句了。

多年来，吃遍陕西羊肉泡馍馆的师父总觉不甚尽兴似的，那天，有位南方评论家来访，他忽想起个好地方来，第二天就让志平兄带我们穿大街走小巷地去找。到了那里，才知是在回坊巷子的深处，原来我家附近还藏着这样一个老店——一家不起眼的羊肉泡馍馆，迈进门槛，香气扑鼻，沁人心脾。这是一家有给泡馍里放萝卜的羊肉泡馍馆，很土很香很实惠，有着同盛祥饭庄和老孙家饭庄都比不上的味道，大饭店里的那民间菜肴虽与此民间菜肴距离不远，但毕竟也有了距离，那黏稠的老汤，油汪汪的萝卜和羊肉块儿，营养又养胃，感觉不到羊肉的膻味，任你的嘴再刁，吃了这一口，你就会满意得想不起怎么挑剔。师父是津津乐道，他说："你们别看这店面小，味道却正宗，咱老市长都常来这里吃的，我碰见过几回呢。"老陕们就是这样，在不断的品味中，吃透文化，吃出乐趣。

这里的老字号与老百姓距离更近，就不难探寻到更鲜活的美食生命力。边掰馍边与店主拉话，店主们均是民间厨艺高手，你在这儿吃完还可把手艺也带回家呢。多年来我最拿手的一种饭就是"茶社里的饭"——麻食，定居这里后，我做的麻食里就多了牛肉丁和牛骨头汤，那就是在这坊上吃过后，感觉放了这两样东西的麻食更香更有营养，才学回家的。

在等煮馍的时候，我们每人要了一个发面热饼夹红油鲜椒，就着萝卜泡菜、油炸花生米。压了饥，说着话，那一人一海碗的泡馍就上来了，吃饱后一人喝上一小碗汤，感觉真舒服。这碗泡馍可以一直耐到晚上把秦腔戏看完都不会感觉饿。结账时，所有费用加起来才是大饭店的零头。这样的"小地方"淳朴得一如还停留在改革开放以前，这里的羊肉泡比起同盛祥里精致的煮馍来，它粗糙了一些，却可吃出生活的气息和品位，就像我在这巷间的日子。

羊肉泡馍馆一家挨一家,一天,我带家人去找与师父一起吃过的那家有萝卜的泡馍馆,还没走到时,却被另一家的香气吸引了过去,找到了一家同样地道,也更适合我家人吃(口味偏淡)的泡馍馆,那家有萝卜的略显口重。

我知道,有一些其他地方的人,正慕名往这飘香的市井小巷里走来,来这巷间品尝西安小吃,体验和领悟这里民族民俗民间的中国传统文化的浓厚味道。

不觉已在小巷间晃悠十五年

眼前的几条小路是我反复走过的,这摇摇晃晃的灯光是易于勾人想起过往的,这小巷里记录着我的很多生动的细节,抖落开来,全是瞬间景象的记忆碎片,像雨后的蘑菇,一丛丛冒出来。我恍然间意识到,不知不觉地,自己在这附近的小巷间,已晃悠了十五年。回忆永远是惆怅的,愉快的想起来总是愉快,不愉快的想起来还是伤感,多年来,认真生活的欢乐,与内心的孤独、悲伤同在。

很多时候,是趴在楼上的窗前,望那巷间晃动的街景和人影,看这个城市生动而温暖的生活。这里不会使你忘记关注自己的生活。心里知道,期待已久的无声的世界迟早要来,带着看过驱魔之后的感触和平静的爱,带着似乎已忘却的忧伤,带着天空下还保存着的一些梦。曾经的惆怅与快乐,现在都已经不是什么惆怅和快乐了,像过去的夜里绽放在空中的一朵朵烟花。不明白那些日子里,自己为什么会陷入忧郁。也许,生命本来没有什么意义,人活着似乎就是为了寻找和求证生命的意义,而这寻找和求证或许就给了生命以意义。后来发现,我的忧郁来自过去的过于追求完美,当自己不再那样不现实地要求完美,只求实实在在地以一种真实、踏实来涤荡心情的时候,就有了满足的幸福感。情不知所起,一往而深。小巷深处，藏着我长长的念想，把所经历之物引入内心，带着敬畏和感恩，感谢生命，赞美被划分为一年一年的生命，哦，我的希望，我的情感。见景始知怀念，唤醒许多记忆，想当年，"淡淡妆，天然样，就是这样一个汉家姑娘……"对夫笑念周德清的《蟾宫曲》"倚篷窗无语嗟呀，七件儿全无，做甚么人家？柴似灵芝，油如甘露，米若丹砂。酱瓮儿恰才梦撒，盐瓶儿又告消乏。茶也无多，醋也无多。七件事尚且艰难，怎生教我折柳攀花？"

　　以前，对自己有的不在乎，要的都是自己没有的，后来发现，很多东西对自己没甚用处时，才知道使用"减法"，来保养那些对自己来说，渐渐变得珍贵的东西。

　　耳旁轻轻飘过林夕的《流年》。"上帝在云端，只眨了一眨眼，最后眉一皱头一点，爱上一个认真的消遣，用一朵花开的时间，你在我旁边，只打了个照面，五月的晴天闪了电……遇见一场烟火的表演，用一场轮回的时间，紫微星流过，来不及说再见，已经远离我一光年，有生之年狭路相逢终不能幸免，手心忽然长出纠缠的曲线，懂事之前，情动以后，长不过一天，留不住算不出流年……"和着岁月的歌声，似有似无地，在小巷深处荡漾。

　　饭后闲得无聊，与夫斗嘴。"你说，这盏本不是省油的灯，怎么一直那么省油呀。"

　　"又不是供不起油，再说，省油有啥不好哪。"

　　"俗啊……"

　　"俗点有啥不好哪。"

　　"又要过年了。"

　　"记得那年过年你与我置气，一个人甩门出走，说想出去走走，不想我跟着。我说，那请你记着回家的路，我在门口等你。结果，烟花没放完，你就自己走回来啦……"

　　这次，是自己笑出了泪。我犯迷糊时，或被某个东西迷住时，他就会引领我，他要我克制自己，渐渐地，我就与我喜欢的东西有了距离的美。是啊，生活本身已很不容易，那么多年里，自己内心里却一直在挣扎，在拒绝，现在不禁想，那些，是你能拒绝得了的吗？回想起来，过去了的那些日子，给过我一些沉重的忧郁感，也给过我一些安慰呢，回想起了，竟也是一生中一段很美的日子。不知不觉地，把光华已紧紧地融进了另一个人的生命。

即便如此，就让我继续在这巷间晃悠吧，在半梦半醒间，浑浑噩噩而又开心地晃悠。也许，俗一些，才可让生命不再虚无缥缈，俗一些，才可让生命真正沉潜下来。一些道理心里也是清楚的，但却没有办法不让自己陷入，沉入。所以，不问值得不值得，无论有没有勇气。

日子过得真快，一晃十几年就过去了。

感觉越来越敢面对自己的内心了。

看莲要趁早

看莲要趁早，千万别过了八月才去，只剩下莲蓬头和枯叶。也千万别到了傍晚才去，莲会睡着在夜雾里。今年一直不得闲，却也未错过看莲的时间，今日，恰逢其时，正是荷花盛开的时节，一路听得到那花开的声音。非专程去看莲，也未想到会遇到莲，临时去陕南的一个县上去参加一个会，中午在那里休息时，我们被意外地安排在一个荷塘旁就餐。

常常，想见的人会意外偶遇在某个地方，这样的邂逅便带来如莲的喜悦。今天随意地走近了莲，莲花在湖面上轻轻地裂开，久违了的莲，总能令人心动，这内心的喜悦，又似意外地走近了一位想念已久的某个人。

荷塘边总是一种令人晕眩的燥热，蝉鸣此起彼伏，柳枝一动不动，一股燥热往上冒，心底的烦恼再次无限地蔓延开来。这个季节里，我不自觉地染上了复杂而郁闷的情绪，陷入不想回忆的回忆。那么多的日子里，是什么使我满怀忧伤，又满怀希望呢？那些烦恼，如莲，是切肤的，是温暖的，又是不可言说的，那苦痛是属于自己的，是与出身连在一起的。

心烦时喝茶，心静许多，那么，心烦时看莲呢？也许与喝茶同感。最安静地度过余生的地方该是温暖的，什么回忆也打扰不了的。

湖面骄阳当头，莲，勇敢地展示着自己的美，这本身其实就是一种无声的力量。静心观荷，无须任何语言。

　　忽然飘来两句秽语，玷污了荷塘溢出的美，徒增使人心烦的噪声。在湖面上生出一片莲花之前，是一池污水，而花败时污水还是污水，所以，有的人就只看得见污水，看不到大美，便只有把看见的污水反复地传说，而污水，是骂不干净的。

　　常常，我们周围的人，我们的同行者，都不是我们自己可以选择的，这是人的一种无奈。生活中常常忽然间就撞见了我不想见的人，为了和谐，你必须忍耐着。

　　而那"大美"美的时间又是那么短暂，所以，人们才记得，才惦记。在这样谁也逃脱不了的污水中，孤独着，等待着莲花一次次开放。每个夏天的花朵，便是寂寞的。在这样谁也逃脱不了的污水中，没有孤独感者，应该是可耻的，不能品味寂寞者，也是可怜的。

　　北方的莲，少雨，少了几分南方的温润，烈日下，阳光一动不动地照在湖面的荷叶上。耀眼的一点，一点，形成一片，那绿泛着白光，令人晕眩，蝉鸣给空气带不来一丝波动，有几分印象派的味道。恍惚间，有种迷路的感觉。我感觉不到风，风都来自远方，我因此而失望。

　　一旁的凉棚给荷塘添了不少味道。远方一位友人打来电话，我走到凉棚里去接听，一边听一边看着那池塘里的莲，眯起眼睛想这位纯净的友人，如坚韧静处一隅的莲，他的坦然却也令我联想到猥琐处世的"活命哲学"来，整日被"非如此不可"驱使。

　　我尝试着不说话，看那些叶子。就这样默默感受着莲，无法躲避地触碰到了灵魂。心，高出那池浑水，高出天，那天然的魂灵无法将自己的心融入世俗的浑浊之中。每个孤独的灵魂都是高尚的。走近一朵静静盛开的荷，记下它在这一刻里的姿态，它似乎在说：我就是在这样的污水里生长着，我就是这样安心苟且地咀嚼着属于我的这份孤独，直到你的到来。

说幸福

"我们也许没赶上看见三十年前的月亮。年轻的人想着三十年前的月亮该是铜钱大的一个红黄的湿晕,像朵云轩信笺上落了一滴泪珠,陈旧而迷糊。老年人回忆中的三十年前的月亮是欢愉的,比眼前的月亮大且圆,白;然而隔着三十年的辛苦路往回看,再好的月色也不免带点凄凉。"这是张爱玲小说《金锁记》的著名的开头。而我此时的心情,像是在看着三十年前的月色。永远的残缺,永远的不圆满,注定了幸福的阶段性,幸福和爱情一样,都是短暂的,皆无定性。

一个人有一个心脏,却有两个心房,一个住着快乐,一个住着忧伤,两者相互转换,多一点快乐,就会少一点忧伤,也许,这会儿认为的幸福,明天并不当作幸福。最近,在网上看到一份关于幸福的问卷调查,其中幸福者占22%,不幸福者占65%,从数字上看,似乎不幸的人比幸福者多,其实,有时数字也说明不了什么,幸福和不幸是随时在转换的,当快乐降临时,你会忘记所有的不快;转瞬,失常,所有不美好的东西摆在眼前时,你又暂时与幸福无缘。这样,每个人既是幸福的,也是不幸的;每个人既是不幸的,也是幸福的。

有一年，单位让我临时跑几个月的《都市新闻》，这给我提供了一个在街上东张西望的机会。那天，去某社区采访，路上，转角处，我看见一家阳台上静静挂着的一排小花盆，那些花儿并不高贵，却"很生活"，尤其是看上去很素雅、很平常、很亲切的吊兰，令我驻足、留恋和回眸，它们开得是那样安静，那样幸福，主人静好的岁月全写在了那里。我似乎看见了主人们每日在那套房子里工作、生活、学习的正常生活秩序，这些如呼吸一样自然，一旦没有了这空气，一切就乱了秩序，就会失常，包括人的情绪。当一个人有生活、热爱生活的时候，幸福就离他很近，只要有一个快乐的心态，那么，看什么都是明朗而快乐的，有时，那种满足就是一种幸福。有节奏的幸福的钟声，永远属于那些生活节拍安详的人。这样的生活似乎离我并不远，却像隔壁大妈的生活，我嗅得见，却够不着。

那时，下班总在天黑以后，回家路上我总想，如果哪天我能在太阳下去之前走出单位，路上顺便看看街景，捎些蔬菜、水果、馒头什么的，融入到琐碎的生活中，就是一种幸福。

后来我换成白班，天天可以天亮时回家，"幸福"了几天后就没感觉了，反倒回味起原先忙里偷闲、什么事情都挤时间往前赶的那份乐趣。

幸福，就是这样随时可以遇见，随时又可能离开的一种感觉，它有时候只属于某一个人，当一个人感觉幸福时，别人对他的幸福并不以为然，哪怕那种感觉特别难得，别人的感觉却并未到达那里。

我曾很羡慕那些拿着国家高工资又有充足时间写作过着舒服日子的"艺术家"，感觉他们很幸福，当后来我曾羡慕的人都渐渐变得平庸，当他们去世后我忽然找不到他们的作品时，我感觉他们的所谓幸福并不多么长久，人生只有一次，人最终的目标不是死，而是找到自己每每存在的感觉，而他已至人生尽头，却一直未找到当作家的感觉。所以，我们对别人的幸福完全不必羡慕，也不必苛求。

今年胳膊骨折后，亲人围在自己的周围，一时感觉自己陷入幸福之中，原本很痛苦的体验在温情的关爱下完成时就成了一种幸福。而在很多人的眼里，我是不幸的，在我的眼里，所有健康的人，都是幸福的。有时，一个人的幸福，会是别人的不幸；而自己的不幸，仅是针对别人的幸福而言。不幸，本来就是生活的一部分，是生活本身的滋味，也只有经历了生活中不幸的人才能体会生活的幸福。当你换一个角度看时，你会发现，人生正是由一些幸与不幸连接起来的。人人时常都会感到自己是最不幸的人，那是因为：幸运者各有各的幸运，不幸者各有各的不幸，人生正是在经历了一个个不幸之后，才走向幸福的。

记得在我小时候，中国人普遍都过得不如现在富裕，那时我们从东大街的杨家老宅中搬出来，要啥没啥，更别提收音机、录音机、电视机了，但却时常有笑声从我们在东三道巷租的那个小屋里飞出，清贫却始终保持一颗温柔的心，于生存的喘息之余，守着生活的情趣。放学写完作业，帮下班回来的父母做饭，饭后，全家人在一起唱歌谣，开"家庭联欢会"。我们家有"报幕员"，有"主持人"，有什么歌都会唱的"主唱"老二，还有学"苏小明"的老三，拿《军港之夜》来PK。我们的笑声感染着邻居们，当时我感觉自己也很幸福。一个人的幸福感，全来自他的内心。所以，幸福，实际上是个心理问题，关键是他自己得认为自己是幸福的。对生活，我们不一定，也不可能对每一件事都满意，只要满足就行，当你满足的时候，就是你感觉自己幸福的时候。人常说"知足常乐"，当你满足于身边任何事物时，你自然时时会感觉到幸福和快乐。你满足了，你的心灵才会感觉到充实、踏实，从而就获得了幸福的感觉。

尽管我们各自的生活中，都存在着这样那样的种种不如意，但人们总能从中得到自己所要的某种幸福和快乐。有些国家的人的生命还没有保证，没有完整的家庭，不能吃饱每一顿饭，对他们来说，大概能吃饱一顿饭就是幸福，而我们不仅能吃到每一餐，还能吃到美味，如此比较一下，我们这就该是大幸福，但有的人并不那么认为，他还有更高的要求。幸福，随时都可以遇见，随时也可以离开。人随时随地都可以痛苦或幸福，没有所谓单纯的幸福，幸福，仅仅是和不幸福的事情的一种"对比"。难民吃饱肚子立即就会有别的想法、别的欲望，因为幸福就是你阶段性的向往，是你停留的那个短暂片刻的感受，是你永远没有尽头的向往。

对幸福，每个人有自己不同的理解和追求。沙漠里的行者说，喝口水就是幸福；街边的乞丐说，有口饭吃就是幸福；狱中的囚犯说，获得自由就是幸福；无业游民说，有份工作就是幸福；战乱中的难民说，和平就是幸福；临终的老人说，活着就是幸福。骨折后，我才知道，拥有健全的身体就是幸福。人们总是在苦难之后，才会回味人生的幸福时光。此时，我在想，如果现在我的胳膊没有骨折就是幸福。

我有位朋友在家做全职太太，她看我每天忙碌，她说："看你一天还要在外面奔来跑去地采访……"听这话便感觉我是可怜而不幸福的。相反，我感觉她是不幸福的，因为她的一切花销全是她老公包养的，虽然她在物质上很富足，但她在精神上就一定富裕吗？说到此她便会心虚，她老公长期在外面有这个或那个别的女人，她也是知道的，很多时候很多事情她老公是不和她商量的，她根本没有自尊可言。所以，对于幸福，每个人心中都有自己的看法。而幸福如何界定，每个人的认知皆不同。因为幸福也是一种价值观，是一种生活态度、一种生活方式。

我同时结识了两对夫妻朋友，一对很有钱，一对没有很多钱，却足够他们生活。多钱的夫妻俩感情尚好，但除了钱，精神方面的很多东西，他们是缺失的，有人感觉他们是可怜的，至少是空虚的，但他们自己从来未感到自卑和空虚，因为他们崇尚简单。也许，他们的那种简单，就是一种幸福呢。没有很多钱的那对夫妻，每天下班都在家里，隔壁妇人羡慕着她的这份幸福，而她并不觉幸福。有一天，她终于比隔壁妇人还有钱了，生活却陷入一种"失常"状态，夫有了别的女人，她病了，我看到的都是她等待着的姿势和不安的眼神。那么，什么状态才适合她自己，就成了最重要的，因为，只有适合自己的状态，才会使自己感觉幸福。萧伯纳有这样一句台词："人生有两种悲剧，一种是没有得到你心里想要的东西，另一种是得到了。"那么，没得到的人就一定不幸福，而得到的人真的幸福吗？

一天，一位上高中的小朋友问我："我为什么整天那么烦呢？"我感觉，她是身在福中不知福，才会心烦意乱。浮躁的心在这个世界是不能体会到生活中的美的，那当然也体会不到生活中的快乐和幸福。人最大的痛苦是从自己的心牢里跳不出来，深陷其中，不断无谓地内耗自己的心力。

幸福其实就是一种感觉。当你得到你喜欢的一种生活时就会有幸福感；当你爱一个人，和那个人在一起时就会有幸福的感觉；相反，当你不能拥有那份生活、不能和那个人在一起时，就感觉自己十分不幸，和谁在一起，都不会有幸福的感觉。你如果感觉自己不幸福，就永远都不会感觉到幸福。所以，幸福哪怕是一瞬间的事，也是好的，也要承认，也要珍惜。幸福，是一个人永远没有尽头的向往，是一个人驻足的那个短暂片刻的感受，是一个人阶段性的一个又一个的向往。

当心里感觉温暖的时候，人就会有幸福感。这样一步一步向前走着，越来越会问自己：我要的幸福是什么？有时候，很有必要对自己的感觉进行一番审视，不妨时常看看自己处在什么状态中，看自己是否生活在幸福的感觉中，如果在，就暂且停留在那里；如不是，就别在那里徘徊到浑身冰凉，及早丢开不快的感觉，及早运动起来，寻找温暖的地方，寻找快乐的感觉。因为，生命在于运动，幸福在运动中。他人的幸福，自己羡慕不得，自己的幸福，是在实现所向往的生活的那一段又一段的过程中。

草在绿着，我知道

春，总在不经意间来到我们身边，似乎一夜间就处处是芳草了。户外春风习习，终于对心在说：别了，冷漠的冬！久违了，春天！草在绿着，草，或在静静地长高着，或在疯狂地蔓延着……

看一个画家画画，那该是人头的位置出现的墨块里，没有画出眼睛却能让人看出人物的表情。眼前的草，没有言语，绿色里的花儿们似春的眉眼，我想，它们大概就是春天的表情吧。

久违了，菁菁小草！当草枯花落绿去时，秋风给了它声音，当草绿花开时，却是无声的，尽管可以听到来自心里的声音，尽管，此草已非彼草，一波一波，一层一层，就这样无遮无掩地展现在人的眼前，不管怎样，看着绿草，似乎每一天都是希望，映绿了人心，映绿了一江春水，映绿了雾中无言的希望，谁还辨得出曾经飞溅的泪滴和覆盖的冰霜，谁还记得生活中的不尽如人意和冬天里哭泣的痕迹，以及情感中的遗憾和无奈呢，它们都被春雨轻轻擦去。在如画的风景里，美好的感觉在阳光下纷纷地释放，曾经的惆怅，不知了去向，小草的一片热情带给人们无限的激情，它重新给大地着色，重新给一切生命着色，重新给你我他着色。所有的心，就连受过伤的心，也能够在绿色的光辉里、在阳光下灿烂地微笑，因为他们的心已被青草着色，那里，也在不经意间悄悄生长出一丛绿。

春夏秋冬，小草几枯几荣，曾经，忧郁中的小草以它老成的根蔓，让稚嫩而瘦削的身体，固执地直立在寒冷的风中，默默守护着心底的绿色和大地纯真的情意，在荒芜中给人以生的希望，在寒冷中与人类相互得到慰藉，成为人类精神世界里跋涉的伴侣。

如果四季能够选择，人类都会选择春天；如果人生季节也能够选择，人类都会选择青春阶段；如果爱情能够选择，谁又能选择痛苦呢？那日听一位农村来的高人谈人生，他讲："木不雕不成材，成材的木不用雕，不成材的树你雕到梢也不成材。"于是，对于我们所无奈的事物，对于我们所无法选择的结果便不再选择，任一颗难耐的心在孤寂里默默执着地寻寻觅觅。觉，是一个瞬间，悟，是一个过程，看见了自己的心就是觉悟，终于看到自己的心，也是难得，也许，从此才会从心里感到快乐吧。那么，愿那丛绿，在人们心间长留。尽管有枯，总有荣。

我不看，也知草在那里绿着，因为早已开始了无声的期待。看到了绿，心里的草，才开始慢慢地绿起来，我知道，一切都是急不得的，想一日看尽所有的春花，是不可能的，也是无趣的。

美丽的野山

　　我喜欢在山里走,最爱的是那未被人污染的野山,充满了野性,像个性化的人,可令我真正进入大自然当中,哪怕粗野草莽,却可让最真实的美打动我。看万物无限地消长,听内心深处的感受和诠释的声音,像听交响乐,丰富无比,妙不可言。

　　沿着某一山道进去,能看到什么?天生的好奇心常常会发出这样的询问。我曾在不同的季节,沿着路边不同的山道走进过无数的山谷,如不同的年龄里读《红楼梦》,会有不同的感受。今天我再次走入秦岭腹地的翠华山,走近一个风光独特的山谷。

　　车子驶入多弯处,看不到前后的道路,四周的空间相对缩小,我被四面的山包围。下车,在山谷里走,在立体画中行走,看各种认识不认识的植物。

　　少人走过的山路上,枯了的梧桐叶、芦苇、蒲公英,都是可入我心的植物,不管在哪里看到它们,它们都给我一种很好的感觉,我喜欢看它们带给我的那种明朗、大气、浪漫的感觉,永恒的美丽与惆怅,永恒生命寂静的诗意。它们的飘落,如同它们烂漫的春夏一般浪漫,离去时,也带着一种飘逸的美感，洒脱的姿势带着一股力量。它们一直都这样简单。不管什么时候，梧桐叶即使老了，即使和别的叶子混杂在一起，我也一眼找得到它们。它们身上的那种精神，在无境界的不清不楚的树叶身上，是找不到的。

看谁比谁更丰富，看谁比谁更美丽，芦苇昂着自己的头，时而沉思，时而摆动芦花，永当旁观者，把自己站成风景。我仿佛可以听到它发出凄苦的鸣叫，可以感受到它的静默，它的合群和它的不合群，它的高雅，它的孤傲，它的无奈，它的理想，它的浪漫。我仿佛听它在说：别人，永远是别人，我，永远是我。

山路边生着一丛蒲公英。它永远会问：我的家乡在哪里？我从哪里来，我要到哪里去？不由它的，终于归结到对于身份的焦虑。注定在胡思乱想之后，浪漫地在太空中游荡。不管飘落到哪里，蒲公英的种子都会在那里留下。随时读李白的诗，不用去想他的家乡，于是，不再有人关心蒲公英的家乡。

世俗的评判标准未必真能给梧桐、芦苇和蒲公英一个好的评价，它们为植物的一种丰富精神内涵与外延，只有心和想象力才做得出精致的回答，在没有内心和想象力的人眼里，它们是极普通而又简单的叶草。

转角遇到一株玉兰。好像我刚刚睁开眼睛，它已成为背影。我们常常看到的，是它盛开时纯洁而丰满的样子，那自然纯净朴实的性感是令人思无邪的。是的，任何灿烂的花朵，在孕育、授粉的时候，都悄然地安静到被人忘记的角落。它的叶子枯得最早，却在枯叶还未脱尽时，在枝尖含孕出花蕾，伸向冬日的天空。我们知道，无论它此时是多么安静，春节一过，它就开了。其实，春节过了，它也是在这山角里静静地开、静静落的呀。它的一生，比城市公园里的玉兰要幸福得多。城里的玉兰，难免会给一些污言秽语糟蹋。谁，才能触及这美丽的花朵？

四周的空间相对缩小时，一幅幅巨幅画面呈现在我眼前。不知不觉地，进入一大片山崩遗迹乱石之中。在那里，那一刻，我领略到了酷似中国国画的大泼墨。在大自然面前，人，小到一片叶子，尤其是当人在山崩乱石间仅能挤进一人的缝隙间艰难地侧身穿过时，仿佛人就是一根钻在石缝中求生存的叶草。人，该低头时就得低头，如果你是站在巨石或巨人的面前。如果这些大石块像积木一样脱离山体，夹缝里的人，便会随时粉身碎骨。

远远望去，山上有种自然生成的小树，它们长不大，排在一起可成林，单独拿出来，难以成景，难以成材，只能成为山里猎户的柴火。它只有与同伴在一起。没有靠山，包括路过的小孩和路过的风。它们只有团结起来，才能使处于弱势的生命形成一种力量，抵挡住山野里的狂风暴雨，在无情的岁月里苗壮生长。太阳光下去了。炊烟散在浅浅的脚印上。槐树的重重阴影里，狗叫的声音，老牛低头踩着碎步，似一些难言的苦涩，透着丝丝的寒意。一些美丽就生存在残酷恶劣的环境里，要美丽，就要忍受寒冷和残酷，残酷会使生命更具生命力。

野山，在等待一个春天的到来。

休憩南山

又到了周末,我像只飞累了的鸟儿,在夕阳沉落中发呆。在现实的谋生过程中,深深感到自己的书生性情的"吃不开",并非无"知遇",而是在竞争环境中出现的"知遇者"已很难或不愿相互"知遇"。

几位朋友也带着种种疲倦来找我,说他们心里太累,很想找一个地方彻底放松一下。本打算利用这个双休日修改新写的小说的我,终于甩开了总也丢舍不下,永远也做不完的事情,与大家一起驱车南山。

我们一口气不知跑了有多远,但车子看样子是累了,停下来大喘气。这一停下来,大地表层的热蒸气一下子又侵袭而来。摸摸发动机,才知它已烫得怕人,像一个发高烧的病人等待急救。几个人分散去找水,跑了一大圈回来,买到了一个西瓜,掏去瓤子,用其瓢壳舀了些农家灌田之水,充满水箱。看样子这车子再经不起狂奔野跑了,但若不开动起来,我们这几个人一定会在无法驱走的热浪中窒息。

还是继续慢慢往前开吧。七只飞累了的鸟儿,事先无计划无目的,只是随意随处地走走。走走停停。傍晚时分,在一户可亲的农家门前的阔地上坐了下来。不曾问过主人的姓名,说了一会子鬼的故事,喝了几碗土味清茶，便又钻进车去。

深夜时分，我们来到了终南山麓，来到了我们已来过多次的楼观台。但夜入寺庙，对我们当中的每一位来说，这还是头一回，不禁大悦。此时，庙门紧闭。

我们熄了发动机，闭了车灯，四周一片寂静。打开车窗，山风扑面而来，夹带着几滴雨星。人人激动不已，伸手臂于窗外，低声呼喊。我一直有种梦的感觉，坐在自己的位子上，感受着此刻有点神秘的寂静和正往骨子里渗透的清凉，只觉得在这幽静中自己也神仙般飘忽起来。

过了很久，我们才去叩门。那紧紧关闭的庙门硬是给我们这几个"疯子"叫开了。这夜，我们就投宿在楼观台的庙院内。大家站立窗外的屋檐下，听着院中沙沙雨声，望着身后那几盏萤火虫般发出暗光的昏黄灯泡，都不舍进屋去睡。"何夜无雨，何处无寂静，然少闲人如吾等者耳！"

第二天，天刚蒙蒙亮，就听到院中有动静，忙掀被下床。撩帘时，正看见两位道人从院中走过，发须、袖口和裤腿均用青布紧紧缠绑，煞是精神，刚刚练完功的样子。雨不知何时住了。有人扫院，有人挑水。

回头时，我的朋友们也一个个挑帘从他们的屋里出来，一双双发呆的眼睛似一对对金鱼眼泡儿，痴痴地站立院的一旁。我懒懒地告诉他们："我想留在这里不再回去了。"无一人理睬我，大家各自沉浸在清醒的过程里。

据说清晨心净且诚，抽签最灵，我们都想试一试。殿堂里，我手握签筒摇了起来。有一只竹签就要落地时，我又将它摇了回去，过了一会儿，另一只签着了地，一看是"上吉"签，此乃签中最佳者。可见"抽签"有一定的盲目性。此若真是命运的征兆，那命运便在我们自己的手中握着了，我们可以改变它，不是很容易的事吗？

十分钟后，每人手中都持一谜签，求解于身边一位长髯道长。道长面润须黑，满身的仙风道骨，一脸的温和、愉悦、与世无争、无欲无念之态。我望着他的背影猜想，他昨夜一定睡得很好，且平日也无失眠之夜。

哦，我们何时能像他这样满足这般悠然呢？恐怕永远不能，因为我们很难放弃我们心中的追求。孜孜以求方方面面的完美，对太多太多的东西又丢舍不下，往往得不到满足，便使我们陷入了种种烦恼和忧愁之中……道长为我们一一解了手中之签，大家的"命运"都很好。

想到一些年纪大了的人，他们经过一番冷静的思考后，发现命运常把握在自己手里，由于疏忽、犹豫等种种因素，而使命运整个改变。不管怎样，我们现在没有理由不好好地把握自己的"命运"，也就是自己的"目前"。谢过道长，踏着木鱼声离开了说经台，乘车上山。

云笼罩着南山群峰，天阴阴的，开始斜织着雨。车在不能再前行的地方停了下来，无一人带雨具，索性一头钻进了重重雨帘，踏上了蜿蜒山路，雨中寻梦而去……

雨水透过头顶上盖着的大绿叶片儿流淌下来，浸透全身，感觉心也被淋了个透湿。起初，还看到了一位打着油布木伞的老翁从另条山径上走过，我跑过去借了他的草帽，不管他要不要，塞给他十元钱押金。想也许回来时可能会碰到他。再往里走，便遇不到第二个人了。雨越下越大，脚下滑不留足，身旁的山泉急急地从杂草丛中流过，我们这一行赶路似的沿着山泉急急地向山里走。在这大雨里，莫名其妙地走远道，为什么呢？一个个醉人儿似的，寻着逐渐麻木丢失的自己。以前编织的那些梦呢，现在的生活可是它的形状吗？眼前，浮现出郁达夫《零余者》里"零余者"的形象，对于社会是完全无用的"零余者"，怎么，那是如今的自己吗？浑浑噩噩地度日，不知哪年哪日，我心能满足。

我们继续前行，草帽不知何时丢了，已不在头上戴着。越向里走，道路越曲折透迤，而云烟就在我们的身边似的缓缓飘移伸手可牵拽的样子；越向里走，越感到天气无常，时风时雨，时而是乌云层层，时而又透出阳光，有时出着太阳还下着雨。这多变的迹象，极像人生的气候。此时，我们没有目标，却在走着路。我们静静地听着自己的心跳和呼吸，急急地默默地走着，也许各自都回顾着自己走过的路。旅行，什么都好，只是使人感动的事物太多，感触也因此加深。脉脉相连的山峰，无限延伸，眼前的景致，可谓已入"云深不知处"的境界了。大自然真使人心悦诚服，顿感这整个山群，便似整个人生。以后的路还未走，怎知其路况如何呢？只有这样试探着往前走。人总是在走过了一段路以后，才知道那一段的路况如何。咳，人间到处有青山，何必刻意去计划将来的旅程呢。

中午时分，太阳终于完全驱走所有的烟云，跳了出来，再也不会下雨的样子，我们身上的湿衣完全干了。草叶上滴着水珠，美丽清新、可爱极了！我激动起来，扑上前去，摘下了两片有着旺盛生命力的草叶，夹在笔记本里，望着漫山生机勃勃的野生叶草和争相开着的野花，对我的心说："真该好好珍惜啊，你这还算年轻的生命！"

天气的好转和远处乱石杂草中的小屋，及更远处的那座寺塔，使我们有人游兴大发，提议继续前行，我也随之充满兴趣与好奇。不知怎的平日贪玩的朋友，并未都立即附议。周围一直有布谷鸟的叫声，时近时远，隐隐约约地，像是在提醒我们什么。这时，又突然尖叫一声"布谷——"原来，是这叫声扫去了朋友们脸上的那丝兴趣吗？哪里来的布谷鸟呢？身边的萧鸿先生正儿八经地算了算说：该是农民播谷的时节了。

年复一年，又该播谷了……也许，应该在自己的"田地"里不断地继续努力耕耘，才是人生的真谛。

我们没有再向深处走，既然已经悟出了些什么。大自然是人生的避雨阁，一旦雨去，就该走出来，继续赶路。这样，我们便打道下山了。发现在刚才那汗雨交加里，舒展肢体之时，已经将长久以来积下的一身疲倦，都抖脱掉了，并且，心底异常宁静。

找不着

风住了
我找不到我的心
那颗慌乱的心呢

下雨了
我找不到我的雨伞
那把心爱的雨伞呢

雨停了
我找不到自己
是雨下得太久么?

(摘自诗集《杨莹小诗》)

不知怎的,不经意间,今日内我竟几次将过去写的这首小诗一句句想起。也许,在潜意识里,自己一直在寻找着什么。

女友华清刚从北京回来，想找过去的老友坐坐，一时找不到联络的号码，她站那里纳闷道："我找不着我过去的朋友了。"

我问："你都想起谁了，我帮你找。"她说出几个人名来：陈忠实、孙见喜、方英文、何丹萌、刘卫平、安黎、狄马……

我翻出通讯录来一一帮她寻找。望着一串串数字，我想：这些人我也很久未见了，不知这些电话号码可曾被换掉。其实在同一个城市里的人，未必就常见的。别说华清了，即便是从未离开老城的我，有时也有找不到朋友的感觉，会一遍遍地问：我的朋友都到哪里去了？

还好，朋友们的电话号码所变不多，大家很快聚集在一家酒店里，华清终于找回了一张张熟悉的面孔，在老熟人面前看到了真实的笑容，大家围坐一起，品味着何丹萌带来的纯正法国红酒，彼此渐渐找着昨日温情。此时，我暗自想着，在当下功利心如酒气弥漫的日子里，大家的情感彼此封存得可好？即便瓶子曾被打开，可是在当年寄存的那个酒吧里仍原汁原味地一直存放得吗？当然，对有些人来说，连瓶口也未曾被人动过，那清醇的味道丝毫也未曾跑掉，只等着独知它醇香的人去再次打开。

从酒店出来，华清姐说，她没找着馒头香甜的味道。我说，我一直都找不着童年吃的西瓜的那种香甜味。如今，时常找不着食欲倒是真的。

临回北京那天，她很想到汤峪镇探访一下叶广芩大姐，我把号码给她，电话倒是打通了，不过真应了那句"贵人多忘事"的话，叶大姐一时并未想起她是谁来。华清姐并不甘心，她耐心地再次拨通叶大姐电话，坚持要帮她回想起自己是谁来。这次叶大姐终于想了起来，说："快来吧！"尽管这天叶大姐正与家人给女儿过生日。

华清想让我带路陪她一起去，我便抓我家先生做"临时司机"，想他是走过那条道儿的，总能把我们带到目的地。他倒是答应了，可是，如今只坐车很少开车的老公，显然很久未走过那条道儿了，他把车开到南郊入口时，发现周围环境十分陌生，眼前的路被堵。原来这里在修地铁。一时找不着路，新的路线还未导入汽车导航仪，我们不知已到了哪里，便开始在周围绕，别说找叶大姐的家，我连方向都找不着了。

途中，我曾打过两次电话给叶大姐，确定我们所走的路线和方向是否正确。在叶大姐的电话"遥控"导引下，又绕了一大圈后，我们终于来到了汤峪镇。当时我家先生看我问不清楚，抓过电话问叶大姐具体是在哪个区。叶大姐竟想不起、说不清自己住的那个社区究竟是哪几个字。老公笑着嘟囔着："看看你们这些文人呵……"车内的人再次把焦点对向我，一时又喊起我"杨迷糊"来。

接下来我再不好意思给叶大姐打电话了，自己带着几位朋友在周围摸索，走下车来，向当地人打听，问可曾在周围见过较特殊的别墅模样的房子。被问到的人皆摇头。我想，这下彻底找不着了。奇怪，我明明记得那一条路，也记得周围的建筑，但我现在就是找不着那条路，找不着那套房子，我带着北京来的朋友在似曾相识的路中转起了圈圈，陷入迷茫。

我很不好意思地再次拨通了叶大姐的电话。原来我们已在她家附近了，她出来接我们。

望着她的身影我想，几年前她在这里买房子时，一定是喜欢上这里山清水秀之幽静，她一定未料到几年后的这里，已与城市差不多了，找不着最初的那份清净。

在叶宅喝茶聊天，聊到小说改编影视剧等许多话题，也聊到"找不着"这样的问题，似乎每个人都有找不着东西的时候，叶大姐也是这样，有时她去取东西，会一直站在房中间愣愣地发呆，忘记自己去找什么，看一眼手里东西，才恍然想起。

华清姐要赶火车，我们起身告辞，两辆车分两路返回西安。没想到返回时同样遭遇"找不着"，起初是在新修的高速路找不着写有"西安"二字的路标，我们便开始再一次地绕来绕去找路，虽然绕到了老路上，时断时续的路面坑坑洼洼，车很难跑起来。由于缺少"堵车应对法"，有时为了快，先生自以为是地掉转车头，直到走不通时又掉头回来，结果更慢。没想到整条路上都产生拥堵，周边路线也随之会产生拥堵。

感觉我们终于已绕到长安县时，天已漆黑，没有路灯。忽然一点都动弹不得，又堵车了么，在车里坐了很久前面的车不见动静，仔细看，大马路停放着四排车，里面皆无司机，长长的车队尽头，是土堆，地铁修到这里脚下已没路了。也许，修路是周围拥堵的原因。不得不掉头。

从路终止的地方开始，我寻找着出路，然而，三个方向的路皆堵塞，我找不着出路，也找不着警察，找不到入口，也找不着出口。我努力寻找着当年夏令营时，和同学戏水的那条清亮的小河，我没有找着。在完全陌生的环境面前，我一时真的找不着对这个城市的一些记忆了。

说来真是可笑，在这个自己的城市里，竟然一下子找不着回家的路。我们再次找不着路了，真的。四正四方的古都西安，上下纵横几千年，道路始终阡陌交错却又横平竖直，宛如一个巨大的天然围棋盘，而我们生于斯长于斯，之于这座城市，不就是棋子之于一盘棋么。每一个棋子的进退转圈，都与这盘棋的精彩纷呈息息相关；反之，这盘棋的精彩纷呈，又恰恰取决于每一个棋子的进退转圈。城市病与都市人，需要在这种相辅相成的哲学关系中，寻求和谐之道。一辆辆车似一盘棋上不可或缺的、平等的一个棋子，看上去不像死棋，都有得走，却都走不动，深刻体现出城市病与都市人关系的现实切片。感觉堵车时能干很多事，却又什么事都做不成。心烦。

有人想抽烟，却找不到打火机，因为他平时就不抽烟，就像有时间有心情出门时找不着路。

我忽想出两句诗，出门时换了提包，此时怎么也找不到笔。常常这样，有灵感时找不着时间，有时间时找不着灵感。下车时，我果然忘记了那两个句子，怎么也想不起来了。

这时，一群大学生从车旁经过，他们身着万圣节服装，手里拿着扮鬼扮马的脸谱和服装，他们带来了快乐的节日气氛，呵，原来今天是万圣节，难怪到处都是行人都是车。今晚，一些人可以戴上自己喜欢的面具，可以暂时让别人找不着自己。有的面具看上去很漂亮，那些有意把自己藏起来的人，那些貌似很自我的人，可能活得不是他自己，本来就找不着他自己，戴上面具后，也许才能在面具的后面找到他自己。

很多人找不着自己，一些到寺庙里的人，为的就是去寻找丢了的自己，佛语道"放下""忘我""悟"，一旦觉悟，就自然从迷茫中走了出来，从而找到了自己。或许，有时只有在找不到自己的时候，才可进入一个更高、更深的境界。而到了更高、更深的境界，恐怕又面临绝境。难怪总有人在人生的某个阶段会问自己："我是谁？"

在这个世界上，一个国家，一个单位，一个人，在找不着发展之路的时候是可怕的。比如金庸先生的《射雕英雄传》里有个头号反派人物——心狠手辣的"西毒"欧阳锋，最后因错练《九阴真经》而发疯，他问欧阳锋是谁，他要与欧阳锋决一死战，于是，他去找欧阳锋了。当他的武功登峰造极，达到最高境界时，他却反而找不到了自己，找不到他认定的生命之路的入口和出口。一个人如果找不到自己是谁的时候也是可怕的，"公仆"找不到自己是谁才变成了一个贪污犯，那个说"我爸是李刚"的孩子，不知自己仅仅是一个公民而已，他真是找不着自己了。

家长们为孩子们背着书包，小心翼翼地哺育他们一天天长大，然而，在他们毕业后却找不着工作，找不着自信，一旦步入现实社会，在一种仓促下他们迷茫，找不着他们想要的东西，找不着他们自己的位置，不知该做什么。这时就需智者用智慧引导迷茫中的孩子找到自己成功的路。

一切都可以加速，一切都可以添加。然而，在一系列的"加速度"之后，一些失去的东西注定再也找不着，随着社会的飞速发展，这一切的"找不着"都将成为一种必然，这是我们都必须接受的一个现实。每个人都苦于寻找个体价值唯一体现的地方，人与人的空间也拉大了，一种巨大的空虚感从我们的身后扑来，越来越强烈的虚无感，渐渐吞没着温暖的感觉。有的人，总是嫉妒别人比他有钱或有才，比他成功，从此他就找不着好心情和自己努力的好心态。有的人，以为用钱就能买到一切，包括感情、健康、快乐和尊严。我想，除非他买到的是假的，世界上是找不着买这些东西的地方，真正的健康、真正的快乐、真正的感情、真正的温暖，都不是用钱买来的。如果我有特异功能，我一定看得到人人身上都有的伤，那些伤，只是轻重不同而已，有人是外伤，有人是内伤。哦，难以捉摸的内心，不自然就会感伤，不由自主地又会高兴。所以，一个人心态也不会一直好，时常，迷茫的心，找不着属于自己的归宿。我有时甚至会想：大人都如此迷惑，何况孩子？好好的，我的爱犬怎么会丢了，人都说："人会忘了路，狗不会的，它比人会识路，过几天它就回来了。"可它就是从那一刻消失后就再未回来。我想，如果每个狗都能像人想象的那么聪明，那么，那么多的流浪狗为什么找不着主人？同时，又有那么多的主人找不到爱犬的踪迹。再说，它像个调皮的小男孩子，孩子都有被坏人拐丢的时候，何况一条狗，难道就没有被抱走藏起让它找不着主人的时候？有时候，在现实中找不到一些东西，找不着一些真实的感觉，就到网上去寻找，似乎找着了，转身又不见了，原来，网络的背后还是人在操控。那么，什么是做人的标准？什么才是人生的目标？什么是真正正确的价值观？这些东西似乎一时是找不着的了。

　　女友唐秦看见床就躺上去找睡眠，可她怎么都找不着，别看她整天找瞌睡。她当初可是个乐观之人，自从与有外遇的老公离异后，她就变成了如今这样一个悲观的人，因为她从未间断寻找一份专一的爱情，寻找一种心里很踏实的感觉，寻找一种很简单的生活，然而，她辛辛苦苦寻找这么久，也找不着那种很纯洁、对感情很认真的男人。看完《山楂树之恋》后，她说，只有在回忆中去寻找当年的自己了。她如此感叹：正因找不着原来的纯情和纯洁的爱，所以才有了这部电影的红。对剩女剩男或离异的朋友来说，总找不着自己的另一半，也找不着自己想要的真情。对有的人来说，与不对路的人在一起，找不着一句话，甚至找不着一个合适的词语。

　　路上看见一家特色小吃店，却在周围找不着停车的地方。在长安县的老街上寻找着上次吃过饭的老饭店，竟然找不着了。常常，为了找着饭的香味，宁愿饿着先不吃，比如现在，于是，便继续前行。终于到了二环上，却还是堵，朱雀路、含光路、吉祥村十字等多条道路都堵实了。

渐渐望见熟悉的城墙，此时心里才踏实了一些。本以为这次会是"一次绿色出行"，却完全成为一次"拥堵体验"，再次面对交通拥堵这盘愁肠百结的"城市棋"，一个多小时的路程，竟让我们走了好几个小时，饱受堵车之苦。

此时，又饿又困，有一种很"熟悉的"感觉，那就是很久以来一直有的一种感觉：想哭，却又硬忍着。很多事情发生着，我却找不着它发生的原因或理由，只是心里总带着种失落感，总是心神不定。世界在天天繁荣着，也正在一天天坏下去，有些东西就是找不着。

即使找不着那些好东西，我们也得怀着找到它的希望。只有忠实于自己的生活，才找得着强大的内心。

一方面，我们仍找不着内心的需要；另一方面，我们仍在寻找着。

乾坤湾记

黄河是天地间万古流淌的一个生命，那么，它转弯的样子一定会很生动吧？乾坤湾，我心里一边想着一边轻轻念着这个地名。

那是一个骄阳似火却又平常的日子，我带着向往随一批来自全国各地的诗人、作家、作曲家、摄影家，顶着烈日一路颠簸来到黄河边一个古老的小村庄采风。傍晚时分，我们住进了乾坤湾依山傍水的世外桃源——小程村。一到这里，我就爱上了这里，情不自禁地一遍遍念叨着"这个地方真好"。我怀着十分崇敬的心情，感受着这里一草一木间的诗情画意，作为一个被朋友认为"有点小资"的城里女子，被这片黄天厚土感动之处就更多，好奇与兴奋也更多，内心常常在不经意间就被触动。

历史尘封得太久，使人的认识常常出现偏差，我以前对黄河边陕北那块土地的印象就是从影视文学作品中了解的，总是缺少绿色缺乏生机，总是与"贫瘠""荒蛮""落后"这些字眼连在一起，和人们一起忽略着它应有的辉煌。来到这里，才真正知道了黄河的神奇，流经延川县的六十八公里的黄河在这里简直是天地造化的一个奇迹。置身群峦、俯瞰大河，波涛般奔涌的群山，像千万条巨蟒纠缠在一起，而在群山之间，有一条巨龙辗转于千山万壑之中，从烟波浩渺处奔来，狂奔不羁的黄河在这一带减少了威力，奇迹般地在峡谷间塑造出五个巨大的S形大转弯，形成极为壮美且罕见的河曲曲流地貌景观，而乾坤湾是五湾中拐得最漂亮、最具有历史感和文化感的精品。

乾坤湾，是个象征着天地、阴阳的地方，"天行健，君子以自强不息。""地势坤，君子以厚德载物。"这两句《易经》里乾卦和坤卦的卦辞，便是我们中华民族的精神。黄河在这里旋转了320度，使怀中三面环水的河怀村，远望酷似漂浮在河上的一只葫芦，而黄河则像一条漂亮的丝带在岛的周围打了个温柔的结。在这里，我们可感受到黄河的心律，我们看到黄河转弯时的风采。以前，我们看到的，是黄河充满力量的惊心动魄的美丽，如今，我们看到了它温柔而从容的美丽。在这里，可以零距离地感触黄河，触摸黄河，拥抱黄河，在这里，我想改动海子的一句诗，因为那句诗，一直在我的心里涌动。于是，我一遍遍地念着："面向黄河，春暖花开！"

浑然天成的乾坤湾不张扬也不造作，弥漫着自然生态和农俗文化的味道，富有真趣的乾坤湾孕育出了远古时代中华民族文化基因密码的太极八卦与河图洛书，那河谷裸露的中生代三叠系的砂泥岩质地层，那19万年前的古象化石，那峭壁上难以破译的"摩崖天书"，那清水关的古渡口"黄河码头"，那依稀可辨的"悬崖古寨"附近隐约显现的远古先民胜迹以及存留的残房、破庙、石碑、石桥、石碾等遗迹遗物，无疑是黄河文明的印证，是先民藏身避难全力图存的明证。还有那古老的"儒雅风学堂"都在告诉我们，这是一块古老的土地！这是一个神秘而又迷人的地方！

古寨的会峰台风景更像个神奇的传说，它东邻黄河天堑，西南两侧濒临寨河深谷，四面悬崖突兀，峭壁嶙峋，仅西北有条狭窄的崾崄似小桥，与山寨相通。此寨通体岩石，垒高沟深，山环水抱，巍峨险峻，形如虎踞，势若龙盘，易守难攻，固似金汤，是陕北遗存的防御工事之一。在会峰台观景，油然生出一种"黄河流日夜，代谢成古今"的沧桑之感，仿佛穿过时光的隧道,那远古的悲壮和雄浑给这一片空旷抹上悲怆。渐渐地,那远古的一个个传说,在眼前变得生动而又亲切起来。在清水关一块奇石百米之外的悬崖峭壁上,有三孔石室,在石室两边还有一个石洞,洞口撑有两根木柱,洞内有一只倒吊的石羊,有一个陶盆,那是先民生殖、生育的图腾,那是先民的遗物。谁能告诉我,在这里,我为什么会有故国神游、人生如梦之感?在这里,可以听到响彻千古的天籁之音,似乎能听见一千年以前的声音,谁能告诉我,那是何年何月何人所为?在那个上千年的古窑前,我陷入了沉思。看着头戴毡帽手提弓箭的石刻门神、看着凤凰、莲花、水瓶、生命树等这些神灵的崇拜和生殖的崇拜,我无法阻止自己丰富的联想……戎狄、东胡、匈奴、鲜卑、突厥、回纥、契丹、女真等少数民族曾在这里相互交融,相互征战,共同谱写历史的奇妙乐章……匈奴人赫连勃勃在延川建下大夏国,那么,脚下这片土地里留有多少生动的故事……那么,有谁知道,这里究竟藏着多少远古的秘密呢?

孔子曰:"逝者如斯夫,不舍昼夜。"历史是一种灵魂,黄河是一种灵魂,面对它,就会引发人对历史、对人生、对宇宙的思考,浩浩荡荡的黄河,它是那样的雄壮有力,那样的惊心动魄,大浪淘沙,乱石穿空,曾把多少古往今来的风流人物席卷而去,如今它仍在那里敲打着岸边,仍震撼着我们的心灵,从未停息,河流滚滚前去,却把许多秘密没能带走,而把它们留在了这岸边的拐弯处。

在乾坤湾,我见到了在滔滔黄河上劈波斩浪的船夫,他们带着我们乘船在黄河上漂流,似在梦幻般的晋陕峡谷中漫步,两岸风景令人陶醉,思绪万千,心里就有了一种悲壮感。郦道元在《水经注》中这样描写这里的风景:"夹岸崇深,倾崖返捍,巨石临危,若坠复倚……"岸两边的山像一层层人工堆砌的不规则的古老金字塔,鳞次栉比,比埃及的金字塔更好看,更自然,成了一道长长的瑰丽奇妙的画廊。

船漂流的速度并不快,我却有了高歌行吟的冲动,朗诵豪情诗的冲动,唱豪情歌的冲动,总想把蕴藏在心中对黄河的所有豪情在这会儿一下子都抒发出来似的，而一时又不知怎样抒发才好，耳旁依稀响起了黄河号子，那高亢、粗放、质朴、平实的声音从《诗经》里穿过了岁月的时空，幽幽地在我的耳边响起……噢，那是劳动人民几千年来自强不息的声音，那是人与大自然间最直接的互动，那是从灵魂最深处发出的呐喊，那是中华民族充满渴望的怒吼的歌……

"请为我唱一首出塞曲，用那遗忘了的古老言语，请用美丽的颤音轻轻呼唤，我心中的大好河山，那只有长城外才有的景象，谁说出塞曲的调子太悲凉……我们总是要一唱再唱……像那风沙呼啸过大漠，像那黄河岸阴山旁，英雄骑马壮，骑马荣归故乡……"似乎借这首《出塞曲》多少能表达出自己此时的一些情感，石英先生夸我唱得好，叶延滨邀请我转过身面向大家来唱。可是，我是靠着船公坐在最前面的，这时船公提醒我注意安全。我便问船公："船为什么不往那边去呵？"因为我感觉，去那边才会有真正在黄河上漂流的感觉。船公答："那边有暗礁咧！"船公告诉我说，有一年，有个人就是在这附近从船上掉下河去淹死了，同船的就有人说："可真是要小心呢，王宗仁上次漂流时就掉下河去了……"

我便问："这里的水有多深？"

船公说："可深咧！"

我不无遗憾地说："唉，我以为我们的漂流是在滔滔激流之上，而且使用的会是那种原始的羊皮筏子呢……我现在对黄河还没有感觉，回头怎么给'东家'写文章呵……"坐在我后面的叶延滨说："为了让我们大家的文章有什么可写，我建议杨莹同志现在就掉下河去，然后我们来商量怎么救她……"我想，自己在别人的眼里一定是个淘气的孩子，不如索性无拘无束地玩。正说着，突然，岸边一个浪打了过来，大水花溅了每个人一脸，玩笑立即戛然而止，我也倒吸了一口凉气。看来船公的话并不是危言耸听，危险确实随时存在，无常就潜伏在平常中。在黄河上漂流不像在小河里那样可以打水仗玩，或可以自己参与操作船前行的机会。

我们这个船是第一个靠近小岛的。我们站在岸边，以欣赏而又羡慕的目光，目送壮年船公每人驾条橡皮船鱼贯从有暗礁的浪尖上飞过，像一场即兴表演，他们往小岛的另一头飞去，将在那边的码头等我们走过去。

光秃秃的小岛上，阳光显得更加强烈、难耐。叶延滨等人想赤脚在沙上行走，但他们很快又把脱掉的鞋子穿上了，那滚烫的沙子使他们的光脚无法在沙面上落下。

在强烈而耀眼的阳光里，有种干燥、焦渴、寂寞的感觉，不想说话，从高低不平的小岛这头走到那头，自己被带入了另一种境界和另一种体验，进入一种天人合一、物我合一的境界。在这特殊的温度里，在这段并不长的路程里，我心底突然生出一种感伤与落寞。一时什么都没想，生生地体味人与大自然的情感交融，一时又倏忽想起一个远方令人迷惑的远在巴黎郊外的小地方，一个为艺术疯狂、为艺术殉道的伟大生命的驿站，那里给梵高带来了精神上的宁静、激动与灵感，梵高在那里见到了在世界上任何地方都见不到的又大又圆的太阳，以及那吸满阳光而茁壮开放的粗大花朵，那里让梵高找到了属于他自己的颜色——夺目的黄色，那种黄色改变了他的画，也确立了他的画，他在那里一下子看到了万物的本质——一种通透的、灿烂的、蓬勃的生命本质，想象着他在疯狂的状态下画完他最后的油画《麦田群鸦》，我想起了梵高孤僻的个性中所包藏的敏感与烈性的张力。孤独，果真通向人精神的两极，一是绝望，二是无边的自由。

"这块石头是我的擦脚布……"这时，身旁一位先生的声音把我的思绪拉回到现实。回头看，只见徐贵祥手里提着鞋，一双大脚丫子在岸边一块干净的大石头上来回踩着，他的粗犷和风趣使周围有了生气，他的动作和语言，让我有所悟，其实，生活是在于你去发现、去爱的，生命的生气也在于与大自然的贴近、和谐。我明白了，中国古老文化的博大精深之处，其实就在于它是与天地和谐，与自然共生。只有在这样的地方，才可以感悟出不可征服的中华民族精神，感悟出中国民族原本文化和中国本原哲学，中国文化的最伟大之处，在于中国古人的哲思与淡泊。

在一个大磨盘旁，我听一位大爷拉二胡，感觉老人拉的似秦腔又不是秦腔，似民歌又不是民歌，一问才知，老人拉的是当地的"道情"。原以为在这里想唱民歌随时就唱得出，谁知到了这里却难以开口。在和当地老乡联欢时，我拿《出塞曲》等一些现代歌和一段"美声秦腔"换得了延川人民的老民歌、老秦腔，感觉民歌确实是延川人民用以表达思想感情的一种最好方式。接着，徐贵祥唱了《一条路》等三四首五十年代的老歌。第二天，徐贵祥说他的嗓子被唱哑了，我也感觉自己喉咙很干，这时才真正知道了陕北的"干燥"，奇怪的是，当地老乡却能一首接一首地唱下去，他们简直有着"黄河的肺活量"。当大家三五成堆地在山道旁休息时，当地一位司机小伙儿唱起了民歌，那声音与我们在大轿车里听的那个叫阿宝的多少还是有点被美化了的"原生态"有所不同。司机小伙儿站在山坳前吼着民歌的时候，他的歌声能让人听出古朴、听出悠远，能让人闻声落泪、血脉偾张，能让人想到一张张印在黄土高原上那苍凉悲抑的面孔，能让人想到咆哮的黄河，能让人想到苍茫的山川和粗糙秃硬的黄土高原上那一道道坡一道道梁，能让人感觉到心灵深处的震撼，据说，现在黄土高坡上，令人动容落泪的民歌已经不多了，肚里有歌的人也都在50岁以上了，可这小伙儿不过二十来岁，于是，大家皆惊讶，一问才知小伙是从家里老人那里学的，他唱的民歌大多不知作者是谁，多以口头传播，一代传一代地传至今日，其中的《小上坟》感情真挚、强烈，风格质朴，曲调优美，歌词生动，情调明快，具有浓郁的乡土气息，深深地感动了在场的人，那种淳朴的情趣体现出浓郁的地方风情，令人深醉其中。歌曲《十五的月亮》的作者石祥说，"小伙子唱的是延川这里的调儿，语言结合得也特别好……"，石祥在这里找到了陕北民歌与其他民间音乐的关系。一直在给唐诗谱曲的诗人汪国真听后，也说听后"对我的作曲很有启发"。据说，这里家家都会唱民歌，人人都会扭秧歌，今晚，就可在窑洞外的阔地上领略到他们扭秧歌的情景，那里将会有一场农民自发的秧歌表演，我心暗喜。晚饭后，我没有回我们住的地方，早早地就在那片阔地上守着，看上去像是在散步，期待着天赶快黑下来，就可以看乡亲们扭秧歌了。这是我从未感受过的一个篝火晚会。

晚饭后，天渐渐黑下来。当渐渐看不清对面来人的面孔时，穿着节日盛装的老乡一家家开着自己的"私家车"——三轮拖拉机出现在我眼前。没有什么形式，篝火就那样慢慢燃起，老乡们的秧歌队就那样渐渐在空地上围成一个圈，在"领舞"的带领下慢慢扭了起来，激情就那样渐渐被点燃……当他们脚下的步子越来越快、越来越夸张时，场里的气氛也越来越浓。这时，乡亲们开始热情地邀请看台上的我们下去与他们一起跳。我不知秧歌的基本步伐，内心里只好按捺着。只见石祥老师先勇敢地走进了秧歌队伍，"领舞"马上热情地把他迎接到一旁，耐心地在地上画了个"十"字，小声地给石祥老师讲基本要领，然后带着他在"十"字上来回走，黑暗中并无人注意他们，我就悄悄走到了他们身旁，看了一会就跟在石祥老师的后面扭了起来。石祥老师这时已向老乡借来一条白毛巾系在了头上，看上去已很像一回事了，他很快掌握了节奏，自如地随着队伍往前扭着。我看石老师那么大年纪都学得会，就更有了信心，在脑子里一遍遍地想着"领舞"画的那个"十"字，跟在石祥老师的后面，盯着他的舞步反复地跳，直到跳出一身汗来，直到把秧歌跳成了迪斯科。

当我走出"舞场"时，一直在看台上看热闹的刘会军对我说："你终于知道先出左脚了呵！"我不好意思地笑了。今天，我终于学会了扭秧歌。这里不仅仅有民歌、秧歌是原生态的，原生态的东西还有很多，原生态的河，原生态的路，原生态的窑洞，原生态的农具，原生态的厕所，原生态的花儿，原生态的民歌，原生态的灯笼。还有，这里的布堆画，竟有法国大画家马蒂斯的风格，这里有着原生态的艺术源泉，有着原生态的思维方式，原生态的接待方式。这里没有服务员，接待十分简单，只有热情没有形式，稀饭馒头都是我们自己去厨房端盘子取来。当老乡突然想学一下城里人的"高级接待方式"时缺乏经验，他们把名人不当名人，来者不分主次，一时把陈宝生的名字漏掉了，陈大师十分理解这种"原生态的接待"方式，也没觉得尴尬。

这是一块多么古老的土地！它距离城市是多么遥远呵！正因为这样，才让人深刻感到一种朴素之美。

　　在这个小村庄里度过的两天一夜，对我来说有点像"上山下乡"时的"知青生活"。在这里，我见到了真正的窑洞，窑洞分"现代"和"传统"两种。传统的老窑是土窑，破了的窗户上弥漫着蜘蛛网，木头门看上去很亲切，在这里它们却已不住人，而用来堆放旧物了。当地农家的窑洞不够我们所有的团员住在一处，我和北京来的女作家丹琨被安排到了一个五代同堂的大家庭里，这家大妈的孙子和孙媳去县城办事，晚上不回来，我们便可借住一宿。那红色的床幔告诉我们这个窑洞里的新一代陕北人很热爱生活。我们的住处离大部队有两三里路的距离，与别的女同志也隔着一段距离。站在这孔简约而凉爽的现代窑洞里，我俩激动不已。这是我平生第一次住窑洞，我感觉这样的新窑洞没有电视机是可以的，没有古窑里陈列的那种煤油灯是不可以的，但与我的感觉却正好相反。我很快发现门上没锁，看来晚上这门也是不锁的，而且里面的门闩怎么也插不上，就在我俩左右看门锁时，大妈笑了，说这里是很安全的。门大开着，院子里的风掀起了门帘儿，我看见一只从未见过的肥大的老母鸡带着它的孩子们溜达着正要进我们这个门，鸡妈妈是来串门了，那样子好可爱。我在等着老母鸡带着它的孩子们进来。可是，这时大妈把它们轰走了。我急了，想叫住它们，大妈看我喜欢她养的鸡们，一边把跑开了的鸡往回赶，一边掰着指头告诉我："这么大的有五只，比这个大的还有五只，还有刚孵出不久的十五只鸡娃儿……"大妈说的时候露出很幸福的样子。每个人的幸福观是不一样的。我和丹琨不舍得把时间用来午休，我们洗了把脸，就和大妈一家聊了起来。我俩你一句我一句，问东问西，想到什么问什么。大妈的手和胳膊是画家表现藏族老人时用的那种黑棕色，我想摸摸，我试着摸了一下，大妈一动不动，只是笑着看着我。那是我从未摸过的一种皮肤，粗糙的手上有不少黑色的深道道儿，左手上有一个指甲在干活时坏了。大妈说，为了治这个坏指头，她花了三百块钱，还没有治好。我摸完，丹琨又抓起来摸，末了她给了一个比较准确的形容："像木锉，是吗？"我又抓住摸，再摸的时候，感觉大妈家的幸福与这双手是分不开的。大妈今年六十八岁了。大妈有八个孩子，五个女儿，三个儿子，都已成家，大儿子今年四十九岁了，已做了爷爷，此时正和大儿媳妇在院里逗他们的孙子玩呢。大妈手上有一副银手镯，很粗很亮的，我随口问这银手镯怎这么大，大妈说这是我婆婆给我的，是用一对元宝打的。我们拿相机到外面去拍鸡妈妈和它的孩子们时，看到了一位比大妈年纪还要大的老奶奶，大妈说，这位老奶奶是她的妈妈，已快九十岁了。我们的话老奶奶听不清，但她蹒跚着走进了我们的房间。老奶奶的嗓子沙哑得模糊，像旧窑洞上那已破了的旧窗户纸，我全神贯注地听，也没听清老奶奶究竟说了些什么。我的眼睛穿过这位老奶奶，像穿过我从未见过的一位亲人，产生出一种对生命的敬畏，似乎可以聆听得到遥远了的祖先的声音。我和丹琨终于可以脱离"大部队"四处走走看看了，我们拿起各自的相机疯狂地拍了起来。当地文联的摄影师王永林悄悄问我："你想不想学犁地？"在黄河边犁地！他一看我的表情，就感觉无须再问下去。他说："你在这儿等着，我去和那边老乡说一下，一会请他教你犁地。"这又是一件令我兴奋不已的事。

"一定要注意手下！"老乡告诉我。我犁了一圈后才知道，这地啊可不像我们想象的那么简单。一上手才知那一头牛的力量简直了得，两头牛的力量更是了得，若不用巧劲儿我根本无法拉得动。开始，我轻轻一举鞭子，那牛就条件反射地跑开了，后来，在我不举鞭子时它也跑，那是它们看到了草，它们吃草时，就叫我一点办法都没有了，我问怎么不给它们戴上笼头啊？老乡笑了，他掌握牛的脾性，牛在他的手里就很听话。这里的人民多朴实、多可亲。只是这两头牛有点像我，调皮，却也只知干活，没有多少言语，除非遇人过分干扰时才耍一下牛脾气，对生活要求也并不高，有草吃就行，在一个地方待得那么满足，什么时候都会自娱自乐。我和丹琨出门时大妈对我俩说："晚上我给你们熬钱钱饭，等晚会散了回来好喝。"可是，晚会后，我们没能再回去，为了好联络大家，采风团的团长想办法把我俩与"大部队"安排住在一起了。我的行李是被不扭秧歌的丹琨提前捎过去的,她去的时候,大妈没在。我的一个小包儿被丹琨落在大妈家了,我在保安人员的陪同下摸黑去取。大妈还没睡,情绪有点低落,正与一旁的大儿子小声嘟哝着:"说好的在这儿住的嘛……怎么我出去了一下,就又把行李拿走咧……"大妈一看见我,要流泪的样子,很舍不得地说:"咱们说得好好的嘛……"咳,我那一刻简直不知说什么好,移动脚步时已觉得很艰难了。尽管不舍,还是默默走开了。那个晚上,我和五个女作家便住在一个没门锁的窑洞里,睡在一个很大的土炕上。早上起来,丹琨迷迷糊糊地问:"我这是住在哪儿呀?"我在院外开满鲜花的原生态厕所里喊道:"天——堂——"

这里真是个散步的好地方,在这里,天天可以到黄河边散步。每天早上和傍晚,大家走出自己的窑洞,远远一望,都在往黄河边走去。散步时,摄影家们也不离手中的照相机,我便有幸看到了陈宝生先生拍照时的状态。不喜欢说话的陈先生是在国际上拿过大奖的,他的作品极有绘画感,我家里有他一幅骏马图,奔腾着的骏马在黄河高原上一跃而起的神情使人会想起徐悲鸿笔下的骏马。傍晚,和陈长吟、阳波、厚夫等作家去河边散步时,又看到陈宝生先生在拍黄河,他的每一张片子构图都尽量与众不同,与己不同,于是,大家都不会放过机会,按大师说的"远点、高点"和"近点、低点"进行取景,所拍出的效果果然都比自己平时拍的完美。我在兴奋中来了兴致,便给陈宝生当了回"陕北姑娘模特",留下了几张精彩的照片。没想到,在陈先生拍我时,旁人也在拍我和陈先生。他们和陈先生一起,把我见到黄河时激动的样子,定格在这美丽的风景里。

散步时,我们还吃到了全世界最香甜的西瓜。它看上去并不大,但那小西瓜是我们以前都从未吃过的。那味道,我们记住了。那摘自岸边的枣子,吃一个会忍不住想吃第二个。哦,那满山遍野的枣树,那如宝石一样的一颗颗红枣,那一个个如红枣一样有着顽强生命力的生活在这里的老乡。哦,那味道,那笑容,我们记住了。徐贵祥发现这里的南瓜"很好吃，连皮都很好吃，因为我们老家安徽是不吃南瓜皮的……"大家马上随他道："是啊，是啊！很好吃！"这里的南瓜像这里的红枣一样甜一样好吃。那味道，我们记住了。这么好的地方，却还是与贫穷脱不了关系。于是，大家开始寻思着想给身旁的县长想办法、出主意以改变这里。"一定要改善植被，让这里形成良性循环……"汪国真说，"应该全面开发，突出重点，让它产生效益。"有人提出，在延川搞个民俗资料馆，而徐贵祥担心搞个民俗资料馆会"不好看"，会把这里真的也搞成假的了，把质朴的美给破坏了。有人问，沈从文带动了一个凤凰县，史铁生与路遥就带动不了我们这个可爱的延川县么？有人便马上建议在这里建一个"史铁生小木屋"或"路遥读书厅"。今天，吃完早饭后，我们就要离开这里了。太阳还未完全升起，大家最后一次在黄河边散步，就在大家准备吃早餐时，我又看见陈宝生先生提着他的照相机往黄河边走去。他连早饭都顾不上吃就又去拍黄河了，他是想在离开之前最后拍一次黄河吧。他把黄河已拍了几十年，仍有着这样浓厚的兴趣和饱满的激情。黄河是陈宝生永远拍不倦的，他有剪不断的黄河情结。

  美丽的小程村，永远落在我的记忆里了。我忘不了，黄河边，有一个古老的小村庄，2006年夏天，我曾在那里住过一个晚上。黄昏时，我去河边散步。哦，世界上有那样一个美丽的地方，黄河在那里转了个弯，那个湾叫乾坤湾。

学一首陕南民歌回去

　　陕西作家里有不少陕北人，也有不少陕南人，每遇到文人活动时，不管你是陕北人、陕南人还是关中人，大家唱陕北民歌者居多，唱陕南民歌者只有贾平凹、刘成章、京夫、丹萌、炜评等陕南作家。自己听得多了，就想跟着学唱，私下里感觉粗犷豪放的陕北民歌太硬，学的时候就自作主张像"窜改"秦腔那样不自觉地把音调和吐字改得柔软了一些，洋气了一些，让自己听上去感觉好听一些，直叫那个著名的秦腔演员孙存碟无奈地望着我叹道："唉，你咋把我教你的秦腔唱成这样了！"想他反串旦角教我时可是满怀热情呢。

　　后来，听得多了，感觉陕南作家喜欢唱的多为小调，如《苦李子树》《撇奴家》等都很短小，感觉它们与陕北民歌是完全不同的味道，听后令人回味无穷，都善于表现复杂的心情和内在的隐衷，抒发情感时委婉、浪漫、优美、柔和、细腻、含蓄。我想，自己什么时候能到山里去听当地人亲口唱"陕南小调"那会是什么感觉，那将是一种很美的感觉吧，一定也与在城里听到的不同吧。我带着"听当地陕南人究竟是怎样唱的"这个想法上了路，周末，随一个作家团去到一个文化底蕴深厚、文化资源丰富、民歌历史悠久的秦巴腹地旬阳采风。

路上，山重水复，翻秦岭时，感觉有过不完的隧道，隧道多而长，从那短暂的一闪而过的光亮里，我看见了山与山之间住着的人家、羊群，就在那短暂的一刻里，我敏感地意识到，人生的快乐也就像这短暂的光亮，很多的时间，我们是在黑乎乎的隧道里摸索。忽然想起久远的一场不成功的恋爱，他带着我的误解，上了一辆远去的火车，当时他一直在电话里向我解释着什么，虽然他一直没有挂断电话，但我却始终没有听清他断断续续在说些什么，就那样，我们的话，被隧道截成了一节一节，我们的爱，被人撕成了一片一片……

我乘的这列火车，整整用了一个钟点，才穿过七十个山洞，才把巨大的噪声、复杂的联想和回忆，甩在了车厢的后面。望着绿油油的山和绕着山的水，望着河边用木纹石敲打衣裳的农妇身影，望着漫山遍野无拘无束开着的兰草花，我想，从这里唱出的歌应该是被这里的秀水绿叶浸润过的吧。不由内心涌动起一种激情。

身旁有人告诉我，当地有首民歌《兰草花》很好听。我记住了这个歌名，一到旬阳，我就开始留意寻找《兰草花》。当我坐在台下终于听到这首当地著名的民歌时，却是很有些失望，感觉它并不好听，伴奏音乐嘈杂，完全没听清唱者唱了些什么，竟产生了一种在听陕北民歌的错觉。这么好的歌名，怎么会不好听呢，我开始怀疑自己听到的不是《兰草花》，于是，我又动员旁边的当地作家唱这首歌。可是，当地作家也没让我听懂歌词是什么，找不着旋律，也找不着感觉，似乎很难唱。我仍放不下这首歌，怀着希望，拿出本子，认真地请唱者把歌词写在上面，的确是《兰草花》，只有简短的四句，"兰草花儿不会开，开在高山陡石崖。叫了一声郎叫了一声妹，带妹一把上高台。"不知怎的，我一时感觉它又白又淡，没甚意思。

其实，我倒很想听当地村民怎么在自家院里、门口或地里、山头，轻轻拉着胡琴儿哼唱这首民歌，或者清唱这首民歌。我似乎太过理想化了。我的认真劲使得旁边人也认真起来，有人对我说，这里有个书记，唱这首歌唱得可好了，你今天若能碰上他就请他唱给你听。我想，书记哪里会有乡民唱得好啊，于是，我带着自负，在当地人的引领下，踏过木纹石板的窄街道，踏过开满兰草花的小路，往山的深处摸去。

正是农家炊烟时，望着葡萄架下的柴凳石桌，我正要过去坐下，瞅见一旁枇杷树垂下枝头来，上面结着可爱的熟果，圆润润的一团橘黄惹我眼馋，身旁一位先生顺手摘下了一颗，我没客气，他又去摘第二颗，第二颗就成了我手里的艺术品了，我不会想第三颗，他也没摘第三颗的意思了。此人身上有股山里人的质朴和灵气。

当我们喝着神仙叶子茶，就着山野菜、老豆腐，品着土方酿造的拐枣酒时，忽听有人喊道："请县委书记马赟来一个《兰草花》要不要？！"掌声落下，我定睛一看，原来那位县委书记就是刚才给我摘枇杷吃的那个人呵！

> 兰呦草的花儿，
> 呦伊呦嗨嗨，
> 不呀会的开，呦伊呦嗨嗨，
> 开在（的个）高山呦嗨陡石崖，
> 呦伊嗨
> 伊呦嗨嗨伊呦嗨嗨呦伊呦嗨嗨，
> 开在（的个）高山呦嗨陡呀么陡石崖呦嗨嗨。
> 叫了一声郎呃，
> 呦伊呦嗨嗨，
> 叫了一声妹呃，
> 呦伊呦嗨嗨，
> 带妹（的个）一把呦上呀么上高台，
> 呦伊嗨

伊呦嗬嗬伊呦嗬嗬呦伊呦嗬嗨，

　　带妹（的个）一把呦嗬上呀么上高台呦嗬嗨。

　　没有伴奏，正因没有伴奏，我才完全听懂了《兰草花》，这时候的《兰草花》才直抵我的心灵，将我深深打动，它被县委书记悠长舒展的歌声，唱出了曲调的婉转，唱出了情感的细腻，唱出了情感的浓厚强烈，也唱出了川楚之风、山歌的风情，以及此歌寄情于山水风物所要表达的寓意与浪漫，让人听出质朴，听出了味道，深刻感受到陕南民歌的魅力。这位县委书记真是厉害，他有着很强的点燃力，他的歌声如火苗，一个声音能让周围燃成一片，使气氛一下子活跃起来，点燃了一颗颗心，点燃了整个葡萄园，燃成一团火，会唱不会唱的，都跟着他"呦伊呦嗬嗨"地动情唱起来。我感觉他把看似简单的四句歌词拉长变成了四段。在被他拉长的歌声里，我才感受到此歌的诗意何在，听出了诗歌的留白，以及跳跃、朦胧和意象美，感觉前面听的歌者并没有掌握这首歌的灵魂。就像一些朴实却不擅长说话的老实人，因潜意识里害怕说话，说话时就只拣重要的话说，只想着把长话说短，盼得最好能提前结束说话，于是就有一句没一句的，不生动也不能给人留下深刻印象。前面的歌唱者正是这样不小心把歌里的情感给拧挤掉了，而爱说话的主持人，为了煽情，可以把说过的不重要的一些类似《诗经》里的"废话"重复多遍，但却给人留下深刻印象，如此歌里"呦伊呦嗬嗨"之类，也许正因有此类过多重复，此民歌才流传下来也有可能，如果正是这样，那也是一种艺术了。

　　当地人说喊民歌可以解酒，可是，我是听了《兰草花》想喝拐枣酒，喝了拐枣酒，更想唱《兰草花》，喝了拐枣酒唱《兰草花》时才有了放开歌喉的胆量。

　　我不断地蛊惑着身边会唱这首《兰草花》的人带我们一遍遍地唱，我一遍遍地跟着他们大声地学，每一遍我都会不由自主地唱得很动情，就像唱那首我已唱过无数遍的心爱的《橄榄树》，每次再唱的过程里，仍不由自主地在体会着、感觉着、想象着一个美丽的没有结局的故事。

在回去的小路上，周围一片漆黑，我的学唱并没有停下来，或者说是兴趣正浓，从西安来此县城出差的王夫人在电话里喊我去唱卡拉OK，我说，你听我正OK呢，嗓子的力量快喊尽了，和你去OK时怕是没劲了呢，不如在这里尽兴。是的，在这小县城里，清唱的民歌超过了卡拉OK歌厅的魅力。

"空山不见人，但闻人语响。"优美悠扬的歌声在乡村寂静的夜空中，久久回荡，此时，兰草花带给我所有的感觉，与这块土地的风情、文化内涵，以及当地人们给我留下的淳朴而美好的记忆，融合到了一起。

接着，有人唱了《摘黄瓜》《打桑枣》《羊山情歌》《小木凳》，从歌名上听，绚烂多姿，如屋外那随意、自然、真实的兰草花，离生活是这么近，这么亲切，这么生动。我是不贪的，我知道就像贪多了酒后只有怀念而失去了它原有的香醇，所以我不想最后是连一首都记不住。如一场恋爱，当你投入地去爱时，只能够全身心地爱一个人，而你只要真正地爱一个男人时，你会感觉全世界的人都在爱着自己，那么，你的眼里只有一个男人，又有什么关系呢？所以，我打算只学这一首民歌回去。

学《兰草花》时，我的情感是投入的，是专一的，就在我临上车离开的前一刻，还担心着自己回去后会突然忘记了这里几乎人人都会唱的《兰草花》，便又随着当地人的引领，唱了两遍，直到熟记了它的调子，才放心地上车，车上，仍在唱。

庐山七日

第一天｜晴·牯岭镇·小院

　　来到牯岭镇。庐山逐花行记。我爱这寂寥时刻。

　　我知道以前自己错过了很多看风景的机会，但感觉这辈子还有机会看见更美的风景，比如庐山。最早知道庐山，是从中学课本里，知道它是政治名山。后来通过电影《庐山恋》，知道它风景如画。再后来，赛珍珠和宋美龄的别墅使我知道这座山里住过很多中外名人，装了很多故事。

　　在很久以前的某一天，我似走在人生的一段迷雾里，什么也看不清，梦一样迷糊，陷入一种迷茫。一个朋友说："你该一个人去庐山住几天，那里的好山好水会能让你的心静下来，能帮你感悟人生和生命的意义，能让你的心从迷雾里显露出来，重要的是让自己不要再孤独。"生活的忙碌与琐碎，这话我当时也就听听而已，他的话对我来说，似乎是对这座名山多了一条注解：庐山很适合一个人感悟。

　　而今终于到了这里，我真已不再孤独。当然，自己的心理已比当年成熟许多，望着眼前一堵长满绿苔和常春藤的湿墙，我想，人生的墙壁，也必须滋养些自然生成的常春藤，当一个人养就胸中一段春，只要春气在你身体里四季蔓延着，就会越活越不怕孤独。

总觉得只有变成当地人，才能感受到当地生活。像庐山人一样的生活一个星期，这是我心底喜欢的。不经意间，让在庐山顶上小住的愿望成为现实。告别人群，和山林、植物做几天朋友，过几天脱离浮躁和烦恼的生活，产生一些快乐的细节，感受另一种幸福。相信这一周的旅行会格外的温馨怡人。

从老照片上看，牯岭街没什么大的变化。走在具有当年味道的20世纪初时的大街和湖边，在这里，能不像几十年前的那些故人的故事和生活吗？在牯岭街，似走在半个世纪以前，如天然的中国山水画与固守一种画法的西方油画，庐山具有北国山水的宏伟，南国山水的柔美和俊秀。这块美丽的土地同时接受了浪漫主义、古典主义以及现代主义的色彩，而且，都是那样的浓烈。

清秋的山里天气，白天也不热。站在牯岭街口，望着这个诗意的栖居地山谷间一座座红顶别墅，云雾中时隐时现，梦幻一般，感觉这里真的是梦的天堂。我知道，这些别墅里曾经的主人，都是有故事的人，有过梦想并为之奋斗过的人。庐山，是可以做远方的梦的地方，也是可以实现远方的梦的地方，包括当年一些外国人在这里做的文学梦、发财梦等。改革开放三十年后，回头看，看那与梦相关的地方，有着我们太多的梦想，让我们自己强大起来的梦与勇气曾经是那样激烈地敲击着我们的心房。

庐山是适合夏天来避暑的，但最热的日子，我们各自在忙着手头的工作。到达时，已是初秋。

我们住在河西路尽头的一个小院儿里，那是庐山人盖的两层别墅，我们报社把它租下来作为职工庐山疗养基地。此前，已有N位同事来住过，我们这批入住者带厨师老王，八男四女共十二人，是人员最多的一批，也是主编在"月点评大会"上动员"要劳逸结合"的结果。十二个人来自报社不同的部门，彼此并不熟悉，有的仅仅只相互知道名字。

房间是男女各用一套。一套房间里又有几个小房间，一般是三人或两人一间，最小的房间伸向拐角，相对偏僻和安静，不足10平方米，本是厨师一人住。分房间时，发现多出一男又少一女。我平时是懒散而丢三落四的，最合适一个人住，正好与王师傅换了床位。朝窗外望去，一侧是天然地隐藏着的一条少人经过的小路（几天后，我知道从这里就可走下山去）；另一侧则是起伏的松树，前方是天然花园。处处是可带给我好心情的风景。

第一天的午饭来不及做了，在镇上的小饭馆里吃。晚饭就得在住处准备。收拾干净的厨房、碗盏、灶具……

午后，几位女同事要上牯岭镇菜市场买米面油菜等物品，我跟了去。

进山时雨时下时停的感觉，这会雨还在稀稀拉拉地下着。这里的菜市场不像我们城市那样平坦，一边转一边要留意脚下的上下石阶，菜市场也与周围其他地方一样湿漉漉的，里面什么吃物都有，只是空气中弥漫的味道比周围其他地方复杂了许多。庐山黄瓜与山下的不同，形状粗短，表皮无刺儿，重要的是它无污染，营养含量高，于是，我们的邻居，亦是来此度假的九江老太太每天坐在门口等着挑担的山农路过。除了未被污染的蔬菜和调料，我们看见山里的毛豆还买了一些，打算晚上煮了大家围坐在一起剥着吃。

这里的空气是自由松散的，是天然氧吧，多针叶林，是修养生息的美妙佳地，来这里才不到一天时间，就体会到了当地人所具有的好静养逸、多善少恶、善容并纳的性格。

王师傅做饭时，我们抓紧时间洗干净换下的被单留给下一批来疗养者。晾床单时从二楼望下去，楼下小院儿大门前的那对狮子已渐渐变得亲切，真有种已是庐山人的感觉。

虽已进入秋天，无雨的天里，西安的"秋老虎"还是很厉害的，而这里满眼苍绿遮蔽着烈日，室内无空调风扇也不觉得热。

这次来，我未带一本书，为的是让有点糟糕的处于亚健康状态的身体彻底得到休息，名副其实地休养几天。只带着一个记录心情的笔记本

《黑白异境》，想留下对一个山镇的美好记忆。

长期的快节奏，似乎一旦慢下来就要掉队，忽然这样闲下来，一时有点不习惯。在客厅里选了一本单位给我们准备的学习资料（是一些外国人写的书）到我的房间去看。看着看着，睡了过去。

午睡起来，站在二楼走廊上远望，并望不远，山拥千嶂，雾抱群峰，林深不知处。周围安静极了。在这里，睡得如此安静，站得如此安静，看得如此安静。我眼睛捕捉到一缕流动的白云，那薄纱一样的一缕青烟，转眼就散得无影。我感觉我们住在了云雾里，空气纯净得掉魂。想起苏轼"不识庐山真面目，只缘身在此山中"的绝句。感觉这里很多风景优美的地方都值得一一去探访。我们要让自己在路上，去亲自体会镜头和语言所无法言传的美丽，因为，最美的风景永远是镜头所无法记录的。

院落里信步，发现屋后有一条小路，就上楼拿了相机，沿那条小路走去。突然闪出一丛白色的花儿，接着又是一丛黄色，傍着溪水，影照流闪，周围几丛红、黄、粉、白、紫色的，迷离的庐山花儿。很多花草，我不知道它们的名字，我不去管它叫什么名字，就通叫它们花儿，花儿们正盛开着，我看见它们，心花就会同时一朵朵的展开。盛开过，就是美。反正花儿终究会凋谢，终究都曾盛开过，不管在哪里。这些不知名儿的花儿，它们丝毫未减少自在开放的意愿，它们尽情舒张自己的灵魂，独立于我们的常识之外。很多奇花异草，没有进入公共认知领域，这对它们未尝不是一件幸事，而对于人类，未尝也不是。

房东看着小路两旁的草长高了，举出大花剪就手开始修剪，我便就手拿相机拍了下来，也许它们将是我今生永远不会再遇到的画面。有一只大蝴蝶，拍下它后，我看它一动不动，以为已死，用手去触摸时，它忽闪一下，飞走了。

这是我从未见过的景色，这是我从未听到过的纯净的自然的天籁之音。有一种悲哀在心头。不知道每天看见的许多植物的名字。不知道从旁走过的灵魂，一旦被知道，也就同时失去了美和安全感。一旦从文字的背后走到人前，从网络走近读者，也就失去了原有的美而变得苍白。

傍晚以后，山上雾多湿气重，晚风湿润而清凉，只是感觉胃里胀满，我取出带来的所有衣裳，选件最厚的穿上，披上风衣，想出去散步。天还亮时，我几次下楼，篱笆旁潺潺的小溪流水、炊烟袅袅，如同诗在人心。走近村屋，轻抚干栏深深的呼吸，体会感受人间的另一种韵味，空气中常掺着家常菜的香味，这种自然质朴的气氛对我有着非凡的吸引力。可是，此时我动员了几回，无一同事愿出去走走，他们分成三堆儿在打麻将、挖坑。我望了望窗外，室外渐渐被黑暗笼罩，便怏怏地又坐了下来。

第二天｜雨。玩在美庐。

去镇上电影院看一场《庐山恋》

今天有雨，当地人说这里一年会有二百多天下雨。难怪这里多是石头墙，新房的石灰墙皮开始剥落。但这里是个让人暂时不想家的地方，大家自由行动，无人抱怨，有人说，只要不用写稿挣分让我干啥都行。睡觉的，看电视的，打牌的，拿着地图选一条路线自己去了的。一个记者，除了平时采访工作外，最喜爱的便是到处游历，听不同的人说着不同的故事。是的，在庐山随便到哪里走走都是一种享受，到处全都是那么美。大家彼此怀着不同的心情来到庐山的山里，同样感受庐山奇特的天空。

昨天进山的车里，看到街上影院门口巨幅《庐山恋》电影海报，已旧的老海报，使人怀念一个久远了的时代，有种岁月不老之感。心想这次一定找时间在庐山看一场老电影。此时，那个有点像传说的故事，已是庐山文身，是文在恋人心上的一个美丽图案，洗不掉了的。

在庐山上的影院里看电影，该带着怎样的一份心情呢？昨晚我一个一个地问："我们晚上去镇上看电影吧？"直到今天，仅有两位摄影记者有一点看的欲望。

我们仨出门时，碰到王师傅，我们问他要不要跟我们去，他说他会跟小刘去另一条线。他交给我们一个任务：顺路拐到菜市场去买几斤排骨和馒头回来。

路边，雨中的花草，美得一塌糊涂。走过湿漉漉的牯岭街，感觉街上走过去的人，都湿漉漉的，当地人打着雨伞，外地人身上都罩上了浅色的雨披，轻轻地走过，感觉那人是透明的，街道也是透明的。闲闲的日子，闲闲的街景。眼前的街景，有点像西方油画。内心一幅幅画面不断地从脑海浮现，眼前恍惚出一个画面：放学了，和邻家几个孩子去附近的兴庆公园玩，忽然下起大雨。奔跑。迷了方向。找不到公园的大门。把裙腰拉上去，蒙住头，露出脸，（那种穿法有点像现在流行的韩国款式）。终于跑出大门。原来这是想起了无忧无虑的少年时光。原以为很漫长的人生竟如此"匆匆"，"二十年"会变成"弹指一挥间"，"一眨眼的工夫"。那么，如此心情，如此美丽的雨巷里漫步的时光，以后的日子里还能再现几回？

路过庐山会议旧址。进去参观。小时候，看不懂政治，只听周围大人在谈论着有关话题，自己似懂非懂，如听未曾到过的景点，于懵懂中想象。几十年过去，观政治风云，如观庐山雾，雾飘散时，方可看清那山的面目。随着年龄的增长，婚姻的迷雾，职场的迷雾，文坛的迷雾，生活的迷雾，人生的迷雾，不也如此吗？无论它们时浓时淡、渐深渐远、时开时合，使秀峰时隐时现，即使它有时被雾完全遮住，那又有什么关系？山如此，人亦如此。也许，走一步，看清一步，一时顿悟，一时迷茫，才该是人生的样子。历史，留给后人去评说。

路过庐山图书馆。想起毛泽东来庐山时是从这里借书看的。

路过的美庐别墅。雨水使那面墙变成绿色，上面的苔藓似乎已有了霉味，像潮湿的记忆。也许太长久了，反倒使当地的人麻木地不知什么是美了。想就此进去。强军提议先去电影院看场次。

路过河东街。从河西街走到河东街时，才知这个镇子并不大。

走过长长的雨街，走到这条街的尽头，另一条街的街口，就是"庐山恋电影院"。雨中的影院门口，无一观众。偶有外来的游人会在伞下驻足。扒在挂锁的影院大门望进去，墙壁斑驳灰暗，设施都老了，正对着的那面墙，让一幅张瑜和郭凯敏的黑白剧照占满，他们脸上的笑容，是所有恋爱时的年轻人都曾有过的。

走近公告牌。这里永远只放映一部电影，就是《庐山恋》。每天放映一场两场，午后三点或晚七点，凑够十人时就放映。我们等到差十分钟三点时，终于等来了两位开门的女士。走进了影院大门，还须等够十个观众才开始售票。我们仨一边看大厅里四壁的宣传资料，一边耐心地等。看到了男女主演当年来庐山写下的亲切有趣的留言，张瑜写道："香兰出幽谷，真情见庐山。"郭凯敏则是："风景庐山美，人人庐山恋。"

眼看三点已到，还差两位观众。这时，有两位看上去像情侣的外国人，我们对他们的翻译打招呼，意思是说这个电影多么适合他们俩，让他们进来看看吧，里面几乎有庐山所有的景点……这对外国情侣似乎看懂了我们的表情，很高兴地走进了电影院。影片似庐山一部优美的广告片，庐山主要景点都在里面了。

张瑜饰演的归国华侨周韵是个美丽、善良的姑娘，有颗纯真的心灵，她那至纯至美、至情至性的，既遮遮掩掩，又轰轰烈烈的爱情，与庐山美丽的自然风景融为一体，纯真无瑕，幼稚而天然，他们纯净的目光诠释出，原来爱情是那么简单，越简单，越单纯，越真实，越感动。由杜兴成作曲、长城作词的《庐山恋歌》在空荡荡的影院里，在雨中山镇里回响，听起来是那样的纯真美好。"郭凯敏"逃时，"张瑜"追，"郭凯敏"追时，"张瑜"逃。一厢情愿的壁炉里永远燃不出激情的火焰，它会随壁温的升高而熄灭。爱，只要相爱，本无对错。

在山谷里的一个小镇，一个如诗如画的仙境里，看一个久远的故事，看一场美丽的电影。在这个美丽得令人陶醉的地方，不由自主地会多想起记忆中一些美好的碎片。1980年，这部由上海电影制片厂拍摄的名叫《庐山恋》的电影公映以后，男女主人公荡气回肠的爱情经历深深地打动了千千万万观众的心，获得了第一届金鸡奖和第四届百花奖最佳故事片奖，女主角张瑜更是凭借此片荣获百花奖最佳女主角奖。当年我那时还不懂爱情，不知愁滋味，只是看热闹，几乎没看懂这部电影，现在再看这部影片，我的思想与《庐山恋》唯一的交集就是，在看这个承载着美丽心情故事时，不由自主地找寻着自己成长的痕迹。如今已经历了种种平淡，回过头来看曾经太过理想化的自己，不禁想要笑。花儿开得最繁的季节，意气风发，也是梦最多的年龄。迈入不同的年龄段，再看《庐山恋》，像回头望一座正爬着的简单而丰富的大山。爱情，婚姻，孩子，社会生活，政治环境。快乐伴着烦恼，烦恼伴着快乐，亦如阴天中的雨，亦如雨后的云，渐渐散开，渐渐变得明亮。这个影片切入点很好，通过一个爱情故事反映了当时很多社会问题，其中也是抗战时期庐山一个小缩影。

如果有人此生缺了恋爱一课，来此补课倒是不错。然而，江山不老，人易老，岁月不待人。听到身旁80后大笑一些电影镜头，其不知那样的镜头，当年也冲破了"禁区"。记得，在意大利经典电影《天堂电影院》结尾，暮年的多多把老放映员的遗物，一卷胶片，放进放映机，发现那卷胶片中都是当年被剪掉的电影中的接吻镜头，看着一幕幕男女主角忘情亲吻的场景，人生的滋味水乳交融，一切记忆涌上心头。在中国尽管20世纪三四十年代的上海电影中的接吻镜头非常普遍，但在1949年后，吻戏却在银幕上绝迹，直到"文革"以后，从《庐山恋》开始，才冲破这一"禁区"。事情常常会从一个极端发展到另一个极端。我想，也许，在一个"无爱的激情"时代，在指向占有和交换的激情左右下，人们正经受着日益严重的虚无化。

看完电影，他们俩想去街角买彩票，我想去逛书店买本有关庐山的书，到了一个地方，才想更多地了解那个地方。但三人游美庐更为心切。心里还惦记着王师傅交代的那个"排骨和馒头"的任务。不敢远去，赶着点儿买了美庐门票，以很短的时间，匆匆忙忙地感受了一下那个著名的美庐别墅，匆忙中买下一个美龄镜。

走出门来，匆匆赶到市场买了那几样东西，然后乘出租车回住处。

在车里我想，这样匆忙又是为什么，我们这次来有充足的时间慢慢感受。我打算在离开庐山前独自再来一回美庐。

晚上，我们请的那位当地向导来了，向导告诉我，明天我们就可以看到那著名的瀑布了，其中包括给李白诗歌灵感的。

第三天｜三叠泉·乌龙潭·云雾茶

老别墅的故事

一不小心就碰到什么古迹，或某位名人曾住过的别墅。名山，名江，名湖，名镇，在历史的长河里，在庐山的云雾间，时隐时现。山上异国风情的一个又一个老别墅，若隐若现于葱郁之间，与大自然浑然合一的美感，对城市里的人是一种诱惑。但很多是不开放或挂着锁的。1885年的某个夏日，一个叫李德立的英国传教士，他乘坐豪华客轮溯经长江，来到庐山，由一个虔诚的传教士，成了一个空手套白狼的房地产商人。他开始圈地，请来英国设计师，建造了庐山第一批别墅群。从那时起，集中了二十多个国家建筑风格的西方别墅群，开始在庐山这座古老的东方名山铺排开来。室内室外，都恰到好处的没有奢侈的精致，窗户的样子明显是来之宗教，绿色的藤枝使一个个窗生动起来。住别墅的人，都是有故事的人。到处是横生的记忆。

今天走过这里，可以想象出曾经的奢华瑰丽。所有的风景，都是短暂的，庐山则不然。然而，有些地方，对自然环境及人文环境的影响和破坏，已经和其他地方没什么区别了。要消失的终会消失，顺其自然吧。这里的风景如诗般经得起咀嚼，历史的一道细微的擦痕，一条逝去的波纹，让人们认识时间在心灵里留下的真实足印，可供经历过那个时代的朋友怀旧。

当地人比较集中的六个老别墅，即283号别墅基督教堂、282号别墅传教士别墅、281号别墅李德立纪念馆、280号别墅露天酒吧、310号别墅赛珍珠别墅、307号别墅国民党军官别墅圈在一起，称为"老别墅景区"，在这里可集中读庐山老别墅的故事，快速翻开庐山历史画卷。在老别墅里看到很多发黄的陈旧照片，它们是属于这里的记忆，有诺贝尔文学奖的得主赛珍珠，有曾在周恩来与蒋介石谈判中起作用的马歇尔等。

在"老酒吧"前徘徊，什么时候会与友人同来，在这个酒吧里与友人共饮葡萄酒，该是多么惬意的事情。

晚上，少有的明净的天空。望着幽深处挂着星星的天空，多了一些想象。

这里没有汽车声，没有音乐，只有时而听到时而被忽略的蝉声，我只有到了晚上才会听到。勤奋而迷离的蝉声，穿过窗纱，穿过浓密的绿叶间没有云彩的天。

知了在竭力着最后的疯狂。知了们只能充分地利用三个月的疯狂，这些日子，似乎已至晚期，在这里，不烦它们日复一日的接力赛，这里的知了，不讨人烦，到晚上，鸣叫的音量低下来，渐渐稀疏一些，会有短暂的间歇。

在看过《庐山恋》之后，再听见或看见花径、含鄱口这些景点时，就有种亲切感。

含鄱岭海拔1286米，它的对面为庐山最高峰汉阳峰，北面为庐山第二高峰大月山，南面为庐山第三高峰五老峰，山麓是中国第一大淡水湖鄱阳湖，含鄱岭和汉阳峰之间形成一个巨大壑口，含鄱岭上有含鄱亭和望鄱亭，是看鄱阳湖日出的绝妙佳境，也是观看庐山茫茫云海的佳地，但此时一片浓浓的雾海淹没了眼前所有的景物，什么也看不到，冷飕飕的风从我们的身上扫过，站在含鄱口，看古老的名山，名江，名湖，名镇，在历史的长河里，时隐时现。

浓雾中摸索着往索道口走去，感觉在真正触摸着庐山。缆车从云雾里穿过，眼前，时而雾山雾海，伸手不见五指，时而又像立体电影一样，清晰地出现了平时目光和脚步都到达不了的地方。

感触也一个接一个缓缓而来，内心的大彻大悟，变成一缕缕淡淡的烟雾，随风飘散。当一块云雾飘过时，像看到了揭去面纱的神秘女人，深感美丽与惊险和险恶同在，那险峰之奇险之峻峭之嶙峋不亚于华山。想起不久前，一位很有才华的艺术家告诉我压制他多年不能发展的，就是那个被他认作朋友的人。君子之心事，天青日白，不可使人不知；君子之才华，玉韫珠藏，不可使人易知。后来，这位艺术家并未停止自己的努力，老时终于得到社会的认可，而那个抢走他机会的政客，一辈子还是一个政客。我听后内心感叹，在人生的迷雾中，致你于万丈深渊的那个人的心是可怕的，可见，多一层朋友关系，就是多了一层迷雾，就多了一层虚幻美景，太阳之下没有新鲜事，而人之灵魂却在云雾不停嬗变，正如《聊斋志异·画皮》中所云："愚哉世人！明明妖也而以为美。迷哉愚人！明明忠也而以为妄。天道好还，但愚而迷者不悟耳。哀哉！"想起我手机里刚收到的白玉奇先生发来的那条短信：2008年度微型小说评选揭晓，《人生》以23字篇幅获金奖，全文如下：人生就像拉屎，有时候你已经很努力了，但结果却是个屁。令人不禁想起人类无聊的争斗和整治。

一边是湖，另一边是山。倘有风过，山呼水应，身旁流云萦绕，不经意间，会觉得不是人间。

在山顶走着，无意间看到一老妇在兜售云雾茶，尝了几口，云雾中就品出了特别的滋味，便买下两罐儿带着。再出门时，除了带雨伞，还有用旅行杯泡的云雾茶，遇到环境优美安静的地方，坐下来喝几口，想象着那些当年住别墅的人的故事，想象着他们与心仪的人在花园里喝下午茶的景致与内容。下到很深的谷底，渐渐来到离人很近的瀑布前，即著名的三叠泉瀑布。只见它凌空飞下，雷声轰鸣，撼人魂魄，极为壮观。阳光下，瀑布水汽蒸腾，汪洋恣肆，一泻而下时水珠四溅，洁净而明亮，画面激动人心。在还未到跟前时，不由自主就吟诵起，"日照香炉生紫烟，遥看瀑布挂前川。飞流直下三千尺，疑是银河落九天。"而事实上这就是给李白写那首《望庐山瀑布》带来灵感的那条大瀑布啊，水雾扑面而来，向导说，李白就是先看到了这个瀑布，写下了这著名的诗句。三叠泉位于庐山东南九叠谷，山峰高峻，峡谷幽深，宋绍熙二年（1191年）始被樵者发现，故有"一朝何事失扃钥，樵者得之人共传"的诗句。气势磅礴，呈西北至东南走向的九叠屏，是庐山最为陡峭高大的一个悬崖绝壁，其下曾是李白隐居"把跛"处之地。这里在"燕山造山运动"和"喜马拉雅造山运动"期间，由于地壳的多次沉降与抬升，形成了褶皱密布、断层纵横、岭谷相间的山体，又经过第四纪冰川的剧烈摩擦而形成"冰阶"崖面。三叠泉瀑布汇集五老峰、大月山诸水，循着天工琢成的三级"冰阶"断崖折叠而下，故名。其实，这样的三叠泉在别处已见过很多，所以，虽也美不胜收，但那种初走近它时带给我的震撼和感动很快淡了下来。虽如此说，却仍喜欢看这个瀑布，向往下一个要去的乌龙潭瀑布。没有永恒的花期，却有永恒的花恋。

第四天 | 如琴湖·花径·仙人洞

  花径莲池里，有几朵最后的白莲，静静地开在那里。

  长长的台阶形成的街道，把别墅和别墅联系起来。

  "人间四月芳菲尽，山寺桃花始盛开。长恨春归无觅处，不知转入此中来。"

  前几批社里来的"驴友"连日遇雨天，我们运气倒好，今天又是一个晴好的日子，不仅把平日无法晒干的衣服和旅游鞋晒透了，还把返潮的被子也拿出去晾晒得松软。

  走惯了高速公路的司机，到了普通公路上就犯急。有人已以平时工作中的快节奏把周围三条线路的景点已经走完了。主要景点，开始着急，无聊，想家。说要提前自己买票回西安。我说，别走，你一下山就会后悔。

  有人提议，我们闲着没事，大家围一起包饺子吧。马上得到一半人的迎合。于是，买肉的买肉，买饺子皮儿的买饺子皮儿，剁馅儿的剁馅儿，其他人等着包，有一种家的感觉。不再有人提"回家"。有人无聊时不停地发手机短信。我相信有人仍在心底默数归期。

早饭后，Y小姐带着阳伞、墨镜、泳衣要去漂流，碰到我，问我要不要和她一起去。我想了一下，感觉自己今天没有这份冲动与激情，她便独自去了。她为什么要一个人下山漂流呢，她不喜欢待在山里吗？对于我周围的女子，常常感觉如近识庐山面目，时觉原本简单，有时却也不识。

每天爬山，走路，消耗大，心情和饭量也好了起来。亚健康的人，自觉地到氧吧里吸氧，是一种自救。洗好心，是要紧的。洗俗心，得天心。

午后，我想出去走走，问房东："这样晴朗的天我出门时用不用带伞啊？"

"哎呦，庐山这天可是说不来，说下就下了，有时一天下几回。我出去都带伞的。"除了雨披，我又备上一把伞。

贾和礼两位同事也正好要出去，我就随他们一起出门。他们并没想着要去花径，只说去找一个湖，打算在湖附近走走。我说，那个湖该是如琴湖。去如琴湖，一定要去旁边的花径公园，到庐山的人，大概没有不去花径走走的。

庐山是一本发黄的书，只要不停地出来在山里走，就会加快翻阅的速度。我们拿着地图、相机、手机和雨伞，沿着屋后的小路摸索着找去。白云，流水，菊黄，谢红，绿林，形成多个层次。石头、花儿、绿草，没有尘土，看上去都很干净，不由得人想亲近。我感觉，庐山这个地方，只有细细地品味，才会感觉到无数妙不可言的味道。漫步在山间弯道上，感受这里寂寞的美丽，就需要珍惜的美丽。在这里珍惜寂寞就是最好的享受。古老的山村渐渐显出神秘的面容，令人无形中感受到民间的广大、真实、厚重，山峰、溪水、草木、农舍、鸡鸣、犬吠，望向我们的一张张山农的脸庞，自由游走在小屋周围的芦花鸡，身旁挥舞着翅膀的彩蝶，带着淳朴的诗意散落在云海间，散落在山间，散落在溪畔，散落在阳光和山风里。久经传承的民间烟火在这种背景下，是那样的自由和平静。一山一天堂，一花一世界，一木一浮生，一方一净土，一念一清静。篱笆旁潺潺的流水，如同诗在人心。把它们随意分行，都是一首有趣的诗。大美无言。有点眩晕。美的东西，常常叫不出名字吧，我这样想。只有自由行走，才能有自己独特的感受，但很容易迷路，这时，不知不觉地，我们感觉眼前没有路，刚才的小路没有了。上前打问，闻到了土豆、干豆角烧土鸡腊肉的余香。

迷路，又容易给人一种梦境。醒着做梦。梦里不知身是客。一些带有禅意朴素的庭院，随时会把我的目光和心带走。这个地方太美丽了，是天生的美丽，有无数条走起来很舒服的非常秀丽的小路可以走，如果每天不在这里散步几个小时，真是对不起这里的风景和自然环境。

终于从小路上拐出来，到了香山路上，没几步，就看见45号的原胡宗南别墅。像山上其他别墅一样，这里曾经也是私人所有，现在看上去像个机关办公处。这样无计划地自由寻访，也会与一栋栋古朴别致、造型迥异的老房子相遇，得到意外的惊喜。

透过茂密而起伏的树林，隐约看到了湖的影子，有点激动。渐渐接近那个湖。从地图上看，应该是著名的如琴湖。沿台阶找下去，很快就到了湖畔，没走几步竟是花径的大门，大门两侧有意味深长的刻联，"花开山寺，咏留诗人"，寺是指大林寺，诗人自然是指白居易，故后人称此地为"白司马花径"，并建造了"景白亭"和白居易草堂。坐在如琴湖旁看游人在传说白居易手书的"花径"二字的门前留影，然后从这个门走进去。这"花径"之花，是指桃花，径，指的是小路，这样的名字，听到看到都会让人醉了。

我坐那里看湖，仍不想动，聆听鸟儿的歌唱。是谁的琴声，溅落在湖中。白居易当年是坐在那块石头上听琴的吗？这里是那样容易让人眯起眼睛来，陷入严重的走神、沉醉或想象中。我爱这寂寥时刻。

我说你俩先往前走吧，我想一个人坐会儿。贾终于受不了我这样慢的节奏，一个人先头里走了，礼也许是不好意思丢下我一人，也许是真的如他所说，他本身就喜欢这样的有自己感受地游走。旅行总是孤独的，旅行也总是不孤单的。一个人寂寞是美丽的，二人的两种寂寞在一起，也许就是麻烦，尤其是个性强的人。我一直在心里刻意寻找一个适合自己性情的游伴，一直未如愿，不刻意找时，他们就在自己的身边，陌生的也会变成熟悉的。

第五天｜三宝树·黄龙潭·庐林桥

胥今天索性一个人出去了，他需要到镇上的网吧里发一个邮件，还需要买一件庐山文化衫。他说自己每到一地，总要买一件当地文化衫。这时我才意识到，在我不注意的时候，大家可能都在做着这样"我一个人"的享受，因为这几天里，天黑以前，我也时常一个人在周围走的呀。

我和伟想到回龙路上走走，去看看三宝树。他说，毛泽东当年在这条路上会过贺子珍。

美丽的庐林桥，听起来就是一座美丽的桥，曾在老照片、《庐山恋》里看到时就是一种很美的感觉，近日也在地图上无数次地碰到过它，今天，我终于来到了它的周围。

走过一个水泥塑的"国家地质公园"的牌子，走过一片湿湿的草地，向庐林桥方向靠近。

终于到了庐林湖的栏杆旁。据说这是当地人的饮用水，那么，庐林湖的水质应很不错。

坐在石头栏杆上看湖，湖面模糊，眩目的光色将人的视觉和情思带入了一个虚幻迷茫的奇妙之境。

在庐林桥上走了个来回后，沿台阶走到桥下的回龙路上。回龙路桥下沿山坡绕开去，分成两段，少人走过。我们随有两三个行人的一端走去。路上无人经过时，四周十分安静。坡下是潺潺的流水，两旁是美丽的散发着浓烈松香味的松树林。在小路和河谷之间的松树林里，看到一株株老松树的残留树桩，刚被锯掉不久的样子，很令人痛惜。一位路过的卖水老人说，它们在上次雪灾中已冻死，须砍掉，否则会霉烂在林子里。

走了很久，只剩下一个外国人。同事用英语猜着说他是美国人，我用中文说他是英国人，我想在人家身后说被听到了不好。我说三棵树怎么还没到啊，这时，那个老外转过身来，一张儒雅、干净、友好的面孔，用流利的中文问道："你们迷路了吗？"说着他打开了手中的庐山地图，他告诉我们，三棵树在另一端，尽管我们不承认迷路了，但意识到确实是把方向走反了。

原来，我们真的迷路了。

道"再见"时，好奇的同事想知道我们刚刚猜的谜底，便问道：您是哪国人啊？答：德国。三个人一起笑了。我们站在路中央简单交流起来。山水间、角落里，都吸引了众多的外国人，从外国人的眼里不难感受到，中国是一个有着悠久历史和文化的伟大国家。

到三棵树时已是黄昏。站在三棵凌空耸立的参天古树下，抬头望，浓荫蔽日，绿浪连天，我的相机怎么也无法收全它们的树身。

再往前走，不远处便是黄龙潭瀑布。令人烦恼的是，有人在此设了摊位，在景前放一把藤椅，边上竖一石碑，碑上刻着："毛泽东同志曾在此留影"，几乎占满经过这个景点的路。设摊的人举着喇叭发出很大的噪声："黄龙潭洗洗手，福气跟着。""请大家到这里排队留影了，十块钱一次。"本想在此拍照的，但心情已被搞得烦躁起来，一点兴趣都没有了，转身离开。在这个山谷里，这种"毛泽东藤椅"几乎无处不在，几乎好景点可站个人处都摆着这么一把椅子，不仅使人发问：毛主席在庐山时当真在这么多的地方都坐下来拍照的吗？对此地的这种商业行为简直深恶痛绝。

向晚无人的道上沉郁迷人，越是迷路，越是沉醉在柔风吹拂的暮色里。小跑一阵，终于又到了回龙路上。

重新爬上庐林桥时，车少人稀，身后的景色令人流连忘返。

第六天｜仙境·小天池·望江亭·庐山雾

　　明天就要离开庐山了，回程票已订好，今天大家开始收拾行李，上街购买带给亲友的礼品。胥建礼今天一个人去了南昌。

　　我望着窗外，感觉这样在庐山，站在我居住的这个小屋的窗前的时候，已经不多，即将回到我的那个城市，仍像过去一样，过一种无梦幻的现实得不能再现实的被"非如此不可"所驱使的日子。庐山是融冰川、湖泊、森林、草原、牧场、河流、珍稀动植物于一体的，这里有壮观的冰川、宁静的湖水、茫茫而幽深的原始森林，而这些原本都只是书面的，是苍白的，是容易被人忽视的。只有当你天马行空地自由行走在其中去感受时，才会理解这生动的一切是真实的存在。我有意识让自己没离开庐山前，有更多的行走。贾也有同感，于是，我们结伴再一次出门。

　　这是今天最后一次出来，在山里走，随便到哪里走，都比坐在屋子里好。我们沿着牯岭街的另一头，往小天池和望江亭方向走去。

　　一位庐山妇女，独自一人在我们前面不远处，随意地走着，她在公路旁，走走停停，漫不经心的样子，走几步又随意地停下来。我问她，为什么一个人这样走。她说走着玩。可见在休养生息的美妙佳地之人，都有着好静养逸、多善少恶、善容并纳的性格。走在山顶上，感觉庐山所有的景，几乎都有被浓雾缭绕的时候。在这里随意走着的任何一个人，都可独自成为一幅风景画。生命本身是一场漂泊的漫旅，遇见谁都是一个美丽的意外。

　　不知不觉走到海拔高度在一千零二十米的小天池时，有种异样的感觉脚步更慢了一些，那位庐山妇女停下来，与我们拉开有五十米的距离。我们各自观看着无人的四周。周围的植物为落叶与针叶混交。贾大声地朗读一块石碑上的毛泽东诗词："一山飞峙大江边，跃上葱茏四百旋。冷眼向洋看世界，热风吹雨洒江天。云横九派浮黄鹤，浪下三吴起白烟。陶令不知何处去，桃花源里可耕田？"

在这里，南望牯岭街和窑洼冰窖，西望剪刀峡冰川套谷，感觉正好时，周围发生了奇妙的变化。说话间，忽然飘来一股强烈的雾气，扑向路面，扑向我们，扑向车辆。渐渐看不清十米开外的车辆和人。越来越浓。把正说话的庐山妇女与我隔离开来。整个路面淹没在烟雾里，眼前云腾雾罩，只可依稀看到两步以外的人影。据说，庐山盘山公路三十五公里，有近四百处转弯，这里就是毛泽东1959年所作《七律·登庐山》中的第"四百旋"。

这时，伟在一旁喊，急着让我为他拍照，把相机伸向我，站在风景前。而我此时恰巧忽然想到了什么，眼里就没有了别人，停下来，不闻不顾地打开笔记本，坐在路旁石礅上写了起来。我记不得当时自己究竟捕捉到了什么，只是心里很愉快，想写点什么。常常，途中的一些灵感或一些临时想到的碰到的有趣的事，如果不及时记下，可能很快就会在记忆中淡化。记下的也许是诗的意境，小说的情节，那是镜头不可以捕捉到的。那种感觉，像花朵一样，开始散发着幽香，安静而急切。可以这样说，似乎一朵花的绽放，需要相应的气温、水分、日照。灵感的到来，文字的流出，也如花开，需要心情，环境的刺激。

刚才的精彩你看到就看到了，没看到就永远看不到。没有人欣赏或被人偶尔看到，它都存在过，它都会逝去。就像花儿，你爱看不看的，它都自顾地开着，不告别地飘落得无影。

望江亭里望不到江，望江亭外雾茫茫。

我们同时捕捉到了美丽而难得的一瞬，不同的是他的意境是眼前风景，而我的意境在心里。

我寻找着云雾的来源，已无法寻找。这奇妙而神秘的变化，一瞬间工夫，混浊不清的大雾环绕在人的呼吸之间。似乎欣赏这里云峰时是不容人眨眼的。

伟描述着我没看到的瞬间，他说，只见云雾从谷底慢慢地却也是迅速地升腾，沿山坡蔓延上来，我喊你想请你以那云雾为背景为我拍照，可你就是不过来，急死人……太可惜了，那么好的景，对我来说，是百年不遇。俩人各有各的逻辑。

云雾还在继续不停地变换着。我希望这奇妙的云雾能够重新回到开始升腾的时候。我内心多少有些歉意地耐心和他一起在原地等，想等到那浓浓的云雾散开。可是，我们等了一个小时，他刚才所看到的那种景致再未出现，那雾已与雨天变成阴浊一片。到望江亭时，云雾继续在山谷里变换着，眼前是化不开的浊云，看不到江面，雾山雾海的，什么也看不清了。正午时分恍惚已到了傍晚。亦如眼前聚聚散散、飘来飘去的迷雾，如心里的矛盾，这个矛盾去了，新的矛盾又来了。

人与景的相遇，如我与某些人的相处，走近，却谈不上相知、相惜。终于，我们带着遗憾离开了那个峰口，一路上，他就多了一种"抱怨"。我想，于他，虽未拍成照，却用那份时间、那份心多看了几眼云雾，那云雾会定格在他脑海里吧。

这是我看到过的一场最变幻无常的，最奇妙也是最美丽的迷雾，这个过程如此曼妙又如此迅速，一分钟的样子，眼前景色全变，阳光隐得无影，雾气涌动，细雨飘拂……像是不经意间走进了一个天然立体影院，看一场始料不及又令人痴迷的立体纪录片《雾趣》。当那雾沿着台阶爬上，沿着山坡在树林间蔓延开来，树木和山头很快没在浓雾中，山峰在云雾里时隐时现。此时，有置身仙境的感觉。

铺天盖地的浓雾挥之不去，水雾里的细珠越来越大，渐渐凝成越来越粗的雨丝。

人亦如一座山，被现实的迷雾折磨沉睡多年以后，或者长荒，心中无物，或者蓬勃地疯长，迷雾散去，方露真峰。人生必须是带着一些遗憾地往前走的。许多风景是活的，是一去不返的。放下，才可享受到心灵上的安宁和快乐。一些人，一些事物，都是一去不复返的，还有机遇，灵感，景致，感觉。有时，露，是"不得不"，隐，藏着极大的快乐。空谷幽兰，香在无心处。

不知不觉又转到了180号别墅——美庐别墅跟前，两次走近美庐，都是在雨中。我喜欢趴在美庐二层的阳台上望下看，我喜欢看院子里的树，喜欢看那绿藤顺着墙缠缠绵绵攀在窗上的样子，哪怕只在窗前趴上一小会儿，不小心看到藏在绿荫中的美庐冷浴池。

院里留有蒋介石的字迹"美庐"，刻在一块很普通却很大很不规则的顽石上，那天雨中，我们玩在美庐，才发现那个大顽石很不规则，想拍照时，感觉站着坐着蹲着都不是个姿势，它的高度和形状很令人尴尬。

第七天｜下山，离开庐山。白鹿洞书院

今天，大家都早早起床。在等早点的时候，我带着我的数码相机最后一次下楼。望着沾满晨露的绿草，望着寂寞相依的花朵，我想，在这样的院中，即便每日不出去走，如果另一半能在此与我相伴，一杯清茶，一本闲书，就真是住在天堂了。走了，走了，毕竟还有太多要牵挂的事情。不到8点钟，临时向导来接我们下山，前往参观山脚下的白鹿洞书院。

这个书院与当代作家陈忠实的白鹿书院毫无关系。就这些书院，历史地来看，文化方面，北方与南方有着一定的距离。

看白鹿洞书院的环境，很是羡慕唐人李渤兄弟啊，他们可真会享受。据陈舜俞《庐山记》等史志记载：唐德宗贞元时，河南洛阳人李渤与其仲兄李涉在庐山脚下隐居、读书。李渤竟然养一白鹿，出入跟随，心情愉快地过着隐居的清淡生活。后来，人们称他们兄弟隐居的山谷为白鹿洞，称

李渤为"白鹿先生"或"白鹿山人"。

在此对"白鹿先生"还另有一说。相传，李渤把白鹿驯养得温驯可爱，极有灵性，与他形影不离，白鹿可到南康府（今星子县）为他沽酒，投递书简。他需要购买文具时，只要写一张纸条，连同银两放在一只竹筐里，挂在白鹿角上，就会自觉完成，从不出错，因此人们把这只能听使唤的白鹿称为"白鹿先生"。三年后，白鹿死去，人们把常去购物的镇叫"白鹿镇"，还由此衍生了一系列耐人寻味的文化现象。我想，能做到这一点，那里的人很善良，那里的环境很安定。

现在，在后院里竟圈养着一只从欧洲南部地中海一带买回的白鹿，据说是为重现"人鹿与游，物我相忘"的人文景观，此鹿善奔跑，温驯，懂人性，以草为食。要看这只活着的白鹿，须买票方可到后院一看。李渤814年出山，821年被任命为江州刺史，使他有机会重回白鹿洞，他在此做官虽不到两年，却做了对江州地区（包括庐山在内）有益的事情，创建台榭，遍植花木。

白鹿洞四山环合，俯视似洞，因此而名，逐渐成为四乡文人往返之地。后来，南唐政权又在李渤隐居的地方建立学馆，称"庐山国学"，又称"白鹿国学"，是与南京金陵、北京国子监相类似的高等学府。白鹿洞书院始建于宋朝，乃理学家朱熹讲学之所，宋时是中国四大书院之一，它兴教以来，延续时间达一千余年，曾为封建社会培养出一批批人才。北宋初年，改名为"白鹿书院"。朱熹任南康知军时，兴复白鹿洞书院，自任洞主，筹置学田，编制课程，制订学规，收聚图书，使白鹿洞书院达到了一个鼎盛时期。

1949年以来，人民政府对白鹿洞书院的遗址颇为关注，20世纪50年代修建了东、西碑廊，80年代中期，又重修礼圣殿、礼圣门、彝伦堂（明伦堂）、御书阁、紫阳祠（朱子祠）、先贤祠以及其他房屋。

流连于东、西碑廊和各个房屋间，真是沁人心脾。遗憾这么一点点时间，只可走马观花。

11点钟左右，我们离开庐山，前往到九江。再见，庐山！再见，巍巍幽山！再见，那些奇花异草！再见，那些伟人以及领略过他们超人类智慧的人，还有那些来来往往神秘的游人们！斑驳的阳光盛开在细碎的花朵上，我最后望一眼庐山秀峰云海，望一望那些我走过的路，有点依依不舍地关上车窗。我在心里想，有朝一日经过江西，我一定再来庐山。或者，在有时间和心情时，我会专门来庐山的。

在九江瓷器一条街上的瓷器商场里逛了一个小时后，我们驱车来到自然位置独特、自古为文人骚客所赞赏的石钟山。转完，将从那里直接赶上返回西安的火车。

离开后，绕道去寻找苏轼泛舟处

我们很快就到了庐山脚下的湖口县城内。石钟山就坐镇鄱阳湖湖口的南岸。其实，这里有两座小山，名曰石钟山，南面的叫作上石钟山，北面的叫作下石钟山。石钟山其名由来，是据北魏的郦道元和唐时的李渤。郦道元说"微风鼓浪，水石相搏，声如洪钟"，李渤则在深潭上发现两块巨石相击之声，清脆而高亢，故名石钟。后世人们普遍认为，他们说的都对，又都不全对。向导带我们到石钟山下一个小酒馆吃饭。墙壁上挂一幅题为《苏轼月夜泛舟处》的石钟山老照片。我就无心吃饭，想象着鄱阳湖上乘船绕石钟山去寻找苏轼月夜泛舟处的情景。

登上石钟山，才看出上面原是融亭、台、楼、阁、塔、榭、舫、廊等20多种古典建筑为一体典型的江南园林，绿树碧竹生长在突兀的奇石间，亭、台、楼、阁前，塔、榭、舫、廊间，皆有碑刻和楹联。

山上怪石嶙峋，站在高耸的危崖旁，更觉其气势雄伟，可同时看到我国第一大江和第一大淡水湖，自然会想起这里为历代兵家必争之地，英雄豪杰曾在这里兵戎相见，扼三江之门户，当吴越之要冲，战争赋予了石钟山"江湖锁钥"的称号。哦，这可是当年的水？这可是当年的天？这可是当年的山？

想起中学时学过的一篇课文，苏东坡的《石钟山记》，文里记下了苏轼在月光明亮的夜晚，和儿子苏迈乘着小船停靠在悬崖绝壁下面的感受，"大石侧立千尺，如猛兽奇鬼，森然欲搏人；而山上栖鹘，闻人声亦惊起，磔磔云霄间；又有若老人咳且笑于山谷中者，或曰此鹳鹤也。"苏轼正心惊想要回去，忽然巨大的声音从水上发出，噌地响着像钟鼓的声音连续不断。船夫非常害怕。苏轼慢慢地观察，原来山脚下都是石头的洞穴和裂缝，不知它们的深浅，微微的水波涌进洞穴和裂缝，激荡撞击便产生这样的声音。于是，"舟回至两山间，将入港口，有大石当中流，可坐百人，空中而多窍，与风水相吞吐，有窾坎镗鞳之声，与向之噌吰者相应，如乐作焉。"苏轼发现绝壁下都是洞穴和石缝，风浪冲击洞穴，发出钟鸣般的声响，谜底才最终得以揭开，苏轼从而叹惜郦道元记叙之简略，讥笑李渤之浅陋。可见，石钟山的山脚下有大量的洞穴，应该是一座空心的山，其内部的入口，就在山脚下，不过平时被水面淹没，不易发现，在浪花冲击的时候，才会发出类似钟鸣的声音，正因如此，才有万古解读。

上船后，另一大奇观出现在眼前，眼前，水分两色，形成了一条长长的水文线，天然汇成了一幅壮观奇妙的"泾渭图"，长江的滚滚洪流和鄱阳湖的滔滔碧浪在这里交汇，一边是碧波万顷，另一边是土色的浊浪，真是一步一景，看着船后的石钟山，这时才清醒地意识到，这是个由石灰岩构成的石头山，地表怪石叠出、全山皆空是由于千万年惊心动魄的水石交汇，千万年惊心动魄的水石相博。

当仔细回望石钟山时，仿佛看到蓬莱，渐渐远离"空山"时，这个天然美景，这个空心而光滑的真山，于深潭和秀美古树之中，看上去却有点像造景的假山，与城市里街心公园中的一座玲珑剔透的大盆景差不多。

船外，在浩渺鄱阳湖和滔滔长江中，回望远古幽深的石钟山，危崖高耸，山峰对峙，真乃天工造化。在渐渐与石钟山拉开距离时，有种流连忘返的感觉。

老城记

我曾三次想去陕西周至县的老县城,每次都在周末,每次皆无缘到达,一次遇大雨,一次遇塌方修路,一次在山口接到单位电话,有急事返回。之外的季节问题、向导问题、车辆问题等,每个因素都可成为限制我到达那里的因素。这次偶尔想出去散心,天遂人愿,竟真去成了,且未错过那里的好风景。

我从西安中心钟楼出发,去距离钟楼最远的,在西安版图上最偏远的一个角落,西安唯一隶属长江水系的一个自然村——老县城。一个半小时后,我们到达周至。

不知不觉,进入秦岭深处,我们家的第一部车富康,车劲老大的"老爷车"穿行在鸟语花香茂密的森林里,沿盘山公路进山。渐渐地,手机信号消失,与外界真正失去了联系。正是梨花盛开的时候,有种粉色似合欢花的线花挂满路两旁的绿树,在无人的路上,一如迎宾鼓动着的手掌。

车过山顶架有电讯发射塔手机偶有信号时,接到西安朋友电话,听说我开的既非吉普又非面包,而是比那些车的底盘都要低的一辆老爷车正载着我们一家跑在去老县城的路上，朋友惊叹："你胆子好大哦！"进山前，我与一个登山救护队取得了联系，了解了山里的情况，才多了这样一份胆量。

我知道此山深处有大熊猫和金丝猴，就以为我要去的一定是那种"鸟都不拉屎"的地方。

我在那里确实看到了鸟，是一些不知名的漂亮的大鸟，有点似喜鹊，却比喜鹊大许多，真是林子大了什么鸟都有，而且是花鸟、好鸟、会叫的鸟，是未退化、未变异、不失鸟性的鸟。可见，这是一个连鸟儿都争着来的美丽的地方，鸟儿那么美，美得有点不真实，像画里的那样，就从我的眼前飞过。除了鸟以外，我还意外地碰到了蛇、山鸡、松鼠、彩蜓等，以及很多美丽的植物。深山里，优美的树木多不胜数。又直又高又壮的参天大树随处可见，人们盖房时挑大梁的就是这种树。这种树，也只有山里有。但是，这样的树也有倒在小溪旁朽在山里的，那是洪水冲垮在那里，被风镂空又镶进乱石块，如今是无用了。我的朋友中，有才华却一生被耽误者，一如这朽在山里多不胜数的参天大树。

路上，遇到了一群都市中的"驴"（登山爱好者），看着他们，想着自己此次的探秘之旅，感觉自己与他们一样的现在进行时，只是我的经验不如他们丰富，心理比他们多一份恐惧，如果忽然下起雨来，单行山道无法会车，车轮子打滑无法前行时，我将不如他们轻便，衣食住行诸方面贮备也都不如他们齐全。

眼前这座山看似美丽，处处却藏着滑坡、危桥、暗坑与有毒的花朵。正由于艰险，感受便是别人无法替代的了。

看一座山，我爱看它美丽的地方，看一个人，我喜欢看他的优点。忽然联想到看一个单位，我们该找它乐观的另一面。山里丰富无比，无法一一描绘详尽，如一个人内心所承载的多种感受，那些来自社会的、单位的、家庭的、朋友的苦闷、烦恼、压力等复杂感受，每每总是一时无法描绘清楚。人生很多时候就像爬山，我们不能只看到乐观的一面，也不能只看它阴暗、消极的一面，换个角度看，险恶的那一面，多少带着一种令你倒吸口气的冷峻。

一走神，忘记了"历险"中之危险。大概又走了三个小时，行进了150公里后，我们终于到达了归属西安市却距离市中心最偏远的小镇——厚畛子。夕晖映照，住宿静，灯火妖。

夜宿当地被说是"条件最好"的宾馆——厚畛子太白山庄里条件"最好"的"豪华间"，令人后悔的是，它并不如"农家乐"那么好，来电几分钟后又黑掉，洗澡水怎么都来不了，喝的水怎么都烧不开，电褥子怎么都热不了，只有一个台的电视里播着《四世同堂》，影子歪歪扭扭……

我心想老县城比此地更偏僻，我心里又添份恐惧，不由得在心里敲起了退堂鼓。

人生的路，未走前皆是未知的，若不去，永无感受，总是走过之后才会知其深浅。想到这里，我还是执意要去。是的，这次我必须去，每一个梦想，只有坚持才能真的实现。如此这般地继续着我的寻城之路。

第二天，被清脆的鸟声唤醒时，感觉被子仍湿乎乎的，只是被我暖热了一些。山路原无雨，空翠湿人衣。阳光透窗进来，打开房门，在门口立了一立，看见绿山间的蓝天白云。这一刻，心如室外的天空般洁净。

八点半，吃过早饭，前往。小心翼翼地向老县城靠近。从一个酷似象鼻的山洞下面钻进去，进入从厚畛子到老县城的这段狭窄的古道，山道蜿蜒。那是一条更加狭窄的沿山单行土路。

随着海拔高度的增加，空气越来越稀薄，也越来越清新。山路盘迂，林深箐密，蛇蟒暗伏，野兽出没，如遭连阴雨或山区洪水，这条路就会被冲垮，这里就会与外界断绝一切联系。

路上，看到的一条与别处不同的广告，广告上写："大嫂告诉二嫂太山牌枣皮机便宜好用……"带着这条广告的淳朴感，我在渐渐接近老县城。

翻过一个山梁，上午十点钟的样子，我们到达了老县城，也就是老县城村，城址夹在崇山峻岭中。现在的老县城村是道光五年在秦岭腹地建设的一座清代县城。有人说，这里曾被土匪占据过。民国初年，连有两任县太爷被土匪杀害，后任者不敢在此停留，背着大印四处流窜，当"流亡政府"流亡到一个叫袁家庄的地方，将县城迁至于彼，自此真正的县城荒废，人走了，树长起了，草长起了，熊猫来了，金丝猴也来了……至今古城仍完整地站立于林莽之中，城内有县衙、监狱、文庙、城隍庙、义学等遗址，残留9户人家。1994年，周至县在这里建立了动物保护站。

说是个老县城，其实是山谷里一块平地上的属于厚畛子镇的一个老村子。高山环绕着的小村里阳光明媚，四周的秋景色与春景交合一起，山色秀美，山花烂漫。

"山里的农村"与"平原上的农村"感觉似乎有所不同。散落着不多的几户人家，他们在这里靠山吃山地过着一种安逸而祥和的生活。进村的时候，纯朴的山民该做什么还做什么地继续着他们手里的活儿，山鸡、松鼠如入无人之境，随意散步。

一个旧戏台的背景墙上，涂有题为《旭日东升》的壁画，近处还看得到一些残存的"文革"年代痕迹的标语。一个放杂物的老房子里，堆满了旧农具，里面墙上靠着一个写有"周至县厚畛公社北高村民委员会"字样的老牌子。越是旧的东西，越有味道，随着市场经济的快速到来，许多旧东西就会渐渐消失。

处处是篱笆墙的影子。我喜欢那篱笆与大自然结合的感觉，那么美。见多了城里用水泥做的那种篱笆墙，见了这里的就更觉出城里的"水泥感"来。就想起穿衣吃饭的事，有人穿衣裳是穿给别人看，有人只穿给自己，不管他人如何评价，只为自己精神。这里所有知名不知名的花木，都不为长给谁看，这里所有朴实的山民，都只凭自己感觉活着。有人在自家里香香地吃饱就行，有人"请饭"或"吃请"，那饭也就有了不香甜、不好消化的"水泥感"。

几面山壁，闪着迷人的油画般的深秋色，与嫩绿中的烂漫山花的缤纷色彩交相辉映，一片天籁，初学摄影的女儿举着相机随手瞎拍，每一处却是风景，每一张皆是美图，她不小心把我和她爹也框进了画面，仅取了我们上半身背影，画面上几乎看不到我们，只占了很小很小的位置，乍一看，似森林里两棵露出一点头的树影，淹没在美丽的风景里，不知其有意无意。元栖云真人王志谨《盘山语录》里有云："且如云之出山，无心往来，飘飘自在，境上物上挂他不住，道人之心亦当如此。又如大山，巍巍峨峨，稳稳当当，不摇不动，一切物来触他不得，道人之心亦当如此。又如虚空广大，无有边际，无所不容。有天之清，有地之静，有日月之明，有万物之变化……"

拜谒陌生古树，遒劲苍老，根下又新枝，一如年事已高儿孙绕膝的祖母。人世沧桑，缤纷的人世一如山林，绿了又黄，黄了又绿，有水的滋润，顽强地林木保持着一段鲜活，很明显，这里是少钱的地方，听得到比小区无人的午后还寂寞的声音，天地间不改的，是手足亲情，那是一种享受。而那些多钱的地方，往往又是少人味的，那种来自心灵的寂寞却远远超过这里。

透过篱笆墙，看到了住户们一个个生动的生活画卷。

老县城村里早晚冷，老住户的门前，坐着一位老人，老人穿着棉袄和棉裤，老人面前的田里庄稼，穿着一层"塑料布"。此时的西安已穿裙子短T恤了，这里早晚还需棉衣，着秋冬装，中午换春装。

有一个旧瓶，在窗台插着花儿俏。有几个小儿，在门前游戏。有一股炊烟香，从我面前飘过。下雨的时候，这里会生炉子，今没雨也生起了炉子，我问为什么，老乡说，今天要焖土鸡呢。奇怪，我一直未闻到鸡和香料的味道，只闻到了山参和山草的味道。

有一种草，在风中散发着清香，有一种花，在阳光下散发着芬芳，不知道它们的名字，却很喜欢它们，就像在喜欢自己一样。有几只牛儿，在山坡上自由而安静地吃草，无人看管，想那些篱笆墙主要是用来拦它们的吧。我们仨想走到近处，去给牛儿们拍照，只听那头大公牛叫了一声，声音并不大，四处的牛儿却都往这边移动，原来的几只牛成为了一群牛，并且目光全转向我。这时才明白，原来我已误入了它们的领地，刚发出叫声者乃是领头牛。

有一位大叔，正给一节一节的木头上打眼儿，他准备在上面种上香菇。

有两个村妇，腰间系一竹筐，手拿锄头刨一些坑，直起腰来从竹筐里抓一把豆，一个一个撒进坑内。因为有伴，固执地笑在风中。春天种豆，秋天得豆，舞蹈般动作，诗经般意境。心境、画境、意境交汇成趣。

有两个女人，在同个院中低头洗着衣服，看上去很像"大嫂"和"二嫂"，相互却并不说话，她们一人拿一个盆，相隔着距离。一位大嫂在哼秦腔，委婉动听又悠长绵远，充满激情，听后令人仿佛进入了行云流水般的意境。我随她哼了一句，感觉很舒服。大嫂好奇地看我笑问："你也会唱？"

"跟着您学呢。"我说着大声唱了出来，和她一样，用的是真嗓子，且索性把嗓子完全放开来，有一种无所顾忌的感觉，吼的感觉，她听后笑了。她的笑，像山里的阳光，干净而温暖。生命本身是一场漂泊的漫旅，遇见了谁，都是一个美丽的意外，有时候会为一句话感动，有时候会为一首歌流泪，因为真诚，因为动情，因为那是可以让漂泊的心驻足的地方。我也笑了，第一次感受到在山里唱秦腔的痛快，似乎唱出了积压心底很久的苦闷。哦，那些不堪，我要把它们，都丢在这山谷的风里。

午饭时，山地野香椿、野香菇、野木耳、鸡头菜、鸡爪菜、树花菜、老爷菜、柏树菜等"春风吹又生"的野生植物全上了院落中的小小木饭桌，山里人说这些东西无污染，"尽管放心地吃呵"，从村妇的话音里我闻到一种青青、甜甜的野草味，这样的味道一直弥漫在我的周围。这里所有的浪漫情调都隐在传统的日出而作日落而息的日子里。

这个地道的世外桃源，又寂寞，又美好。想起汪曾祺先生的一句话，"寂寞是一种境界，一种很美的境界。"

从这里一些旧物看得出这里没有被物欲所浸染的一种朴实，古朴的环境令我们这些在城市浮躁环境下生活的人得到一种心情释放和解脱。城里人平时所向往的那种恬淡诗意的田园生活不就是他们平时过的这种日子么。想来也是奇怪，为什么有人要在城里挣很多钱后，才想到去山里盖房子求一种过法，干嘛当初不直接就心安理得地过这样一种简单的生活呢。看来，人类是带着很多困惑的，时常是迷茫的。

　　我还未在老县城里停留够，孩子急，闹着下山。

　　回来的路上，心情变轻松许多，谷底水波荡漾，黑河大坝巍然。然而，似乎所有优美的风景，都堆往那被称为"高山峡谷的尽头"——老县城村。我盼望了那么久的一个梦，竟如此轻易地实现了。起初，由于不了解，心里有诸多恐惧，安全返回时，虽感此行不易，但路上乃至整个过程，远无想象之曲折、之恐惧、之复杂，想来，人生许多时候，许多事，皆是如此的吧。

　　我想，如果这次还不能到达那里的话，不知我会牵肠挂肚到何时。虽说以后去老县城的道路将会改善得更加好走，我也还可再去那里，但毕竟不会有现在这份心情与感受了，人生的风景总会不自觉地融进我们每个阶段每个不同的心境里。

随孙见喜先生去商洛

可直达商洛的沪陕高速公路昨日通车，著名作家、《贾平凹传》的作者孙见喜先生邀请我和陕西俩大腕——诗人晓雷、评论家杨乐生乘坐他新买的小车并由他亲自驾驶，去乡下他新建的别墅里玩，他说，这是他第二次驾驶，是我们第一次来坐。这并未引起我们仨的足够警惕，反正他敢开，我们就敢坐，对他有足够的信任，文人的信任里往往夹杂着交情、义气、盲目等元素。

见喜先生弯弯扭扭地把我们拉到了他的山庄门前，终于松了口气说："这一趟，考验了一下我开车的胆量，也考验了一下你们三位坐车的胆量。"我们心中依然毫无杂念，随口说两句敷衍他，是啊，这段路虽是新修的，很宽敞，路上车也少，但对你这位新司机来说，也挺不容易，在高速路收费站的窗口停车时，他停车的位置不是左右远近差一点，就是前后距离差一点，害得收费小姐的胳膊伸了又伸。尤其是见喜先生的视力不好，我的视力虽好不到哪去，但比他年轻啊，所以，一路上我按他要求坐在副驾驶座上充当他的第三只眼，但我根本就挡不住他见了泥坑就往里跳，当车轮子在泥窝子里打转开不出来时，他却问我："为什么呢？"我就下车去弯腰看是怎么回事。到下高速时,见喜先生竟然找不到他们村子的入口。

好在我们心态都不错,在车里随意聊着,瞥见一个送子娘娘庙,指着那边说着,见喜先生闻声忽说道:"那就到了!"

车子终于开进山庄大门内,见喜先生说,你们仨先下车吧,我给咱把车停好。晓雷老师打开了后车门,他的一只脚刚着地,见喜先生忽然一踩油门,车门尚开,车却往前滑去,我们仨不知何故,只见晓雷老师脸色煞白。

晓雷老师显然是惊魂未定,让自己的情绪平稳一些后做轻松状地问:"那沾满泥巴的四只车轮子什么时候被洗干净了?"我回想着。"大概是经过那段疙瘩路时,车子在积满雨水的坑里涮干净的吧。"我说。

这时,见喜先生又问我:"谁啥时候把这车内的暖气给打开了?就说咋把我热得直冒汗呢。"我们只说今天太阳强穿不住外衣,想不到是他无意识做了手脚。大概是他放音乐时按错了开关钮吧。"那么,是谁打开了车的油箱盖呢?"他还有一个问题他搞不清。还好,他终于想起来了,"对了,我刚才打后盖时找不着,我的手就在一排开关前胡摸啦。"

我们想笑,见喜先生自己想起什么似的,说起当地的典故,这样,我们自己倒不好意思了。等他去忙,我们大笑起来。笑过之后,我们三个还真有点后怕,这一路上,我们竟冒着这样种种的危险哦。

原以为一个小时可到达商洛,我们不算上高速前找绕城高速路口的时间,一共用了两个多小时,我们几人对这样一个速度已很满意。

大门一旁的碑林吸引了我们,慢慢踱过去,镇定地一碑一字看起来,以此"压惊"。

见喜先生的一个堂弟走过来,从见喜先生手里取过大门钥匙,帮我们打开大门,一转弯消失了身影。

过了一会儿,堂弟再次出现,拿园中结的鲜葵花子给我们吃。憨厚地望着我们笑,没话。我一抬头,他又消失了身影。

157

见喜先生的另一个亲戚约了我们过去喝玉米稀饭，还有红薯、酸菜，我们相视笑了，那是我们几人都稀罕的。

又过了一会，我们站在后门外看那一坡的野菊，就看见他堂弟手拿一根长长的竹竿，牵着一个小男孩，在帮我们打柿子。我想起，有一年在平凹老师那里，就吃过他们哪个乡党送给他的柿子饼。

第一次触摸商洛，看见的是一幅幅生动的民俗画。我们感觉这里生活比城里好，就建议见喜先生以后把这里作为他的主要生活地，把西安作为次要生活地。

这是真元山庄的后门，旁边镶进墙里的门碑"双仁府一十八号"，是见喜先生从他们太白出版社家属院门口捡来的，那是已被遗弃的他们老社长的书法作品呵。

打开后门，可见一个新修的篮球场和开满山花的山坡、山沟，满山遍野的黄色野菊依然烂漫。

别墅是按省设计院一个朋友给的图纸建造的。外面贴着一层白瓷砖的三层小洋楼，掩映在半山的美丽秋叶里，与周围环境形成鲜明的对比，它的后边和另一侧是山坡，另两面是村里的老房子。古拙的老房多是青瓦白土墙，近似我在江南农村看到的一些民居的风格。正红的柿子挂在房顶，如藏在布满皱纹的老人身后藏着的生动、水灵的小孩，仿佛是老房子结出的果子，开出的新花。山庄里有几棵孙妈妈留下的柿子树。见喜先生讲，他母亲在世时，每年都会收下这些柿子来酿醋，现在，就只有看着它们这样自生自灭了。

院内有菜园子，和花园挨着。高的是桂花、刺梅、菊花、月季，低的是萝卜、青菜、葱、蒜苗、香菜。

后门外，满山遍野的小山菊依然烂漫，满坡的野刺梅，采菊东篱下的感觉油然而生。一只蚂蚱在那里一动不动，哈，秋后的蚂蚱，你们在这里呵！

山庄里有几棵孙妈妈留下的柿子树。孙妈妈在世时，每年都会收下这些柿子来酿醋。现在，就只有看着它们这样自生自灭了。

园中荒去的仙人掌。经主人同意，我便用主人递过来的刀，砍下一小片儿，带回家做花种。

拐到街上，一下子就感受到了商洛的一派古风，这个村子更有艰苦遗风和几份神秘，从而显得有些庄严。旁边有一堆干净、可爱的草，见喜先生说，这是他们原来用来编草鞋的龙须草，是丹凤特产，当然也是商洛特产，商洛四皓当年就穿过这样的龙须草鞋，吃的是这一带山上长的野桑枝。

而更让它凸显庄严感的是村口那座已有千年之余的古庙大云寺，即我们刚在车里看到的那座庙——中国唯一的唐大云寺。

随见喜先生穿越时光，听听陪我们走过来的陈道久的讲解，却有不少收获。

商洛大云寺原有上寺和下寺，上寺在城北金凤山，后被毁，下寺即眼前这一座。大云寺始建唐代，它的修建，显然是为武则天登基服务的。她当时若要改朝换代，那么必须得到某种理论的支持，否则难以服人，这一点武则天也知道，公元690年，武则天借佛典《大云经》中的："弥勒下生作女王，威伏天下"等语，改唐为周。为感谢僧尼的支持，武则天赞同长安与洛阳两都及其他州府皆修建大云寺，全国就修了145座，商洛市的大云寺，大约就是那时候所置。大云寺跟权力连在一起，是它的鸿运，也将有它的隐患。李显当皇帝之后，立即去周复唐，下诏烧毁所有的大云寺。当派人来到这里时，"欺上瞒下""弃上保下"，烧上寺，保下寺。据说，如此完好保存下来的大云寺，在全国有三座，这座为其中之一，也最为完整。

此行内容不可谓不丰富，同行几人对此次商洛行也都很满意。

回去时，见喜先生告诉大家，就在刚才，他打盹时跑错两次方向，时速120时，小车差点撞到护栏上，听到这里时各位是否后怕，没人说，表面还是很轻松的。

这时，忽然想起精通易经的费秉勋教授来，费教授今天原本也是要来的，他也与我一样，每次说好要往商洛去时临时有事又走不开，今早大雾，能见度不到四十米。费教授电话里一听说是见喜先生开车，便谎称自己身体不适，说"改天再去玩吧"。

老爷山上漫花儿

此"花儿"非彼"花儿",这里要说的"花儿",是在西北有着悠久历史的一种民歌。

在鲁院上学时,我曾听山西同学鲁顺民和兰州同学任向春唱过花儿,记得当时大家越是想听,鲁顺民同学越是不唱。等了好久,他终于说"不好意思唱""我唱的非'正宗'花儿,青海才是花儿的家乡。"他这并非卖关子。坚持到最后,他还是为我们唱了一段:

　　黄河上耍了半辈子,
　　浪尖上耍了个花子。
　　我为的妹子是人尖子,
　　鞭子甩一个梢子。

正听到好处,他却戛然而止,说啥都不唱了。这时,一向低调的青海同学唐娟说:"的确,我们青海才是花儿的家乡!我将来请你们去听花儿、唱花儿吧。我们那儿不说唱花儿,而是'漫花儿'。"

从此，我就把一个诱惑深深地藏在了心底。

毕业多年以后的一个夏天，我终于得到了唐娟同学和当地政府的邀请，到青海大通回族土族自治县看那里一年一度的民间著名的"老爷山花儿会"。在那里，我终于可以对"漫花儿"如何个漫法看个明白了。

在飞往西宁的飞机上，我脑子里不自主地搜索起一些关于花儿的记忆，忽然想起向春曾唱过的一首花儿：

早知道黄河的水（fei）干了，

修他妈的桥那么做（zou）啥（sa）呢（ni）？早知道姑娘的心变了，

谈那个恋爱么做（zou）啥（sa）呢（ni）？

天生一副好嗓子的向春原本就生长在西北，她唱出了属于西北的那种味道。不知怎么的，感觉这首花儿有点陕北酸曲味，包括里面用到的方言。初听时只觉歌词不雅，未逃出爱情的悲剧性主题，似乎花儿就是孤独者的歌，却也不失风趣，又唱出了几多无奈与洒脱，这似乎正是花儿的魅力所在。现在回想起这几句词，还感觉它蛮有寓意，且意味深长。试想想，世间很多事情皆是如此，早知道后来的结果是这样的，我们还那么努力干啥呢？如果，我们此生什么事情都不做又会怎样？我们在延长自己的人生过程里，总会有这样那样的失意，如果当初我们知道自己所追求的美好或神圣事物会不再或无果，我们会后悔或真的放弃吗？人生就像一条坎坎坷坷的路，走过总需全心付出，走过去的是希望，走过来的是回忆。人生路上为什么会找一个人来爱，因为路上太孤独。这首花儿中的寥寥几句歌词虽然简短，却大胆暴露出坦然而长期受折磨的心声，感觉花儿就是来自生活本身，来自生命深处，它把爱情和性爱主题表露到赤裸裸的程度，让人们在经受重重物质与精神的钳制后，让沉重的心灵透一口气，消散心头的忧虑，激发生存的念想，让心中情感的潮水随歌而起。

往飞机窗外看，下面的山脉、土地都是连成一片的，一个省和一个省，一个县和一个县之间，并无明显界限，四周山脉纵横交错，河流汹涌奔腾，这就构成了花儿空间的大局势。花儿源起于中国西部，是一种跨民族、跨省区流行的民歌，北起前河套及腾格里沙漠边缘，南至渭河上游及洮河中上游，东起毛乌素沙地边缘，西接日月山与河西走廊，在那些地方，花儿有着更深厚的群众基础和丰富的社会内容，如甘肃夏（河州）地区、青海海东地区、宁夏西海固地区，已发展成为著名的河湟花儿、六盘山花儿的集散地，黄河上游及其相连地带是花儿三大体系交错流行的最重要的传统集散地之一，大通老爷山花儿会就在这一区域。

民国四十年，我国著名的地理、地质学家袁复礼先生曾著文这样介绍："话儿（花儿）的散布很普通，在东部平凉、固原，西北部凉州（武夷）、甘州（张掖），都听见过，由兰州临洮，沿路所闻的尤多。此外，尚有西宁同河州商人，秦州、秦安的脚夫都会唱。"难怪花儿里有那么深的人生哲理，有那么朴素、生动的方言俗语，体现出那么淳朴的情感，难怪花儿里有多那么多民族文化交流之后的痕迹，体现了汉、回、土、藏、蒙古等民族文化交流的历史。

明代诗人高洪曾纵马过河湟，时闻花儿声起，他走马听"花"，留下了诗作《古鄯行吟》："青柳垂丝夹野塘，/农夫村女锄田忙。/轻鞭一挥芳径去，/漫闻花儿断续长。"诗中对花儿作了形象描述。清代诗人吴镇也曾在他的诗《我忆临洮好》里寄托了诗人对故土的思念之情，同时也概括过花儿艺术表现的突出特点："我忆临洮好，/灵踪足胜游。/石船藏水面，/玉井泻峰头。/多雨山皆润，/长丰岁不愁。/花儿饶比兴，/番女亦风流。"诗人既欣赏了花儿，又升华了境界，后人从诗人留下的诗中，又见识了花儿的魅力。从以上两首诗中可知，花儿自明末清初以来在回族聚居区就已十分流行了。大通是个民族县，自古就是一个多民族聚居区，有汉、回、土、藏、蒙古等23个民族，悠久的历史与民族、民俗文化相结合，造就了这里多姿多彩的文化。

终于来到植被丰茂、夏如春日的大通回族土族自治县，是迷人的"花儿"把我一路引到了这个依山傍水的美丽地方。正当西安酷暑难耐之时，这边却是春天，气候十分舒爽。春天里就会有春天的心情，一路黄花一路歌。

这里有山的地方就有水，有水的地方就生长鲜花，有鲜花的地方就有人和田地，有田有草有花的地方就飘着悠扬的花儿。这个季节是高原最灿烂的季节，一块块整齐的田间，一片片金黄色的油菜花无遮无拦地开放着，一个个勤劳的农家妇女一边飞快地翻动欢快的小铲儿，一边随口漫起心间的"花儿"，那若诗若缕的歌声，飘过山峦，飞向山外——

> 春到下了者花开了，
> 尕麻雀树枝上站了；
> 不见的尕妹可见了，
> 心上的烟雾哈散了。

"花儿"就这样肆无忌惮地在这个奔放的季节里绽放出风采，那么地纯朴，那么地真挚，那么地动人。令人想起清代诗人叶礼曾这样描写道："男捻羊毛女种田，邀同姊妹手相牵，高声歌唱花儿曲，个个新花美少年。"在山坡上、在树林间，在清清小溪水畔，自然簇成一堆，绽放起心中最醇酿的"花儿"，田间地头随处可领略到"漫花儿"的乡村风情。真是一方水土养一方人，一方人有一方人的独特情感，一种独特情感创造出一方人的文化。信步走进山川原野，感觉这里谁都能漫几句花儿，感觉无论是哪里，哪怕是天涯海角，无论是谁，哪怕他一年到头都是劳碌命，却总会有休闲自乐的时候。正如花儿里所唱："一把儿芝麻撒上天，脚夫哥，会唱的花儿有几千？从青海唱到天地边，唱不完，回来了还能唱它三年。"一个人，自己觉得幸福就是幸福的，自己觉得不幸福就是不幸福的，这与一个人对幸福的希望值有关，希望越大，满意度就小，就不容易感觉到幸福，也许永远都不会有幸福感，而希望值小的人就很容易得到快乐，比如那些村妇，几首花儿就可以让她们心花怒放。

我虽还未到老爷山，就已领略到了"花儿"无限的魅力，被悠扬的"花儿"撩拨起寂静的心情。

与青海、甘肃的作家们一起，我们在车里颠簸了几十分钟，穿过一片接一片斑斓无垠的山野田园，在一道道绵延壮阔的天然屏障后面，来到了一个"世外桃源"，四周群峰耸翠，山势迤逦，绿意盎然。这个地方满山的云杉酷似瑞士阿尔卑斯山上的风光，问了问身旁的路人，此处果然被当地人称为"东方小瑞士"和"青海小天山"，是闻名当地的一个美丽的山谷——鹞子沟。这里野生动植物种类繁多，这里水美，山美，林更美——森林覆盖率高达百分之八十以上。因是据西宁最近的野生动物观赏区，这里就成了人们欢度周末的天堂。难怪从前民间把"花儿会"这个风俗活动称为"浪山"，在这个特定的季节，正是谷地"春暖花开"的时节，所谓"浪山"也就是春游，人们来到这宁谧的山谷，阳光涂抹在一片安静的草地上，草地上坐着休闲快乐的人们，很明显，他们被这美丽的季节所迷恋着，在这密林花丛之中，他们与亲朋好友结伴，身着节日盛装的各族群众来到山坡上、密林中席地而坐，欣赏着高原这个最美的季里的自然风光，欣悦漫起花儿，他们用美酒烤肉唤醒食欲，用花儿打开心房，一边享受鲜花和美味，一边聆听花儿的声音。似乎那花儿的歌声会顺着那山边、河边、沟边，顺着田野、随着山谷、山坡蔓延开去。于是，这里的人，把唱花儿叫"漫花儿"。也只有到了这样的山里，看到此情景，才知道为什么叫"漫花儿"了。

这种自由应和的"花儿会"当属群众自发性演唱，悠悠然，好一幅壮美而迷人的画卷。还有一种是有组织的。这个周末，是这里一年一度的六月六花儿会，即闻名遐迩的"老爷山花儿会"。

花儿的形成和传播也与佛道杂交的浪漫主义思想影响有一定的关系，所以，"花儿会"多在名山佛寺周围举行。对花儿流域影响最大的是佛教和伊斯兰教，其次是道教，于是，花儿流域多民族对宗教文化兼收并蓄。古老而山势险峻的老爷山不仅高而秀美，还乃道教圣地，也是儒、释、道三种宗教文化汇聚的地方，融宗教文化、历史文化和民族文化为一体。而今天的老爷山，既有花儿会，也有朝山会。

说起朝山会，还有一段传说。传说明永乐皇太子，不好权势一心修行，至老爷山来修道，成佛后被封为"北八天教主无量佛"，从此，民间每年六月六都举行盛大的朝山活动。相传，老爷山原来只有朝山会，至清朝末年，有一位叫才让曹的藏族姑娘朝山时唱了一支新的"花儿令"，叫长寿令。胜过百灵，人们纷纷跟着学唱，每年朝山时，人们都来和这位藏族姑娘对唱，人越来越多，会场越来越大，就形成了老爷山花儿会。在这里，有原始的森林，有古老的高原。据史载，老爷山花儿会产生于明代，朝山会衍生的。

前山是庄严肃穆的朝山会，后山是温情脉脉的花儿会。经过几百年的发展，"朝山浪会"的活动从以娱神为主逐渐演变为以娱人为主的大型民间民俗活动。

我们一大早就往老爷山赶。在赶往老爷山去的山路，窄窄的土路弯弯曲曲，车走得没有人快，密密麻麻的人群占去了一多半的路面。路上，我看到当地的人们或带着家人，或邀一两位挚友，三三两两，手提着烧鸡、鲜桃、酿皮等各种吃物，他们个个脸上洋溢春天般的笑容，如果说他们今天是去老爷山上漫花儿，不如说他们是去看漫花儿的。

我们终于到了山上花儿演唱地，刚才在路上看到的那些老乡，这时也慢慢走到了山上，他们随便在树下、小道边找一个自己感觉不错的地方，就地坐下来，打开食物，远远望去，一堆一堆的，身着红红绿绿，和树木一起形成山上新的风景。今天的老爷山，也是青海花儿会的主会场，场面十分壮观，这是为众多花儿爱好者搭建一个广阔的天然舞台；今天老爷山，飘着和煦的轻风，温和的阳光，油油的青草地，万物一派盎然生机；今天的老爷山，被会聚于此的几支朝山的百人仪仗队包围，云罗伞盖、经幡龙旗、法乐齐奏、鸣炮诵经，做道场法事，场面宏大壮观，热闹非凡；今天的老爷山，被热情奔放的"花儿"环抱着；今天老爷山上，摩肩接踵，衣着黑马甲、头戴白帽的回族小伙，胸前挂满银项圈，穿云边绣花鞋的土族阿姑，还有一身锦缎藏袍，头戴金玉珠宝首饰，梳小辫的藏族姑娘，五彩缤纷的服饰成了花儿会的一抹亮丽的风景。张扬着人性的花儿会，没有贵贱之分，没有民族之别；今天的老爷山，人如潮，歌如海，人们如痴如醉、流连忘返，这里正进行着高原人民的狂欢节。场面之宏大之热烈，参与人数之多，持续时间之长，构成了花儿会多重魅力，今天，老爷山花儿会以它这些独特的魅力吸引着游人，陶醉了外地游人。

如今老爷山上的花儿会属于有组织的演唱会，有固定的演唱场所。今天，他们还专门请来远近闻名的"花儿王"，经过层层选拔出来的各地歌手，一会要在舞台上赛歌竞技，青年男女，相聚于此，自愿组合，相互对唱，自由漫歌，以歌会友，自由交友，以花儿传情，以花儿咏志，用激扬的歌声寻觅意中人，不少人因花儿会喜结连理。

我们想赶早，结果还是落到一层层老乡队伍的后面，无法靠近临时搭起的那个演出亭台。我们只能远远听着漫花儿的声音，但山上安有大喇叭，还能听得清唱词。演唱者有汉、回、土、藏民族的歌手，但他们都用汉语演唱花儿，这也是老爷山花儿会不同于其他歌会的显著特点。

尕鸡娃叫鸣三声了，
一声嘛比一声显了；
出门的阿哥回来了，
一天嘛比一天远了。

老爷山花儿唱词直白、高亢嘹亮、婉转悠扬，词虽简短，但却似是远离尘世的天籁之音，我感觉听到了我从未听到过的声音，那样如泣如诉、那样披肝沥胆的灵魂的绝唱，那样无法遏制的亢奋之情，又那样充满忧伤的痛苦之情的声音，似妹妹对阿哥离别后的思念，又似庄稼人的爱情宣言。也只有到了这里，才能感受到花儿的古老、苍凉的旋律和恢宏、磅礴的气势，这是一个浩瀚的空间，造化着一种特有的氛围，生活在这里的人们在尽情抒发着自己内心的情感，恣意演绎着花儿。

　　花儿的吐字，听上去似含有回民方言和口音；花儿的语言看似简单，却有着有极高的文学价值，它生动、形象、诙谐、明快，多用斌、比、兴等修辞手法。唱词多以七字句（一三句）与八字句（二四句）相间的四句体为主体，特别规定二四句句尾必须是"双字"词，另外一、三句和二、四句分别押韵，形成了一种特殊的唱词格律，这在全国汉族民歌中也属特别。

　　我一边听一边想象着这里曾经究竟发生过怎样的故事、怎样的狂欢与浪漫呢？思索着为什么这里的人们如此喜欢花儿？"花儿不是我欢乐着唱，忧愁着就解了个心慌；男人们心慌了唱一唱，女人们心慌了哭一场。……唱个花儿你不用笑，我解了心上的急躁；我急躁得急躁我胡唱呢，你当是我高兴的唱呢。"从大量的花儿作品所反映的生活、表现的主题、演唱的风格、抒发的情绪看，花儿过去的内容多是悲苦的，因为它在瘠薄的西部土地上源起以及传承流变都有着它的动因和苦难的历程。

　　望着满山坐着听花儿的人，我在想，如果我若生长在这里，我也会和他们一样，今天在这里唱上几句，因为花儿能抒发自己内心复杂而难言的苦闷，静静聆听，我就听出了无奈，听出了焦虑，听出了彷徨，那是他们复杂心态的自然流露。是欣赏，更多的是解闷，让它们带给自己遐想和对幸福自由的憧憬。我不会唱花儿，过去的日子，当我随着年纪增长，能较深体会人生艰辛与无奈时，在我内心呢感觉苦闷时，时常用美声和通俗歌曲来抒发、解压，当然，旁人是听不来我在瞎唱些什么，他们以为我在笑着瞎唱，我却已解去了心头的压力与苦闷。

　　似乎他们的生存环境决定了他们的生活离不开歌，花儿会是他们生活的一部分。藏族多以粗石土坯垒墙或以泥土夯墙，建成平顶方形碉楼，院内既种菜又养牲畜，可见半农半牧缩影；土族多为土木结构平顶房。河的沿岸及西海固地区信仰伊斯兰教的回、东乡、保安、撒拉等民族村落区则以环绕清真寺分布为特色，多在靠"边"（山边、河边、沟边）地带，相对比较集中。一般来说，在"大分散、小聚居"的回族所居住的地方都流传着花儿，哪里唱起花儿，哪里必然就有回族。

大通土著土族、回人为多，当年这里无人不商，亦无人不农，花儿流域回族商贸活动繁荣、内容丰富、形式多样。回族是流行花儿的最主要民族之一，花儿流域多在著名的回回商贸集散中心，回族在行商活动中，对广泛传播花儿，对丰富和发展花儿艺术作出了特殊贡献，这是包括汉族在内的其他民族所不能替代的。很明显，农业在花儿流域各民族中占绝对优势，其次是牧业，商业和手工业是一种重要的补充形式。

花儿既是对苍茫、险恶的自然环境的描述，也是对剽悍、孤独人格精神的再现。在过去的岁月里，人们出门离家、走南闯北——在高山峡谷间长途跋涉，更深地体会了人生的艰辛，感受了常人所无法感受到的寂寞和悲凉，于是便在痛苦中情不自禁地呼喊——漫起了花儿。"头一帮骡子走开了，第二帮骡子撵了""连走了七年的西口外，没走过循化的保安"生动地反映了当时的行商生活。

现在老爷山的花儿，皆是欢快的内容了。一连几天，人山人海，漫山遍野，老爷山上开满了高亢嘹亮、婉转悠扬的"花儿"，歌声如潮，震撼山川。那些听花儿的，无论男女老少，他们的心儿都醉了。

这次在老爷山，我听到了《乖嘴儿令》《红花儿令》《大通令》《老爷山令》《好心肠令》等浓烈的调令，调儿是老调，词多是现编，内容主要以爱情生活为主线，涉及有谋生、亲情、思乡的，劳动的，励志的，有先民的商贸、军旅、耕作、狩猎等大量的生产生活场景，有展现婚嫁、居室、服饰、饮食、交通、岁时民风民俗。花儿既属于历史，也属于现实。

当我在老爷山花儿会上听过地道纯正的花儿后，才觉出了花儿的味道，"不一样就是不一样"，它似陕北民歌，但绝非陕北民歌。"老爷山花儿会"是大通人民智慧的结晶,是那里人民情感的表达方式,浓缩了那里青年男女痴热的情感,如今,被越来越多的人所关注,已被文化部正式批准它为第一批国家级非物质文化遗产。

"老爷山的花儿"是青海最富有魅力的一道亮丽风景线,当融融绿意悄然写满在清澈碧绿的黄河岸边,一个绚丽多姿的季节簇拥着"花儿",在那美丽的高山峡谷之间,花儿作为一种山歌,被那里的人们一代代地传唱着,一遍遍回荡,千百年来,不断流淌,成为高草时节自由奔放的浪漫情歌,成为那里人们心间动人的话。

忘记在哪里听到过这样一位作家的趣事。作家有四个一个比一个大的孩子,有一天,四个孩子同吃一个西瓜,他们都觉好吃,最大的做了首诗,老二唱了首歌,曲不成调,但赞美了西瓜的甜蜜,老三带着满脸的瓜子对爸爸说:"西瓜真好吃啊!"只有老四很大声地发出"吧唧""吧唧"的声音。作家觉得越小越可爱,他说老四的赞美最美。"一花一世界,一叶一菩提",花儿虽是简单的语言和道理,却饱含着巨大的情意,超越了所有的语言和道理,竟然《诗经》般绝妙。原来,世界上最动心的歌不在歌剧院里,而在那源源不断地流淌着原生态血液的民间,是那些较为原始的"曲不成调"的来自心灵的歌,一如老爷山上漫着的花儿。

社火

每年春节，我都与夫携孩子去八仙庵上香。今年初一早上吃过饺子，孩子去找同学玩了，我们二人便直步城隍庙。上完香，在城隍庙里逛了逛，买一些给外婆、舅爷上坟时用的祭祀品。装饰一新、仿古不古、挨挨挤挤的门楼牌坊间，拥着挨挨挤挤的人，你看看我，我看看你，虽逛不出什么新意来，也嗅到了年味，和日子的味道，我们的日子，不就这样一天一天，一分一秒度过的嘛，不是还得继续下去嘛。天上虽飘着小雪花，过了春节，进入正月，就似远离了冬天，那雪花似乎就透着温柔，透着暖意和闹意，似飘在枝头的梨花，似走进了湿润、干净、通透的初春，心头藏着一个"闹"字。从沉寂的漫长的冬天走来，前面的情绪堆的，此时，已感受到门外充满希望的春天。一年之计又在于春，不闹，怎么可以。

然而，我想看见真正的古门楼和古牌坊，我想感受真正的年味，便想走得再远一些，两日后是外婆去世周年祭日，遂和夫开车带母亲回位于渭河以东的老舅家去上坟。

路上，看见一种花开了，又一种花开了。进入正月，天气果真暖和起来，一出门，看见的花多起来，心里装的花自然也就多起来，心房被撑开变大了似的。不禁想起家里阳台上的花,我出来几日,在外过年,家里的花儿们怕是也在喊渴、也闹着要开放了吧。一朵花蕊,一方净土;一粒沙粒,一个大千世界,把无限放在手心,永恒就在刹那间收藏。

上坟前,去了外婆老屋隔壁的太白庙,走近庙门时,孩子也虔诚起来。我们仨一起拜了拜诸神仙,拜访了寺庙里的住持慧悟。慧悟正在给庙里挑水。从河南游走至此,他在尘世中修行是一件艰难的事情,是一条艰苦卓绝的无路之路。他总是那么平和,我试着想象着他意识背后会如何产生愤怒、恐惧、爱、贪婪、渴求乃至愚痴、轻信、虚荣、自保、好胜、狂妄等,想象着他是如何把自己训练得异常有力而掐死妄想和恶习,而在修行路上不断有所进步,不断地在各种局面中寻找出路。走出寺庙时,周围很静,令人忘记还在年中。这可是人常说的"闹中取静"吗?然而,静中往往蕴藏着"大闹",要不怎会有"闹元宵""闹社火"一说呢?也许,从初一到初十,抑或从年初到年底,在每个人的心里都在抑制同时也在酝酿着一场嘶喊和爆发,欲送走积压在心底的郁闷和晦气、霉气。的确,附近正酝酿着一场好戏,到了正月十二、十三,各地的社火就会竞相上场,在中国大地上此起彼伏。

不到正月十五,这个年不算过完。正月十五是元宵节,也是我的生日,每年正月十五的前两天,我都会到城外郊县找一两场热闹的社火看,感觉如不看一场社火,似乎这个年就过得少了点什么,这个生日也会提不起精神来。于是,我每年正月十五以前,在心里都在等着一场社火或焰火。感觉也只有乡间的人把社火和焰火耍得地道呢,要想看到地道的社火,就得走得离城市远一点不是。

今年正月十三,我到了史称"古有莘国"的合阳,据一些碑文的介绍,古有莘国在秦晋之间的黄河南段岸边,早在新石器年代,有莘氏部落族聚居合阳,约公元前21世纪,夏启封支子于莘(今合阳)。商周之际,有莘氏为周东北的大国,周文王娶有莘氏之女太姒为妃,生伯邑考、周武王、周公旦。公元前429年,魏文侯伐郑还,在洛川筑合阳城,逐有"合阳"之名。位于黄河边上的合阳，山环水抱，山清水秀，景观奇特，风光迷人，气候温和，物产丰富，素有"北国小江南"之美誉，"万里黄河，唯此一洲"的合阳，是令你来一次醉一次的地方。《诗经》开篇之作《关雎》便是从这里传遍寰宇，"关关雎鸠，今鸣如旧"，因为合阳自古出美女，古时，皇帝皆从此地选妃，周文王娶妃于斯。帝喾葬于斯，伊尹耕于斯，书法瑰宝《曹全碑》从这里走向世界，由商代祭祀乐舞发展而来的跳戏、堪称"中华一绝"的提线木偶、宋代秋千、上锣鼓等，皆被称为"中国活化石"，历史悠久，民风淳朴，文化积淀深厚，民间艺术更是千姿百态，剪窗花、捏面花、放河灯、闹社火等民俗，更是如今城里人很难看得到的了，那里的春节就显得特有年味。

合阳的年饭更是年味十足，分茶席、酒席、饭席三道，道道是人间美味。过年氛围浓烈，饭桌旁挂有天鹅绒绣织的二十四孝图，无论是墙上图中人物，还是院中走动的人，从面部表情到语言，人人都有着强烈的"过年意识"，这在年味越来越淡弱的城里，如今是很少见的了。在合阳乡间吃到这样饭食，亦是此生吃过的最好年饭了。"

饭后，我和几个文友赶到坡南村去看社火，路上遇到很多外村的人也在往那边赶，长长的去看社火的人流，形成一道风景。望着那风景，感觉社火就该在这个时候、在这样的地方发生。本来么，社，即土地神；火，即火祖，是传说中的火神，能驱邪避难。在以农业文化著称的中国，土地是人们立足之本，它为人类的生存发展奠定了物质基础。火，是人们熟食和取暖之源，也是人类生存发展必不可少的条件，远古人们凭着原始思维认为火也有"灵"，并视为具有特殊含义的神物，加以崇拜，于是形成了尚火观念。古老的社火，来源于对古老的土地与火的崇拜，也来源于原始的宗教信仰，是远古时期巫术和图腾崇拜的产物，是古时候人们用来祭祀拜神进行的宗教活动，崇拜社神，歌舞祭祀，意在祈求风调雨顺，五谷丰登，国泰民安，万事如意。祭祀社与火的这种古老风俗一直流传至今，在中国已有数千年的历史，是群众在年节庆典、庙会上自娱自乐、表演性强的民间歌舞技艺活动，春节期间，这种民间活动都会有引人入胜的高潮铺垫。这样想着，一路上的心情就变得愉悦起来。

"社火"一词始见于宋代，社火是承袭秦汉时的百戏逐渐发展而形成的。社火，又称"耍社火"。《东京梦华录》卷八里有这样的记载：六月二十四日，二郎神生日，二郎庙前设露台，设乐棚，"社火呈于露台之上"。在汉魏南北朝、隋唐时期至南宋，皇城的除夕之夜还保留有大傩仪，后逐渐被社火取代而融于社火之中，当时的社火由祭祀、巫术、傩仪、百戏、乐舞、参军戏、民间杂耍等组成。长期传统民间，有很多种类，比如地社火、背社火、抬社火、车社火、马社火、高芯社火、高跷社火、山社火、狮子舞、唱社火、丑社火等。表演程序的自由，不同地方不同特色。综合性节目也越来越多，包括舞蹈、杂技、杂耍、武术、鼓乐等。每逢农历正月初一至十五，村社便组织、举办迎神赛会，有上竿、跃弄、跳索、相扑、鼓板、小唱、斗鸡、说浑话、杂耍、商谜、合笙、乔筋骨、乔相扑、浪子、杂剧、学像生、耍倬刀、装鬼、砑鼓、牌棒、道术之类杂戏表演，包罗万象，气象万千。

终于到了坡南村，社火队伍要经过的那条巷子被赶来的村民围得水泄不通。看来坐在椅子上斯文观看是绝对不可能的事，于是，我站在了椅子上。

社火队伍很长，我很快发现了两个特点，一是队伍里村妇较多，一些杨子荣、座山雕等角色皆由妇女装扮；二是耍社火者老者较多，那位逗引双狮的耍狮人，看上去已是六十岁以上的老人了，明显体力不支，他边逗引狮子边往后退，趔趔趄趄，感觉他随时会摔倒，果然，他没走几步，就摔了一跤，看着他爬起来又挣扎着翻跟头的背影，不忍再看。

排在社火队伍最后面的是一辆辆农用卡车或手扶拖拉机，车前贴有生动热烈的对联和祝词后面，却是血淋淋光着身子的男子，合阳南村的血故事又是社火的另一种形式，即"血社火"，是这里独具特色的民间社火，也是头一次看到，可谓开了眼界。

"血故事"与这个地方的"说故事"有着相似之处，皆在重大节日表演，都是当地古时流传下来的一种民间文化。"说故事"则是由村里的两位能说会唱者，分别在村的两头搭上高台，备好相关物品，然后就开始唱起"对台戏"，内容上至天文、下至地理，乡俚民俗无一不包。不同的是"血故事"在表演前需要民间老人准备一些猪的肠子等之类血淋淋的实物，然后由他们头一天晚上，精心画好各式脸谱，以备第二天登台演出，并在第二天为表演者化妆。表演者用的刀、剑、斧等道具都是特制的，比如表演者表演的是对方用一把刀砍在对方的脖子上，那个刀的刃上是个月牙状，直接把刀放在对方的脖子上，然后化妆成血淋淋的样子；在表演者的肚子上放上猪的肠子，再化妆成血淋淋的肠子流出来的样子……"血故事"所表演的都是民间的一些人文故事。

　　等马车行驶一段距离后，由车边的炮手点燃手中的"三眼铳"。只听得"轰轰轰"三声巨响，眼前一片烟雾，烟雾中，看见表演者迅速卸妆，然后再按要求摆出下一个故事的姿势。

　　"血故事"既充满神奇，又寓教于乐，是民间祛恶扬善，宣泄感情，凸显才智和生命力的一种艺术表现形式，距今已有数百年的历史。相传，"血故事"起源于明末清初，是社火芯子中的"武芯子"，以鲜活、逼真、刚烈、激昂、恐怖而神秘成为社火中的"压轴戏"。"血故事"主要突出"血"的特点，多取材于除恶惩奸的传统武戏、神鬼传说，通过《铡美案》《杨家将》《小鬼推磨》《锯裂分身》《王佐断臂》等一些历史上滴血故事、传说，通过借助牛、猪、羊、狗等动物的器脏，伪装成故事中的铡头、开胸、挖眼、断臂等恐怖的形式，把一些血淋淋、阴森森的恐怖场景再现在人们眼前，惊世骇俗，惩恶扬善，教人吸取血的教训，勿做恶事。表演时所有表演者在马车（或农用车）上依故事内容摆好架势，有两人一组，也有三人、四人、多人一组的。由于表演到位、化妆逼真，观看者常常信以为真，"血故事"以特有的鲜活、逼真的造型，成为陕西东府有影响的民间艺术。如今，新一代的坡南村年轻人继承和发扬了"血故事"这一民俗文化形式，并在道具、化妆、扮相、血彩、烟火等方面不断改进，每逢春节、元宵节等重要节日进行演出，以反腐倡廉、惩恶扬善为主题。现存的三清阁、魁星阁、土地亭、砖塔等，多系晚清建筑。福山一峰耸翠，万柏环青，西依黄塬，东邻大河，地势险峻，风景优美，自古为渭北胜迹，前人有"秀夺终南"之赞语。

从福山上下来，我们前往坊镇的东雷村去看另一种社火——锣鼓，那里的锣鼓分多种，闻名已久。刚接近村子，就觉得这个村子的民俗奇特，并远远就能感觉得到，高高挂着大红灯笼的热闹村巷里，传来噼里啪啦的爆竹声和锣鼓声，那里的民众正在村东黄河西岸，设坛摆祭，岸边尘土飞扬，唢呐声声，人头攒动，备三牲，献佳肴，奠水酒，敬鲜疏，共祭天神、地神、河神。

这里的农民，至今还停留在土地农耕时代，至今还守着土地、热爱着土地，与城里那些血液里已多少注入了一些"功利思想"的农民完全不同，他们不会去城里让自己"换血""换衣""换心"，他们是真爱土地、真爱乡间的生活，身上带着的那种朴实，像脚下的土地一样实实在在，与城里那些"装饰一新，仿古不古的门楼牌坊"的"朴实"不同。不让自己去城里变成用低级的手段犯低级错误、烦恼自己同时也烦恼别人的可笑的"变异农民"，他们让自己与那些民俗遗产，特别是锣鼓一起成为当今越来越少、越来也越珍贵的不失本色与可爱的"活化石"。

在东雷村农家院落里吃过晚饭，来到巷间，等待"上锣鼓"的开始。

上锣鼓是东雷村一代代流传下来的一种别具特色的民间艺术形式，东雷村地处偏僻，上锣鼓多年来并不为外界所知。"上锣鼓"就起源于合阳县坊镇的这个东雷村，原是《诗经》中反映黄河中游民间祭神和驱鬼的一种较为古老的原始乐舞，其表演形式独特，风格古朴，主要是以祈福、驱鬼、祭祀为内容，是黄河岸边特有的民间艺术活动，因为东雷村船户多、水手多，下河行船的时候，祈求河神保佑家人平安。如今，"上锣鼓"仅存于东雷村，成为东雷村的非物质文化遗产。每年春节到正月十五，村民都要表演"上锣鼓",祈福求神、庆贺丰年闹社火。当鼓手们围鼓敲击达到高潮时,人们便情不自禁地争先上鼓、边击边跳,故称"上锣鼓"。上锣鼓的锣鼓点分三段:第一段名为"排锣鼓",演奏的时间较短,在于招引观众,节奏平稳和缓;第二段乃"敲锣鼓",节奏较快,气氛热烈;而第三段,才为"上锣鼓"。

到高潮时,敲鼓人争相跳上大鼓、边敲边舞,极具群体性、争斗性和舞蹈性。表演者穿着各种色彩的服装,面部用油彩化装成各种奇异的脸谱,伴着鼓点以及锣、钹的节奏,以"狂、蛮、怪、狠"的特点,边奏边舞,情绪高昂,粗犷豪放,显示了浓郁的黄河文化特色。光着膀子,披挂着树皮的庄稼汉子,在火把焰火中舞蹈,透着血性、强悍、原始的生命之美,"上锣鼓"的表演,扮相狰厉,如阴间鬼雄。

开始时,两队各敲各的。先敲"排锣",接着就是"流水",鼓点花样多,听起来热闹,也显示出鼓手的敲打水平。再下来是"上鼓"阶段,鼓点急促,如千军万马奔腾,似急风暴雨呼啸,在场观众仿佛置身于"铁骑突出刀枪鸣"的阵战中。此时,敲锣的人轮番上前,一脚踩鼓,一脚蹬地,边敲边与鼓手一起围敲转圈。最多时可以有四个人同时"上鼓"。这时敲铙钹的人把铙钹高举在头顶,敲得越发有劲,情绪十分热烈。敲到高潮处,鼓点变成"乱刮风",随着一声尖厉悠长的口哨,一个五大三粗的小伙子猛地蹲下身子,扛起鼓便跑,另一个在后紧追不舍。火铳在前面开路,巨响震耳,硝烟弥漫;火把高举,灯笼争辉,口哨声此起彼伏。追上了,就要把鼓擦到被追上的另一方的鼓上,另一方哪里肯让,还想转身把鼓给他擦上呢!有人说,上锣鼓就是因此得名的。

我们虽在临时看台上,表演开始后,看台就成了流动席,我和女书法家李艳秋、石瑞芳并排坐在第二排,前面涌过的人越来越多,挡住了我们的视线,我们仨只好并排站在凳子上看,疙瘩地面不平稳,李艳秋忽然从凳子上摔了下来,把我和石瑞芳也带了下来。回头看见叶广芩大姐,我纳闷她刚才去哪里了,她说:"我在墙根长椅上,平凹个子低,数他猴,站得高，竟站到了椅子背上……"和谷、红柯等作家，一个个融进农民队伍，如不注意，一时很难找出他们。

　　站在这块土地上，总会不由自主地想起《诗经》中与舞蹈有关的诗，想起其中的表演性舞蹈诗、宗教祭祀舞蹈诗和民间乐舞诗，如对其进行民俗阐释，在这三类舞蹈诗都具有民俗价值。诗者，志之所之也，在心为志，发言为诗，情动于中而形于言，言之不足，故嗟叹之，嗟叹之不足，故咏歌之，咏歌之不足，不知手之舞之足之蹈之也。上锣鼓时，是按地域分成南北两社，所用的铙钹比其他村的大一倍不止，有七八斤重，敲起来声音洪亮，可以传得很远。颜色发黑，群众叫它"黑老鸹"。

　　村里分南北两社，每社组织一个锣鼓队，相互挑衅敲击，往返追赶。鼓点声节奏强烈，音韵铿锵、动作幅度大，锣手们争先蹬上鼓，大声呼喊，吹哨，周围执花环、簸箕者和大头和尚不停扭动，放烟火者高擎火把，口含煤油，在场中喷放烟火，使表演进入高潮。表演上锣鼓时，场地四周燃起堆堆篝火，两社群众高擎火把，照的夜晚如同白昼，天寒地冻、北风凛冽，舞者却赤膊袒胸，只穿一条短裤。每个锣鼓手的脸皆涂成红色、粗眉，有的头插野雉尾，有的头戴草帽壳，还有的戴一副用核桃壳制成的眼镜，也有在胸前戴着护胸罩式的饰物。这种装饰打扮甚为奇特，仿佛让人们看到原始先民的某些形象。

　　不到合阳，不知这里的社火有着如此多的花样，不知这里民俗文化保存得如此完好，这样的锣鼓、这样的社火，这样的祭祀仪式，我都是第一次看到、第一次感受，尽管被挤到墙角看不清楚，我的心却与耍社火的人一起激动着。受气氛感染，我似乎已是这"部落"里的一个村民，祭祀主持引领着大家，我随民众一遍遍大声高呼："呜呼，莽莽大地，悠悠苍天，天公地母，万物之源，四漠之首，黄河为先，共祭三神，祈求平安，风调雨顺，虎岁丰年，天下太平，人人乐欢，佑你子民，沃土肥田，佑你子民，屯满粮食，佑你子民，足达四方，佑你子民，广开财源，佑你子民，家庭和睦，佑你子民，身体健康，佑你子民，人才济济，佑你子民，凤女龙男，佑我东雷，日新月异，佑我东雷，勇往直前。尚飨。"数九寒天，敲鼓的人却只穿着一条短裤，裹着绿树叶，光膀子上交叉斜背着马铃。就这样敲啊追啊，争得难解难分，他们敲得浑身发热，脱成光膀子，一个个汗流浃背，敲大鼓的身后还要有人专门用小簸箕扇凉呢，从来没有人感冒过。他们以往在争夺中总难免擦破一点皮，滴几滴血，但越是这样他们越是高兴，据说东雷村三面环沟，村子驻扎在"五鬼头"上，一见了血，妖魔鬼怪便被镇住了，当年一定风调雨顺。

我们离开时，两社双方似乎皆未尽兴，他们并未马上穿上衣服，一个个仍是摩拳擦掌地比试着。他们表演时不限人数，往往是跳累了，立即有人进场替换，反复表演。只待我们离开，他们会继续这边锣那边鼓，继续追啊敲啊，直至深夜，精疲力竭之后，方散。

台湾笔记（节选）

再次见到郑愁予

在第二届中国诗歌节上与郑愁予夫妇见面后有半个月，我们在台北重逢，很是高兴。然而，这不是我们的城市，我们都是"过客"，很早以前，余梅芳女士从我的家乡西安到过这里，但也一直是"过客"，在哪里讲学就住在那里（他们一直住公家的房子，现在金门住的也不是自己房子）"退休后就没'公房'可住了"，他们只在美国买有房子，本月底，他们将飞回美国与孩子们相聚。在台北，他们住郑愁予先生弟弟的房子。

当郑愁予先生开车带着我们在台北里看夜景，在街道巷间穿梭摸不着出口有种迷路的感觉时，我深深意识到，这个城市不属于我，也不属于他们，我们相会在别人的城市里，只是他们比初到此地的我更熟悉这个城市一些。我们彼此都在原地等对方，一急，更显得闷热。可想而知，让未生活在这个城市里的彼此皆分不清东西南北的人，在同一条大街上找到同一个大商店的同一个大门，得花多少耐心和时间呵，想来想去想不明白，在台北的那条大街上，怎么会有两家SOGO，而且，两家SOGO离得还那么近。

艺术家的精神和心态似乎永远不用特意调剂都自然会呈现出一种很年轻、很有激情的状态。郑愁予夫妇的心态很年轻，心态决定了这对夫妇比一般老年人看上去要年轻许多，他们比一般同龄人生活得更健康，更快乐，你完全感觉不到他们是老年人，他们所有的事情都自己做。

我给他们看我相机里在台湾拍的照片，郑愁予先生夸奖我拍的101大楼——我称为"白云中飘动的泰坦尼克号"的那张不错。

晚上十点多时，郑愁予夫妇还想继续带我们出去玩，我真想去啊，但我无法抑制内心对两位"老人"的怜爱之情，郑愁予先生刚刚从花莲讲课回来，郑愁予先生白天被东华大学的校长请去作报告，听余大姐说，每次讲课，郑先生都会提前一天认真地写好讲稿，他的讲稿永远不会重复。此时出去，我又于心何忍，这样在房间里说说话也很好。

在台湾的宾馆抽屉里，永远会放一本中外文对照的《圣经》，那天入睡前，我看进去了一页内容，这不是我第一次翻阅《圣经》。《圣经》里说，"水里照出的是自己的脸，内心反映的是自己的为人。"我觉得我心里安安静静的时候我会读《圣经》。此时，夜深人静，《圣经》像我的一面镜子。永远没有一杯相同味道的咖啡，一如我此时读《圣经》的感觉。

郑愁予先生向我推荐了中台禅寺。在台湾，教堂比寺庙多，而别具一格的建筑风格更使中台禅寺在岛内寺庙中脱颖而出。

塔寺合一、恢宏大气、有着浓郁的文化气息的中台禅寺，位于台湾中部的埔里镇，由住持惟觉大和尚领导、弟子台湾著名建筑设计大师李祖原居士设计，李祖原为世界第一高楼——台北地标101大楼、法门寺合十舍利塔的设计者，1992年着手筹建，历经3年规划、7年动工兴建，占地30多公顷，于2001年9月1日正式落成开光启用。旁边有人告诉我，黄安的妹妹也在这里，似乎传递给我这里的一种现代的、生活化的气息。

主体建筑以石材为主，象征修行的坚固和永恒不变，象征禅宗"顿悟自心，直了成佛"的无上心法，设计兼具时代开创新意与绵长的禅宗古意。这是中西合璧、古今交融的建筑，李祖原运用现代科技，以佛法理念为根本，融合艺术、文化和其他宗教建筑艺术，呈现出新时代宗教建筑特质，把中国传统式佛教建筑、平面式布局聚合为垂直立体化的建筑形式，建筑高度从地面到塔尖高度达140米，为亚洲寺院翘楚。建筑融合古今中外建筑精华，如玻璃帷幕为天主教大教堂与现代科技结合，摩尼珠与莲花台展现回教清真寺建筑风味；还有印度传统佛教风格及希腊廊柱式建筑；大天梯构想则来自埃及金字塔。与中台禅寺建筑风格石破天惊的创新如出一辙的是，惟觉大和尚所倡导和力推的面向21世纪佛教弘法方向——佛法五化：学术化、教育化、艺术化、科学化、生活化，也令人耳目一新。见允法师说，就教育而言，中台禅寺除了创办佛教学院、广设精舍，培育弘法僧才，推动僧众教育和社会教育，还创办普台中小学、正筹办高中，推动学校教育。借此使社会大众都能获得佛法熏陶。佛陀说："众生皆是佛。"

飘拂着邓丽君的声影

在台湾，听到邓丽君的声音，自然会意识到这块土地潜伏着邓丽君的声影。

邓丽君原名叫邓丽筠，所以，她哥哥开的这家餐厅名字就叫"筠园小馆"。筠园小馆在松山区忠孝东路四段五五三巷18号。邓丽君1995年死在异国他乡，临终留下两亿台币遗产，她的家人与她生前好友用它成立了基金会，这个餐厅就是基金会所办。

餐厅不大，吧台有邓丽君"专柜"，陈列着正在出售的有关邓丽君的多种版本的音乐专辑和传记。餐厅里，一遍遍地播放着邓丽君生前演唱过的老歌，《原乡人》《梅花》《甜蜜蜜》《娘心》《小城故事》《爱的箴言》《我要与你为偶》《有一个地方》《我与秋风》《初次尝到寂寞》等，歌声悠扬、缠绵，回响在餐厅每一个角落，从那个有点久远的声音里，可以感觉出邓丽君内心真诚的情感，可以感受出她的温柔，她的欢乐，还有她曾经的寂寞，她丰富的感受都用歌声表达了出来。

  风儿走来问我

  什么叫作寂寞

  我的年纪还小

  哪里懂得寂寞

  云儿也来问我

  恋爱是否快乐

  我还不解风情

  怎知是否快乐

  风儿走远

  云儿飘过

  只剩下孤独的一个我

  心儿里仿佛

  失落了一些什么

  只剩下孤独的我

  风儿若再走来

  云儿若再飘过

  我要告诉它们

  初次尝到寂寞

    ——《初次尝到寂寞》（庄奴作词、邓丽君演唱）

我感觉邓丽君临终前是寂寞的。听歌忆人，重温邓丽君依然瑰丽的华光，此时，餐厅的主人——邓丽君的二哥，正静静地坐在餐厅的角落里，望着走近餐厅的客人，他沉在妹妹邓丽君那清泉一样的歌声里，他感受着小妹的一生快乐和寂寞，也许，小妹开始是不懂寂寞，但在离开自己的日子里，妹妹一人在外，独自承受着内心难言的别人无法体会也无法替代的寂寞，他每天面对着小妹爱吃的菜肴，每天生活在小妹的歌声里，天上人间，兄妹情深，没有界限，似乎妹妹从未离开过自己。他偶尔与走到他身旁的客人聊上几句。常常似乎是在梦里，哥哥问一些朋友："你去看看我的妹妹过得怎么样？"

　　"她在那边天使一样活得很好。"做哥哥的是信这话的，他说："因为妹妹从未恨过一个人，也没有一个人恨她，她很善良，所以，她会的。"她的坚持，她的努力，她的善良，她的温柔，都得到了应有的回报。她生前是孤独的，生后却一点也不寂寞。

　　1995年5月8日，邓丽君传奇的一生在泰国清迈这家医院画下句点。他二哥说，邓丽君的法籍男友保罗当时出去一趟，回来时邓丽君的哮喘病就发作，他就把她送到医院，送到医院抢救。来到清迈兰姆医院急诊室，半小时后她就走了，医院方面解释，因邓丽君长期演艺生活造成的生活不规律，哮喘引起胃食管反流。还有人说，在送医急救却遇到下班时间，大塞车长达20分钟的车程，阻断邓丽君最后一线生机。医师回忆当年急救过程时翻开邓丽君在医院的病例，上面还可以清楚看到法籍男友保罗当时写下"要求保持遗体完整"的字迹。虽然坚持没有发现外伤，但是医师也十分后悔，当初没有坚持解剖相验，确认邓丽君的死因。由于当时遗体并没有解剖，真正死因也就成为永远的一个谜。有医护人员表示："邓丽君在这种情况下死，我认为应该解剖相验。"急救她的泰国医生只是因为邓丽君的男友签署要求不得解剖遗体，因此只好就以往病例来判断，邓丽君应该是死于气喘并发。

　　他的哥哥和一些邻居回忆说：邓丽君出生在一个"破旧的小巷"里，

她的家境不是太好，家里比较贫苦。她小时候很喜欢唱歌，八九岁时候，成为黄梅戏"小明星""娃娃歌后"，初中时曾参加过歌唱比赛。当她需要在上学、唱歌中有一个选择时，她选择了唱歌，成为台湾早期流行音乐人中最耀眼的一颗星，她歌声典雅、庄重又温柔、多情，有一种浑然天成的美。

邓丽君1967年休学告别了校园，她的奋斗是辛苦的，有时，她一天要赶四个场子。那时，东方歌厅等各大场所都有请她，有时一次就得1000元港币，而这个数是当时香港人一个月的工资。她有时一个月可挣6000元港币，在她18岁时，就为家人买下一套比较大的房子。

邓丽君"很听话，很孝顺"，她是个骨子里有点传统的正派人，也是一个努力的人，她一生都在努力唱歌，努力地去爱。

她很爱吃她妈妈烧的家乡菜。邓妈妈很会烧菜，她会把空心菜分成两部分来做，用梗子炒青椒，用叶子来做汤。

邓丽君的父亲是位军人，一生从未与邓妈妈高声说过一句话的军人，当然，这位军人也很支持女儿的歌唱事业。

这里的人们天天见海，所以，他们不稀罕海。当下，流行歌泛滥，流行歌手有那么多，人们已不稀罕，而当我们偶尔去歌厅K歌，当有人随便点一首邓丽君的歌，我发现在座的每一位都会唱，尽管那些当年曾流行过的歌如今早已过时，但人们仍很愿意唱，因为那歌声能唤起每个人心底的温柔。她的声音，是一个时代，也是一种浪漫；她的笑脸，是一种心情。而模仿她的人，哪怕她再专业，再像邓丽君的声音，也只能是有几分相似，达不到神似，因为邓丽君的声音已经通过她自己的学习和努力，注入了很多现代的西洋的元素，她的声音带着某个自由王国的"大写意"艺术。

有两分钟的时间里，我忽然为她感到难过，为她流了几滴泪。在台湾，在海边，我想起一位渐渐变得久远的一位歌星，想起她唱过的一些歌⋯⋯

邓丽君那情意缠绵、柔情万缕的歌声，点缀了那个时代。她的歌声，唱出了多少人的情感，内心的苦闷和无奈。记得有一次，老公的一位广东朋友请我们夫妇喝茶，那天，我们第一次见到了他的太太，那是一位弱小而秀气的女子，记得当时她点了一首邓丽君的《醉酒的探戈》，那歌声很柔美，我至今还记得。那次她来西安探亲的，我们才知这位朋友已在外做生意多年，很久很久没有回家了。十年，那是多少郁闷交叠在一起的日子呵……男人们在聊天，只有女人听得出女人歌声里的寂寞。那天，我第一次听到《醉酒的探戈》这首歌，我感觉那首歌似是为他太太写的。

邓丽君留下她动人而传奇的故事，她被人们永远怀念，那是因为人们的心底永远需要她那种温柔的声音。

你和我一样，很喜欢邓丽君的歌吧。在我们的喜欢里，带着一种成长的记忆。她是20个世纪最成功和最具影响力的华人歌手，她拥有情歌演唱的天赋嗓音和旷世才华。

人们说，邓丽君从未到过大陆，她最想去的地方是上海。而她的歌声早已飞入大陆的千家万户。

时光的流逝，邓丽君离我们越来越远，凡世的红尘未能遮掩她的魅力，这颗星永远闪耀着自己的光芒。

俄罗斯笔记（节选）

寻访莫斯科的"郊外"

2011年7月，我随陕西省作家协会考察团到俄罗斯访问，在飞往莫斯科途中，坐在我的两旁的女作家张虹和陈若星，一个在重温普希金的《致大海》，一个在重温肖洛霍夫的《静静的顿河》。不知何时，她们低声唱起了《莫斯科郊外的晚上》和《山楂树》《喀秋莎》《小路》等俄罗斯民歌，声音仅我能听到。我很快加入其中一起哼唱。途中这样断断续续地哼唱使我们愉快地度过了八九个小时的空中飞行，一点不显寂寞，而我们唱得最多的则是《莫斯科郊外的晚上》。

机舱内的屏幕看到的莫斯科像是一只巨大的爬在深林里的大蜘蛛，飞机降落时俯瞰莫斯科，映入眼帘的是蓝天下葱绿的树丛和清澈的河流、湖泊，整个市区被一条"大环"——高速公路所包围。莫斯科绿化面积很大，是森林中的一个城市，也被称作世界上绿化最好的城市之一。"蜘蛛网"向四周放射着，没有正东正西的交通公路。这座城市的三分之二部分被森林覆盖着，莫斯科又被称为"森林中的城市"。

我们是情不自禁唱着《莫斯科郊外的晚上》踏上这片土地的，这是一个美好的开始。美妙的歌声带给我愉快的感觉和美好的回忆，在大使馆里，在图拉的乡间小路上，在托尔斯泰庄园里，也在我们每个人的心中，访问团每个团员一路上几乎都在用不同的"声部"演唱着这首歌，甚至在莫斯科与俄罗斯作家交流结束时，中俄双方也情不自禁地用中俄两种语言合唱起这首歌。我们在车里唱，我们在心里唱，我们对着窗外公路两旁的森林唱，对着远处的蓝天白云唱，对着悠闲的路人唱，对着美丽的夕阳唱，对着林中一棵棵白桦唱……为什么，我的耳畔一直响着这首老歌？我一边这样问自己一边在脑海里搜寻着中国与苏联、与莫斯科曾有过的红色记忆。

可以说，我们父母以及我们这一代人是唱着苏联歌、看着苏联电影、谈着俄罗斯文学长大的。中国人会唱很多的苏联歌曲，比如曾经家喻户晓的《青年团员之歌》《田野静悄悄》《三套车》《红莓花儿开》等，但是对于大多数中国人来说，绝对没有一首歌的影响力能超越《莫》歌。到了莫斯科，对于这首歌的感情越发强烈了。这感觉就像到了湘江边的人都一定要情不自禁地唱一首《浏阳河》一样。

对于很多没有机会踏上俄罗斯的朋友来说，对于莫斯科的了解，似乎大多感受直接来源于这首《莫斯科郊外的晚上》。来到莫斯科，自然会向往去感受一下在莫斯科郊外的晚上。就这样，凭着对"莫斯科郊外"的记忆，我们开始寻访歌曲《莫斯科郊外的晚上》的那个"郊外"。

在莫斯科，认识了一位来自中国山西的优秀小伙儿康凯，他14年前来到了莫斯科，在莫斯科读完了大学本科后又在莫斯科取得了硕士学位，却一直未曾去过莫斯科以外的俄罗斯城市。他是我们在莫斯科的导游、向导兼翻译。在我们与俄罗斯作家交流出现不流畅时，他流利的俄语使俄方请来的翻译逊色许多；他在餐厅里给我们弹钢琴解乏；他教我们说简单的俄罗斯口语；他陪我们逛超市让我们像俄罗斯人一样买东西……他陪我们度过了初到俄罗斯的日子，然后把我们送上去圣彼得堡的火车，当我们从圣彼得堡回来，他又去接站，直到我们离开俄罗斯，他一直都陪在我们身边，也就是说，我们所有在莫斯科的美好日子是他陪着一起度过的。在莫斯科时，康凯抵不过我们的"热情要求"，他一遍遍地用俄语唱《莫斯科郊外的晚上》给我们听，让我们深深体会到俄语版味道，边唱边一句句告诉我们俄语直译的意思，因为他也曾和我们一样喜爱这首歌，可见，在中国人心中有着多么浓的"莫斯科情结"。记得几年前，有个叫朴树的小伙子，在春节联欢晚会上唱了一首《白桦林》，第二天就被广为流传，有些人也许因这首歌而喜欢上朴树。"静静的村庄飘着白的雪/阴霾的天空下鸽子飞翔/白桦树刻着那两个名字……"为什么在这个时代，还会追捧这样的一首具有浓郁"莫斯科风情"的歌曲，大概就因中国人心中依稀尚存的"莫斯科情结"吧。

莫斯科人喜欢文学，酷爱读书，在汽车上、地铁里，随处可见看报、读书的人。康凯就爱看书，所以他知道的东西很多，尤其是关于莫斯科的，我说他都快成一个"莫斯科人"了。康凯告诉我，《莫斯科郊外的晚上》又称《莫斯科之夜》，是最有国际影响力的苏联歌曲之一，后经薛范的翻译，成为中国家喻户晓的一首具有浓郁俄罗斯风情的歌曲。他还告诉我说，歌里唱的那个"郊外"，指的就是莫斯科大学旁的那片树林，那里特别幽静，到了夜晚，感觉那里到处都是静悄悄的，静得只能听到树叶沙沙的响声，其他什么也听不到。他告诉我们，原歌词中的那一句"深夜花园里四处静悄悄，只有树叶在沙沙响"直译的意思其实是"深夜的花园很静，静得连树叶的沙沙声也听不到"。

几十年来，《莫斯科郊外的晚上》在中国流传得更广。几乎没有一种音乐刊物、一本外国歌曲集子里少了这首歌，也几乎没有一家唱片公司没有录制过这首歌，《莫斯科郊外的晚上》的祖国是俄罗斯，《莫斯科郊外的晚上》的母语是俄语，但在世界上，用汉语唱《莫斯科郊外的晚上》的人远比用俄语唱的人多，难怪有人说："用中文演唱的《莫斯科郊外的晚上》

早已深入我们的生活，融入了我们的体验和感情，从某种意义上说，它已经成为地地道道的中国歌曲了。"

　　说起来，有个现象倒是十分有趣。近年来我走过许多大大小小的城市，从亚洲到欧洲，从气势磅礴的文明古国到花香遍布的水乡小镇，在我看来，莫斯科的浪漫似乎显然与其他城市不同。如果说巴黎的浪漫是埃菲尔铁塔上的高空拥吻，塞纳河畔的携手漫步；如果说普罗旺斯的浪漫是大片薰衣草汇成的紫色海洋，是午后闲逸的咖啡，傍晚的落日余晖；那么，属于莫斯科的浪漫，仿佛就凝结在莫斯科郊外的晚上，那是烈酒的余味，那是列宾油画上浓浓的色彩，那是如此浓厚而沉重的，仿佛是从与你对望的那一双双深邃的深蓝色的眸子里流露出的一种不舍的淡淡的忧伤，忧伤中带着难忘的美丽。如"雪依然在下那村庄依然安详／年轻的人们消逝在白桦林／……长长的路呀就要到尽头／那姑娘已经是白发苍苍……"如"一条小路曲曲弯弯细又长，一直通往迷雾的远方。我要沿着这条细长的小路，跟着我的爱人上战场。纷纷雪花掩盖了他的足迹，没有脚步也没有歌声……"

　　我望着窗外一片片的白桦林和林子旁的村舍，不由自主地哼起《白桦林》和《莫斯科郊外的晚上》，在心里轻轻感叹道：这是一个多美又遗憾的世界呵。

　　"深夜花园里四处静悄悄／只有树叶在沙沙响／夜色多么好／令人心神往／多么幽静的晚上／小河静静流微微泛波浪／河面泛起银色月光／依稀听得到／有人轻声唱／在这宁静的晚上／我的心上人坐在我身旁／默默看看我不作声……"歌词的寓意很含蓄，一切美好得那么自然，那么纯净，那么彻底。情侣们在莫斯科郊外的白桦林里互诉衷肠，他们相互爱慕，却没有直接表达。在那样的夜色里，云朵遮蔽了月光，一切都变得娇羞。在这样的夜色里也许什么都可以托付给对方。丰富的语言在一瞬间变得苍白无力，什么都是多余的，都不足以表达内心的种种微妙的情愫。我们可以想象，在那样的年代里，也许他们还来不及品尝爱情的甜蜜，就要远隔千山万水。那一夜，月色仍迷离，白桦林里传来隐隐的抽泣，姑娘躲过了父母的责难，来这里送别自己的心上人，他明天一早就要离开了，远赴战场，谁也不知道什么时候才能回来，也许明天就回来，也许永远都不再回来了。他们相互凝望着，想要把对方刻进自己的脑海中，他们说："从今后，永不忘……"

莫斯科的夏天很迷人，城市整洁干净，公路旁景色秀丽，别有风情。那天晚餐后，我们等车接我们去列宁火车站乘火车前往圣彼得堡，这期间有几个钟头的时间坐在草地上看夕阳，看书，唱歌。曾几何时，我们也有过这样的离别，和亲友、和生命中已放在心底的爱人，我们像拉出一根隐秘在心底的细丝，拉出回忆，太过细密的心情早已淡去，这一刻也已说不上那一刻的别离滋味。我们是在车站？在街边巷口？无论在什么时候，无论什么样的人，在这样的风景里，都会禁不住问问很多年以前的那个自己，或者，什么也不问的，就早已醉在这样的景色中，这些老歌，让尘封已久的心情拿了出来，轻松地透了透气。无论如何，我们不会在这样的白桦林里互诉衷肠，我们不一定有二战时的悲壮与无奈，两颗如此甜蜜的心，怎么舍得离别？在莫斯科这样的郊外，哼唱着这样的歌曲，时常不小心就不由自主地陷入沉思。我们就站在路边的林子旁，唱起了那首歌，接着刹不住车地唱了很多俄罗斯的中国的老歌，我们几个女人情不自禁地在异国跳了起来。遛狗或路过的俄罗斯人，放慢了脚步，停下来，对着我们会心一笑。

真正的艺术是没有国界的，真正的艺术也是绝不会被掩埋的，越有内涵，越有深度的作品，它的艺术魅力往往不是一下子就被认识。就像这首《莫斯科郊外的晚上》。据说这首歌的问世，还经历了一番波折。那是1956年，当时苏联正在举行全国运动会，由莫斯科电影制片厂摄制了一部大型文献纪录片《在运动大会的日子里》。电影厂邀请了著名作曲家索洛维约夫·谢多伊为其影片配乐。作曲家与诗人马都索夫斯基合作为影片写了四首插曲，《莫斯科郊外的晚上》便是其中的一首。歌曲结合了俄罗斯民歌和俄罗斯城市浪漫曲的某些特点，但富有变化。虽然是短短的一首小歌，却处处显示出这位大师的匠心。这首歌拿去录音时，电影厂的音乐部负责人审听之后并不满意，毫不客气地对索洛维约夫·谢多伊说："您的这首新作平庸得很。真没想到您这样一位著名作曲家会写出这种东西来。"一盆冷水浇得作曲家垂头丧气。不过影片上映后，歌曲受到了年轻人的欢迎。第二年，在第6届世界青年联欢会上一举夺得了金奖。来自世界各地的青年是唱着"但愿从今后，你我永不忘，莫斯科郊外的晚上"登上列车，告别莫斯科的。自此，这首令人心醉的歌曲飞出了苏联国界，开始它的全球旅行。

"莫斯科郊外"今安在？带着些许疑问，我们驱车一路寻访莫斯科郊外。

再次从圣彼得堡回到莫斯科，正是那天的黎明时分，康凯在火车站口接到我们，他先带我们在总参军事科技大学立交桥对面的梨花饭店地下室的留学生餐厅里用早餐。在我们用早餐时，康凯坐在一旁的钢琴前，为我们弹奏了几首钢琴曲，其中有《莫斯科郊外的晚上》和《我爱你中国》。接着，他带我们在麻雀山，看莫斯科的黎明，看莫斯科大学的清晨。我们来到莫斯科的最高点捷普洛斯坦斯卡亚高地（莫斯科位于俄罗斯平原中部、莫斯科河畔，地势平坦，仅西南部有此高地，也不过才253米。）时，那里是一片沉睡的大地。康凯指着大学门外两旁的白桦林说，这就是《莫斯科郊外的晚上》所唱的地方。呵，这就是那著名的"郊外"！呵，我们终于来到了"那个郊外"！

莫斯科郊外的黎明，也是这样宁静，这样温柔和多情。看上去。昨夜这里发生过一场狂欢，各种酒瓶成堆地积在垃圾桶周围，附近有许多小车、摩托车和学生、飙车友，有许多青年在私家车周围，懒洋洋地等着天大亮，等着这个城市与他们一起苏醒。莫斯科人喜欢饮酒，但不太讲究菜肴，有酒喝就行。女士们一般喝香槟和果酒，而男士们则偏爱伏特加，伏特加是一种用粮食酿造的烧酒，就是白酒。好的伏特加度数虽高，但喝后不容易上头。广场上，树林里，到处可见东倒西歪的酒瓶。

　　康凯看出我眼里的问号：为什么当年的那个著名的"郊外"指的是这里？于是，他带着我们几个人去感受。早就听说在莫斯科有大片大片的白桦林，我喜欢这里的郊外，也是因为白桦林的缘故，此时，我们从莫斯科大学右旁走进去，就进了一片白桦林，一棵棵大树展现在眼前。莫斯科面积 900 平方公里，包括外围绿化带共为 1725 平方公里。莫斯科是欧洲人口最多的城市，郊外人却很少，那里的人仅仅是风景画中的点缀。

　　俄罗斯和白桦树产生了不解之缘，也许没有任何一种其他的树比白桦树更适应俄罗斯的自然条件和精神，第一部关于俄罗斯大地的历史是写在桦树皮上的，在俄罗斯古代的农村学校的练习本也是桦树皮做的。惩罚学习不用功的学生就用桦树枝条抽打。有趣的是白桦树枝叶中含有对人体很有益的芳香物质，可用来驱赶疾病。俄罗斯人有在澡堂洗澡时用白桦树枝条做的笤帚拍打身体的习俗。俄语中的"白桦树"与"爱惜"是同根词，意思是白桦树爱护人的身体，给人们带来巨大的益处。俄罗斯人更是将白桦树视为珍宝，每一处都能将它充分的利用起来，带给俄罗斯人方便，带给俄罗斯人财富。白桦树的树干是最好的木材和燃料，俄罗斯的桦木家具早已走向世界。从前农民用它来搭建小木屋，经久耐用。它可带给人们光明和温暖，它燃烧时间长，热量最大，人们用它来照明、取暖、点篝火。

　　树林里洒着斑驳的光影，充满了野性，阴阴的密林里，白桦树披着绿色的盛装，那些摇曳多姿的林木昂然挺立，充满了生机，充满了神秘。有的白桦树长到 20 多米高，树干挺拔而美丽，有细小的枝条，一些树干上面有许多小树瘤。此时感觉到，很可能没有任何一种其他的树比白桦树更适应俄罗斯的自然条件和精神，因为此时，再找不到比白桦树更美丽的景色。此时似乎没有白桦树，夏天就无法真正愉快地度过。难怪，白桦树一直是俄罗斯民歌、诗歌、童话和传说中永恒的主人公之一。桦树林里见不到其他树种，油画一般的美丽。

沿着林中小路一直向前，你可以看到很多当地居民在很闲适地牵着狗散步或跑步。莫斯科人特别喜爱小动物，像猫、狗等，林子里有很多各种各样的鸟，不知是什么人在林中许多树的身上绑了一个又一个空瓶子或空罐子，那是让路人给鸟儿们投放食物和水的。

　　这里，没有人认识我，我也不认识任何人。但是他们似乎都不好奇我的存在。我像被时空抛在了这样一个陌生的地方，但内心却无比的宁静。

　　我们在世界文明的莫斯科大学旁"著名的""莫斯科郊外"自由漫步，以后回想起来，该是多么难得的一段时间，我们飞了一万多公里，到了莫斯科，又到了它的郊外，在白桦林里散步，只是，我们不是在晚上，我们是在整个莫斯科还在沉睡中的黎明前。公路上的小车飞一样的驶过，远远就听到它们扩大分贝的赛车一样的刺耳的鸣叫声，耳边回荡的仍然是这首老歌优美的旋律。天亮后，也像夜晚一样静谧，一切都安详而美好。身在异乡的一大好处就是没有了各种莫名的打扰。可以让自己慢一点，等一等我们的灵魂。美好的爱情，美丽的故事，都发生在这样的地方……

　　莫斯科郊外的林子如此美丽，芳草茵茵，各种桦树林立，那样多，那样密。每当去访问一个地区，都能感受到那里的自然风景，当然来到俄罗斯也不例外，以至于我一时搞不清莫斯科是白桦林中的城市，还是白桦林是莫斯科中的森林。在去俄罗斯之前，就通过网络了解到了白桦树是俄罗斯的"国树"，也正因为它是国树，以至于它成为了俄罗斯民歌、诗歌、童话和传说中永恒的"主人公"之一。而当我亲自站在这片大地上时，真正地感受到了白桦树在这里静静地伫立着。莫斯科人也特别喜欢花，家中都种着一些花，而我在火车站会看见去朋友那里做客的人提着的一篮子鲜花，它们似乎来自这个郊外。这里的风景像俄罗斯油画家笔下的风景一样美，油画内容就是他们的风景和他们的生活。在画家的油画里，白桦林里的桦树总是长满了"眼睛"的，这儿果然也一样，各种粗的、细的树干上，大大小小的眼睛，似乎猛然间就会跳出来吓你一跳。可是这并不会使你害怕，反而是生命的灵动，是一种对于生命的敬畏。看到了吗？无论你在做什么，总有一双眼睛盯着你，迫使你勇敢，迫使你诚实地面对自己。不知是因为这是一个物欲的时代，还是我们自己早已将那颗纯洁的心灵弃置身外，以至于没有思想的生灵能够和我们交为良友，甚至想象着会和它们产生着共鸣。白桦树成为了我们的朋友，我们愿意将这样纯洁的友谊带入天堂。白桦树的哀伤，是我们永远不懂的旋律……这样的"眼睛"，即使不是来自白桦树，也是来自你的心里。

在落满叶子的林间走动，脚下响着一种动听的声音。像马车轧碎空旷的街道上的积水，当我伸手触摸白桦林光洁的躯干，如同初次触摸黄河那样，明显地感到了温暖。我深信它们与我没有本质的区别，它们的体内同样有血液在流动。我一直崇尚白桦林挺拔的形象，看着眼前的白桦林，我领悟了一个道理：正与直是它们赖以生存的首要条件，哪棵树在生长中偏离了这个方向，即意味着失去阳光和死亡。正是由于每棵树都正直向上生长，它们各自占据的空间才不多，它们才能聚成森林，和睦平安地在一起生活。我想，林木世界这一永恒公正的生存法则，在人类社会同样适用。无论它身处何种环境，阳光是否充裕，气候是否适宜，它都无所畏惧，坚定意志，毅然挺拔。白桦树风采令整个森林世界为之倾倒。它紧密地团结着，无私无畏，独具个性。在万千树丛中，它悠悠屹立，释放着一腔热血，一种精神。它不安守现状，不贪图享受，尽情展露着朴素的美德。

和巴黎人一样，这里也喜欢慢生活，不同的是，俄罗斯地大物博，所以这里的人会比巴黎人还要慢一些，这里的人似乎不喜欢加班，上班很晚，10点钟才慢悠悠地去上班，下班却很早，5点钟便下班了。俄罗斯的地大物博培养了俄罗斯人享受悠闲的生活观、和特有的价值观。康凯讲了这样一个他自己经历的故事。他看见一位老太太好多天总是坐在沙滩望海。你问她，您在等人吗？她说，不是。你问她是在这里回忆美好的过去吗？她说，也不是。等待的结果你怎么也想不到，那是一句小说语言——

老太太说，我正在享受光阴的寸寸流逝。

是啊，那么好的白桦林，那么好的阳光，那么好的月亮，俄罗斯人能不对休闲重视吗？

下班后的俄罗斯人是不喜欢上级随意打电话来叫他加班的。如果叫，必然有加班费，那还要看他是否愿意去。他们上班时似在享受一种按部就班，你再急，他们不会急，在入关边检时，会需要比别国所花时间的几倍，没三四个小时是进不了莫斯科的；在超市的收款机旁，站在我前面的那位顾客的购物车里有十件相同的货物，收银员也会一件件慢条斯理地很有耐心地去扫描价格。俄罗斯人呆板恪守，我们这些天已充分领略。在莫斯科，我们遭遇瓢泼大雨时，看见洒水车从雨中喷洒着走过，工人不管雨中的人工洒水是多么多余，不管街道此时是多么的潮湿和干净，不管是多么的浪费水，他只为在这个工作时间里完成了这件他该干的事，为了一份工资。还有，站在道旁管制的那个人，尽管无人需要他……总之，我感觉这里的人在充分享受着"光阴的寸寸流逝"，我不小心就已在体验着这里"感受时光流逝"的慢生活。

晚上九点以后，没有迪厅，没有大排档，但可以一直闲适下去。喝酒、散步，森林给这里的人们提供了休闲的生活方式，这里人们充分享受着时光流逝的感觉，我们受其感染，索性也在他们散步遛狗的街边树林里随兴大声地唱起了《莫斯科郊外的晚上》，一些想不起歌词的同伴也和声哼唱。

我们果真是唱着《莫斯科郊外的晚上》这首歌离开莫斯科的，歌曲中，真诚而激动的心声和黎明前依依惜别之情都和这大自然的美和谐地交融在一起。那一刻，我还想起了莫斯科市歌《我的莫斯科》里的几句歌词："我爱那城郊树林沙沙响，也爱那运河上的大桥梁，我爱到城里红场去散步，听克里姆林钟声响叮当。到处都有人在为你歌唱，不管是在城市，在村庄……"

美丽的庄园，美丽的墓地丨到图拉探访托尔斯泰庄园

到了俄罗斯，如果不去列夫·托尔斯泰故居会是一种遗憾，托尔斯泰在我们心中有着不可替代的地位。我们到俄罗斯后的第一件事就是去托尔斯泰庄园。早上八九点钟，我们从莫斯科出发，前往图拉探访世界上最大的作家博物馆之一——托尔斯泰庄园。

本以为俄罗斯地方宽展，不会堵车，到了莫斯科才知道，市内的周一至周五堵车情况还十分严重，尤其是在周一情况更为严重。今天是周一，我们打算碰碰运气。还好，今天是星期一，俄罗斯人民十点钟才上班，当我们的车子在莫斯科马路上奔跑时，当地的一些车还未出来呢。

去莫斯科南部、距莫斯科 90 公里的图拉，需要四五个小时的车程。现在正是莫斯科风景最好的时候，沿途满眼绿色，两边是白桦林，每一处都十分幽静，看上去，每个地方都是消遣的好地方。这一路上，望着窗外的油画般的风景，真是一种享受，尤其是途经顿河时，感觉处处平静，却处处生机勃勃，那静静的河流令我们激动不已。此时，我想起一群生活在东欧大草原的游牧社群哥萨克，想起哥萨克古歌《顿河悲歌》——

> 我们光荣的土地不是用犁来翻耕，
> 我们的土地用马蹄来翻耕，
> 光荣的土地上种的是哥萨克的头颅，
> 静静的顿河到处装点着年轻的寡妇，
> 静静的顿河，滚滚的波涛是爹娘的眼泪。
> 静静的顿河，我们的父亲
> 静静的顿河，你的流水为什么这样浑
> 啊呀，静静的顿河的流水怎么能不浑
> 寒泉从我静静的顿河的河底向外奔流
> 银白色的鱼儿把我静静的顿河搅浑

中午 12 点半时，我们来到位于东欧平原中部、中俄罗斯丘陵北部的小城图拉。图拉，世界文学巨匠列夫·托尔斯泰的故乡，俄罗斯最古老的城市之一，也是苏联十个英雄城市之一，图拉市民在 1941 年卫国战争期间为抵御法西斯入侵做出了突出的贡献，很多地方可看到二战的影子，二战时期，这里有许多兵工厂。当时，图拉市是莫斯科南大门。

康凯在车里介绍说，在图拉，公共汽车票是一个人才 11 卢布，在俄罗斯，这算是很便宜的票价了。俄罗斯共有人口 1.7 亿，莫斯科 1700 万人，而图拉的人口是 51 万人。

继续行驶十多分钟，来到了离图拉市区 14 公里的一片僻静的树林中——位于俄罗斯联邦图拉州的亚斯纳亚·波良纳镇。托尔斯泰，是公认的世界上最伟大的小说家之一，作为一个与文学有关的人，一生能来到这里拜谒他，真是一种幸事。

庄园是俄罗斯社会活动的中心，精神生活和社会舆论的集散地，是文化产品的摇篮，庄园常常是会聚文化人，聚焦时代的和思潮的问题的地方，孕育精神产品的地方，是文化精英和大思想家的地方，是诗人、画家常在吟诗作画的地方，是学习和推广民间艺术的地方，是戏剧爱好者的活动场地，也是走出列宾那样的画坛名匠、托尔斯泰这样的文坛巨匠的地方。托尔斯泰的作品里洋溢着贵族庄园生活的牧歌情调，但也表现了一定的民主倾向，与屠格涅夫等人的贵族庄园生活方式截然不同的是，托尔斯泰过的是一种完全俭朴的生活。

终于来到了俄罗斯最伟大的作家故园托尔斯泰庄园的门口，它就在你眼前了，内心不由自主地一阵阵激动。

托尔斯泰庄园音译为"雅斯纳雅·波良纳"庄园，雅斯纳雅·波良纳庄园是托尔斯泰母亲的陪嫁领地。我国早年驻俄记者、著名翻译家瞿秋白将其意译为"清田村"。此词在俄语中意为"明亮的林中空地"，托尔斯泰生前曾说过："人不是为了发亮，而是为了纯洁自己。"故，托尔斯泰庄园亦被称作"明亮庄园"。

庄园大得出奇，占地380公顷。庄园的讲解员——金发碧眼年轻美丽的婼斯佳告诉我们，在托尔斯泰的有生之年，他将自己的田地免费交给农奴去种，于是，这里总是有着几百名农奴在劳作。不远的地方还有他为农奴们创办的学校。庄园里树木成荫，风景优美。园里满眼的白桦树和宁静的水塘，反复地向你提示，这是一个安详的俄罗斯庄园，有着它无尽的文化底蕴让你发掘。在这里，不由自主地联想到举世闻名的《战争与和平》《复活》《安娜·卡列尼娜》……，庄园主人每部砖头一样的巨著，都是从这里出发的。

一走进大门就是一湾湖水，四周是密集的白桦树和椴树，湖边是林间小道。沿着一条松软的沙石路朝前，经过了托尔斯泰当年种菜的园子和小住过的小屋；园丁住的木屋；托尔斯泰的马厩——还是当年的样子，里面有几匹马在走来走去，外面晾晒着马鞍，一张旧椅上卧着一只老猫；有女人们正在劳作的田园风光……这一切，都让我感觉庄园里仍充满着浓烈的生活气息。托尔斯泰在这里骑马经过的情景立刻浮现在眼前，似乎能听到他的呼吸。

再往前走不远，往右一转，在树林最茂密的地方，在草地、马厩、田园的中间，有一栋白墙绿顶的二层小楼，一道白色木栅栏将它圈了起来，我知道，我们已经来到了托尔斯泰故居，那个托尔斯泰曾经工作和生活过的那座小楼，如今，已是托尔斯泰博物馆。

白色的墙壁、白色的楼廊、白色的台阶。在门口换上宽大的皮制鞋套后，我们怀着敬仰之情走进这座充满了文学气息的房间。宽敞的房间被隔成一间间明亮的小屋。这是一个圣地，站在跟前，仿佛那位伟人此时此刻就在里面等待着我们的到来，在这里，他和家人一起度过幸福而又心绪繁杂的60年。

我们曾从《安娜·卡列尼娜》看到了沙皇俄罗斯上流社会的贵族生活，读出了欧洲国家的历史风貌，对沙皇俄罗斯社会的揭露与批判，充斥着整部小说。我们读他的晚年之作《复活》，里面带有人生总结的意味，他的人生观和世界观，在这部长篇表露无遗。关于宗教的道德伦理的说教，读起来有时有点不够耐烦。然而，他对社会问题的哲学思考，对沙皇专制统治的坚定批判，是无可比肩的，由此奠定他那不朽的文学地位。他的最大特点，是他一刻也没停止过思考，一生都在不倦地探索，这不仅表现在他的创作上，还表现在他对社会的改造的理想主义上，终其一生他不曾放弃与找寻改革俄罗斯社会体制的方式与道路。作家的政治理想，道德诉求，在小说里表现最为充分又淋漓尽致。后人给予托尔斯泰一个世界文学之父的头衔一点也不为过，因为他创造俄罗斯文学顶峰与辉煌。

一种崇敬，一种信仰，让我对眼前这座托尔斯泰庄园产生了浓厚的兴趣，急切地想要与这个伟大的文学家有一次亲密的接触，想要与他来一次精神的交流和对话，去感受他曾经存在的空间，去感受他曾经留下的气息。

一楼是他的藏书室和生活用品，书架不是特别的多，只有靠楼梯的一个。但各种版本的外文书却挤得满满的。他是一个博学的人，一生会五六种外语，八十岁还在学习中文，我在架上所看到的，除了大量的俄文，英文、德文、法文等书籍外，还有日文和中文的。藏书室里，存有14种文字的书籍2万多卷，有些是屠格涅夫、罗曼·罗兰、高尔基等人亲笔签名的赠书。

二楼。穿过一条窄窄的过道，先见一间宽大的会客室兼餐厅，一张特别长大的餐桌上，放满了瓷器，餐具，完好如初。主人常常在这里宴请朋友，这位誉满世界的作家，每天都有来自各地的宾客或求见者，都在这间客厅里接待。像契科夫、科罗连柯等，这些后来声名不小的人物，也在这里与他一起长谈、用餐。一架英国钢琴还停在原地，主人的弹奏已不能听见，但他最喜欢的那几支世界名曲被保留了下来。门口，爱迪生赠送的那台留声机，正对着窗外。

一间间并不阔绰的房间，一页页绚丽的文学彩章。左拐进去，是一间更加破旧的屋子，只10平方米大小，摆得满满的。靠右墙角，放一张书桌，白色灯罩挂在一块木板上，是他写作时用的台灯，桌子上还铺着一叠稿纸，仿佛主人刚刚离开。对面的椅子虚位以待，等待着作家的归来。就是在如此狭小的空间，托尔斯泰创作了《战争与和平》《复活》这些世界巨著。从书房进去，最后一间房子才是他的卧室，这里显得很狭窄、拥挤，小小的8平米空间里只能放得下一张单人床，他独自写作很晚时，不打扰家里其他人，也不被别人打扰。入睡前起床后一切事情他都独自完成，靠门处有一个壶，一个盆，用来洗漱。门后有一个他特制的拐杖，在他进入老年后，就借助它上下楼梯。

墙上挂着托尔斯泰家族的画像，其中，祖父、父亲、母亲画像几乎占了大半个墙壁，还有妻子索菲娅的画像。那幅托尔斯泰在田间赤脚劳动的著名油画，是大师列宾的名作，现在已被收入国家艺术博物馆。更为引人注目，是许多贵重的物品，家藏的或是赠品，都按照原来的样子摆放。

故居里的每一件遗物，每一张照片，每一幅油画，每一本图书，观者的心灵被一次次无声地触动。

无论是墙上的，桌上的，托尔斯泰的所有照片都是满脸胡须。记得奥地利作家茨威格《列夫·托尔斯泰》中写道：他生就一副多毛的脸庞，植被多于空地，浓密的胡髭使人难以看清他的内心世界。长髯覆盖了两颊，遮住了嘴唇，遮住了皱似树皮的黝黑脸膛，一根根迎风飘动，颇有长者风度。宽约一指的眉毛像纠缠不清的树根，朝上倒竖。一绺绺灰白的鬈发像泡沫一样堆在额头上。不管从哪个角度看，你都能见到热带森林般茂密的须发。像米开朗琪罗画的摩西一样，托尔斯泰给人留下的难忘形象，来源于他那天父般的犹如卷起的滔滔白浪的大胡子。那么，就让这么一个伟大的托尔斯泰永远的留在我们的心中吧。

床头有一件托尔斯泰穿旧的粗麻织的衣衫，搭挂在那里。靠墙是大立柜，旁边有个床头柜，低低的，虽然是一位声闻天下的文学大师，又是沙俄帝国世袭的显赫贵族后代，但生活如此简朴节俭，与普通的贫民也没有什么差别，这就是托尔斯泰。

100年前的11月20日，俄罗斯寒冬的早晨还是午夜般的漆黑，托尔斯泰辞世于当时还叫阿斯塔波沃的火车站站长室内。朋友和家人把他接回庄园，安放在一进门左手的那张床上，他静静地在那张床上躺寥寥几天，读者从世界各地赶来，在这里看他最后一眼。

从故居出来，沿着绿树簇拥的土路一直走着，如果不是康凯的提醒，也许我真的就会错过了托尔斯泰的墓。原来，托尔斯泰的墓地就在庄园内。离开故居博物馆后，我们沿着一条林间小路前行，好久才走到小路的尽头，在两棵粗大的树木中间的空地上，有一块三角形的地方，一角面向顿河，另外两边是绿色森林，这就是托尔斯泰的墓地，那些高大挺拔的树木是托尔斯泰亲手栽种的。在这块不大的平地的中央，有一个长满绿草的长2米左右的长方形墓冢，大作家就静静地躺在里面。墓冢宽高半米左右，周围没有碑石，没有雕像，没有殿堂，只有土堆上的青青绿草。没有任何标志，没有装饰，没有墓碑，没有坟茔，只有简简单单的土堆，起初，让人无法想象，一个那么伟大的文学家竟长眠于此。陪同我们参观的人介绍说，这是托尔斯泰自己的夙愿，是他不愿意张扬，是他专门选择这样的方式，来给自己的人生画下句号。

茨威格曾前来拜谒列夫·托尔斯泰墓，写下了《世间最美的坟墓——记1928年的一次俄罗斯旅行》，文中称其在俄罗斯所见到的景物再没有比列夫·托尔斯泰墓更宏伟、更感人的了。也许，这样的墓可称得上世界上最美丽的墓了，而他这个人，称得上世界上最纯洁的人了。

托尔斯泰在这块"明亮的林中空地"上，度过了他的一生，他的一生，是不断纯洁自己的一生。

下午4点钟，陈旧的有轨电车在图拉的街道上跑着。此时，我们正在离开图拉城，在依依不舍地离开托尔斯泰庄园，乘车返回莫斯科。用一天时间去感受这个美丽的庄园是远远不够的，今天，我们在庄园里仅仅是选择性的看了几处。列夫·托尔斯泰曾这样说过："人生的价值，并不是用时间，而是用深度去衡量的。"那么，该去怎样衡量托翁的一生才最为妥当呢？在离开图拉时，我这样想着。

圣彼得堡，一颗嵌在俄罗斯的明珠

总感觉，除了历史遗留下的古老文化，现代城市看上去似乎是一个样子，到了圣彼得堡，改变了这种看法。圣彼得堡拥有无数的传奇故事，它的特殊地理位置和它的充满着神秘感和戏剧性的历史，使它成为俄罗斯城市中最为"古怪"的一个，它是一座独一无二的城市，又是一个最能体现人类创作智慧的地方。

到圣彼得堡的第一晚，我就触到了白夜，这里给我最初的感觉就是天总是黑不起来，我印象最深的也是白夜。我等到夜里4点钟时，天还完全没有黑的意思，不过此时白白的路灯已亮了起来。6点钟，天终于黑了，却也不是漆黑，最有意思的是，天刚"黑"（所谓的黑像黄昏或黎明时一般光亮）就又快要亮了，8点钟，天又完全亮了起来。此时，才想起当地作家陀思妥耶夫斯基曾在1848年写过中篇小说《白昼》和短篇小说《白夜》；才想起人们所说的"阅读七遍描述圣彼得堡的文字，不如亲眼看一下这座城市"；才相信中学课本里介绍的"白夜"现象。

圣彼得堡地处北纬60度，由于地理位置的特殊，每年初夏都有"白夜"现象。每年的5月至8月城市中几乎没有黑天，白夜时漫步在静静的涅瓦河畔，遥望着蔚蓝天空的北极光，感觉犹如在梦幻中一般。也就是说，在深夜里，人们依然可以在露天阅读报刊，晚霞代替了黑夜。然后，朝霞出现了，马上就又是日出。这连在一起的晚霞与朝霞，使这个城市的黑夜隐去了，这几日的圣彼得堡，真是名副其实的"不夜城"。这也是圣彼得堡最为梦幻的时刻，这时的城市让人痴迷，让人沉醉，无数的诗人都赞美过我们的北方之夜，但没有人真正能够用语言将它表现出来。没有哪位画家能够绘出水天之间光怪陆离的颜色变换，更没有哪位音乐家能够用人间的乐符来表达那从地到天，萦绕夜空，又从天到地的神秘的自然界的和弦。对于白夜，诗人和作家们会产生各种联想，有的称其为"陷入沉思的人"、有的称其为"城市睁大了的眼睛"。有人戏称在这里"连风都是浪漫的"。

圣彼得堡是俄罗斯帝国的首都，它的地理位置具有得天独厚的优势，它位于波罗的海芬兰湾东端的涅瓦河三角洲，建在波罗的海东岸的涅瓦河口，可以说是俄罗斯通往欧洲的"窗口"，是俄罗斯第二大城市。彼得保罗要塞涅瓦河从彼得保罗要塞和冬宫之间流过，据说整座城市由40多个岛屿组成，随着圣彼得堡市的建造，人工运河在市内纵横交错，这些运河是在叶卡捷琳娜时期开凿，以疏通因芬兰湾水浅而倒灌进入圣彼得堡的海水。400多座桥梁把各个岛屿连接起来，怪不得风光旖旎的圣彼得堡又被称为"北方威尼斯"，素有"地上博物馆"之称，以建筑的精美闻名于世，由苏格兰建筑师查尔斯·卡梅隆为保罗一世沙皇建造的巴甫洛夫斯克，其附属园林是俄罗斯最大的公园，被誉为"世界上最好的花园之一"；原为俄罗斯帝国的皇宫的冬宫、彼得大帝夏宫、斯莫尔尼宫，由沙皇保罗一世下令仿照罗马圣彼得大教堂建造的喀山大教堂，圣彼得堡最大的教堂俄罗斯帝国的主教堂伊萨克大教堂，基督喋血大教堂等建筑，还有位于彼得宫城以西的奥拉宁鲍姆和位于圣彼得堡以南的亚历山大宫叶卡捷琳娜宫（叶卡捷琳娜宫内的琥珀屋曾被誉为"世界第八大奇迹"），以及保罗一世沙皇的行宫和军事要塞加特契纳，在圣彼得堡的地面上都十分醒目，除了冬宫、夏宫，这里还有着艾尔米塔什博物馆、俄罗斯博物馆、历史蜡像馆、人种学和人类学博物馆、动物学博物馆、基洛夫博物馆、列宁格勒保卫战博物馆、海军博物馆等等数不清的博物馆，风格独特又无不典雅华贵，连那涅瓦大街的两旁的古老建筑也无一重复，看上去多姿多彩。我在想，那些哥特式元素一定是彼得一世在荷兰时接触的吧。

这座俄罗斯最美丽最著名的城市，已有300年的历史，冬宫、夏宫以及悠长的白夜使它吸引无数游人。但是你知道吗？圣彼得堡这个城市的诞生完全是一个大胆的壮举，是彼得大帝向恶劣的自然环境宣战的结果，这个城市的构建集中了当时大量的人力物力，几乎是一种"古埃及奴隶"般的劳动，成千上万的人们为此丧生。也许正是因此，后来这座城市的命运中才有那么多的忧郁和凄哀。其实，我对于圣彼得堡的最初印象也来源于我阅读过的大量的文学作品，我相信，文学将会继续穿越过时间的黑暗隧道，文学也会将世界上的神圣之城，完好地一代交给下一代。在我心里，圣彼得堡除了历史悠久，这个城市同时也是闪耀的文艺之城：普希金、陀思妥耶夫斯基等名作家就诞生于此，由普希金、屠格涅夫开创的文学传统也一直延续到今天。这个美丽的城市一直都是一座优雅、宁静、随处都是金碧辉煌的巴洛克式建筑，举手投足之间有着欧洲贵族气派的城市。如今，城里市民主要为俄罗斯族，其他还有乌克兰人、犹太人、白俄罗斯人和鞑靼人。其他居民包括芬兰人、爱沙尼亚人、日耳曼人、波兰人、越南人和华人。尽管不得不成为一个旅游城市，但依然优雅、宁静。

涅瓦大街是圣彼得堡的交通要冲，是圣彼得堡最热闹最繁华的商业街，是一条宽阔、平展、笔直的街道，想起列宁曾说过的话，他说："革命不是涅瓦大街的人行道，那么平坦"。这是条两百年不变的老街，街上各类车辆川流不息，雄伟而古老的建筑、生动又斑驳的雕像、透射着暗淡的古铜色调、青灰色的石头路面，无一不令人感慨。只有街上那熙熙攘攘的人群，才让人有一种现实生活的感受。走在这条老街上，就像进入了历史画卷，想起果戈里的短篇小说《涅瓦大街》里刻画的圣彼得堡的市井人生："最好的地方莫过于涅瓦大街了，对于圣彼得堡来说，涅瓦大街就代表了一切。这条街道流光溢彩，只要一踏上涅瓦大街，一种游乐气氛便扑面而来。"果戈里相信，会在令人眼花缭乱涅瓦大街上与莫斯科附近的朋友彼此碰面的。他说，对于彼得堡来说，涅瓦大街就代表了一切。这条街道流光溢彩，住在彼得堡的平民百姓和达官贵人，无论是谁都是宁肯要涅瓦大街，而不稀罕人世上的金银财宝。老年人对它情有独钟，淑女们对它倍加青睐，无论谁只要一踏上涅瓦大街，一种游乐气氛便扑面而来。在步行街，在地下通道，那些乞讨、卖艺、绘画、歌唱的人们脸上都绽放着自尊骄傲的容颜。即便是你有要紧的事情要办，然而，一踏上大街，准会把一切事情都忘得一干二净。这是唯一的清闲去处，人们到这里来并非为生活需求所迫，亦非为实惠和淹没彼得堡全城的买卖利欲所驱使。在涅瓦大街上遇到的人，不像其他街上的人那么自私自利，在那些地方，贪欲、自私、势利分明摆在那些步行的和坐在各式马车里疾驰如飞的人们的脸上。

涅瓦大街是一个信仰宽容之地，东正教的喀山大教堂、新教的圣彼得和保罗教堂、天主教的圣凯瑟琳教堂、荷兰教堂、亚美尼亚教堂等，共处一地相安无事，让人不禁为之惊讶不已。涅瓦大街的名字与俄罗斯历史上众多历史事件和历史名人紧密相连，果戈理、柴可夫斯基的故居，列宁格勒前线报纸《在祖国的防线上》的报社所在地等，都在涅瓦大街上。

在涅瓦大街上，没有一栋一样的房子，整个沙皇老城都是这样，连窗子也不同，如各种肤色、各自体格的漂亮女人的衣服一样有个性，具有特定的历史价值、建筑价值，没有哪座建筑少于百年历史。没有哪个楼房里不藏着动人的故事……

涅瓦河缓缓地流着，河中有不少游船，沿河的酒吧和茶座（咖啡吧）都坐满了休闲的人们，有的和朋友轻声低语，有的面向街景发呆，有的慢悠悠地搅动手中的小银匙，不时啜一口有点苦味的咖啡。这条河是缺乏游乐的彼得堡的消遣之地，在到达彼得堡的第一天的午后，我们乘船畅游了这条河。船上有伏特加、香槟、水果、鱼子酱，还有六七个俄罗斯职业演员为我们唱俄罗斯老歌。

在俄罗斯流传着这样一句话，"不到圣彼得堡等于没到过俄罗斯"。我猜想这大概就相当于，咱们中国人常说的，不到西安就等于没到过中国。陕西省是中国文化的发源地，同时也是几千年来东亚文化的中心。所以陕西省会西安市便成了外国游客到中国的必游之地。由于交通便利再加上圣彼得堡的美名远扬（据联合国教科文组织调查，它在世界上最受旅游者欢迎的城市中排位第八），圣彼得堡之行，成为我们很重要的一站。

作为俄罗斯最欧化的城市，在圣彼得堡，拂面而来的不仅有波罗的海的海风，还有从彼得大帝时代就积淀下来的贵族气息。闻名遐迩的冬宫，就坐落在圣彼得堡皇宫广场。1917年沙皇被推翻以后，这座昔日沙皇的宫殿便成了十月革命的象征。1922年它成为与之相邻的国立艾尔米塔什博物馆的一部分。

这是一个英雄的城市。在这个城市里，我看到了俄罗斯的历史，在战争洗礼的年代，法西斯敌人曾试图占领这个城市，想让它从地面上消失，但侵略者的铁蹄始终没能踏进城市半步。同时也看到了与我脑海里印象完全不同的潜藏在时代的内里，以某种虚无的方式存在着的一个全新的俄罗斯。据说在俄罗斯历史上曾有三次大的水灾，似乎自然的魔力在寻找机会要将圣彼得堡这个人工奇迹毁于一旦。然而，历经三百年的风霜，圣彼得堡岿立依然。犹如花季少女，善于变幻自己的装扮，只可意会，不可言传。与俄罗斯其他城市相比，圣彼得堡确实与众不同。一直以来，俄罗斯首都几经迁徙，从诺夫哥罗德到基辅，从基辅到弗拉基米尔，从弗拉基米尔到莫斯科，从莫斯科到圣彼得堡，再回到莫斯科。这些都城在历史上几乎都被占领甚至毁灭过，而只有圣彼得堡从未沦陷，因此，圣彼得堡一直被称为"英雄的城市"。所以，在我买回的那些小铃铛、小镜子、小餐具，等等纪念品上，都有那尊彼得大帝骑着战马的经典塑像。

在18世纪初，圣彼得堡地区原来是波罗的海芬兰湾的出海口的一片沼泽地，其周围地区，包括现时芬兰湾一带的土地为瑞典王国所拥有。沙皇彼得一世为了争夺面向西欧的出海口，与瑞典在18世纪初1700年开始了对瑞典的21年北方战争，彼得一世从瑞典夺取英约尔曼兰，并在这里修建城市，起名为圣彼得堡。1713—1714年彼得大帝把首都从莫斯科搬到圣彼得堡，圣彼得堡成为沙俄帝国首都，经过叶卡捷琳娜二世、亚历山大一世直至尼古拉二世的不断建设，成为俄罗斯帝国的政治、经济和文化的中心。1905年俄罗斯第二波罗的海舰队在对马海战役中战败后，圣彼得堡爆发"流血星期一"事件。1917年该城先后爆发二月革命资产革命和十月革命无产阶级起义。十月革命后，由于第一次世界大战，德国军队接近圣彼得堡，首都即将沦陷。苏俄于1918年将首都迁至莫斯科，1924年该城改名列宁格勒。在第二次世界大战期间，列宁格勒曾经历德国军队900余天的封锁，战后成为俄罗斯首批"英雄城市"之一。由于列宁格勒一直是俄罗斯知识分子和学者的聚集地，因此斯大林在基洛夫遇刺之前就对列宁格勒采取敌视的态度。列宁格勒在二战后进行了重建，并且再度成为俄罗斯的工业中心区之一。尽管工人阶级在战后大量涌入，但该城还是保持了文化和艺术中心的地位。同时由于接近芬兰，该城成为俄罗斯时代为数不多的可以直接收看到西方电视节目的城市之一。1991年该城市恢复"圣彼得堡"旧名。

普希金曾赞颂圣彼得堡为俄罗斯"通往欧洲的窗口"。除了普希金，许多俄罗斯著名诗人和作家，如陀思妥耶夫斯基、莱蒙托夫、高尔基等人都曾在此生活和写作。这座城市还孕育、培养了格林卡、柴可夫斯基、肖斯塔科维奇等诸多的世界名流。那么，圣彼得堡，也是通往欧洲的窗口。

在我们此次去俄罗斯观光的一行人中有许多作家朋友都是"俄罗斯文学通"，从《静静的顿河》《复活》《白夜》《安娜·卡列宁娜》到《战争与和平》《苦难的历程》等，他们都讲得头头是道。

从陀思妥耶夫斯基故居二楼的转角窗口望出去，有一种亲切感，但这样令人感到亲切的百年以上的老屋，周围似乎随处可以看到。在圣彼得堡市内漫步，发现这个仅4百多万人口的小城，这样精心保存的故居有数十处之多。从涅瓦大街走过时，可看到桥上、圆柱上、门上和窗上的精致雕刻，还有那些富丽堂皇的宫殿、教堂。我想这就是圣彼得堡的特色，这个有着300多年历史的帝都，无时无刻不吸引着我们的目光。有人说，圣彼得堡就像是一个俄罗斯的工艺品套娃，每打开一层就是一层的惊喜。无论是建筑还是人文文化，都有自己独特的风格，就像是一个很固执的老人一样，不会去刻意讨好你，他有他自己的尊严，非常"俄罗斯"的态度。

看过一些作家故居，在圣彼得堡还有一件事是非要去做的，就是看一场正宗的芭蕾舞演出。虽然最早芭蕾舞起源于法国，但是随着时间的推移，20世纪后俄罗斯芭蕾已在世界芭蕾舞坛中占据主导地位，拥有自己的保留剧目，表演风格和教学体系，也涌现了一批编导和表演人才。俄罗斯芭蕾界有这样一句流行语："人们舞蹈得越多，他们之间的战争就越少。"由此可见，俄罗斯人对芭蕾钟爱有加。想一想，你坐在国家级的大剧院中，潇洒的将日常生活中的琐事和烦恼，统统留在剧场的大门外或衣帽间那个尘世的空间里，然后静下心来，全身心地投入剧场这样一个非常特殊的，与马路上的拥挤、菜市上的吵闹、单位里的纠纷、家庭里的琐事毫不相干的审美场，进入《仙女》《吉赛尔》《葛蓓莉娅》这样一个人造仙境，进入《睡美人》《胡桃夹子》《天鹅湖》这样一个梦幻世界，是多么的美好。有人说就像中国的京戏一样，芭蕾舞就是俄罗斯的国粹。不管你相信不相信任何人只要看过一次俄罗斯的芭蕾舞都会被它的魅力所征服，从而爱上这项艺术。在圣彼得堡最有名的要算玛琳斯克剧院了，据说它是为了祝贺彼得大帝的母亲玛利琳皇后所建造的。整个剧院外观呈浅绿色，剧院里面的主色调也是绿的，与金黄色相搭配显得格外与众不同。在圣彼得堡看芭蕾，"舞者如痴，观者如醉"是再平常不过的场面。尽管芭蕾演出在这个国家非常频繁，但人们仍然趋之若鹜，往往一票难求。有人说，俄罗斯人对芭蕾的追捧永远像年轻人追求时尚一样狂热。

"我爱你，彼得的营造 / 我爱你匀整的外貌 / 涅瓦河庄严的逝水 / 花岗岩的峭岸 / 你栏杆上铸铁的花纹 / 你幽静夜晚的 / 透明的夜色，无月夜的闪光 / 这时候，我坐在房里 / 写作或读书，不用点灯 / 寥无人迹的街道上 / 在沉睡的高楼大厦清楚可见 / 而海军部大厦的尖塔如此明亮 / 不待金色的天空上 / 降下夜雾 / 朝霞早已一线接着一线，让黑夜只停留半个时辰。"普希金的诗，使得圣彼得堡这座名副其实的不夜城在我们心中更像镶在俄罗斯那片广袤土地上的一颗璀璨明珠。

漫步冬宫,做一次文化的朝圣者

到俄罗斯的第三天,我终于如愿以偿来到了冬宫。在走进冬宫大门的那一刻,我想起了《列宁在十月》里"攻打冬宫"时的场面,看到了里面的皇家小餐厅和逮捕临时政府成员的场景。

冬宫音译为艾尔米塔什博物馆,人们习惯叫它冬宫。冬宫坐落在圣彼得堡宫殿广场上,原为俄国沙皇的皇宫,十月革命后辟为圣彼得堡国立艾尔米塔什博物馆的一部分。它也是18世纪中叶俄罗斯巴洛克式建筑的杰出典范。和法国的卢浮宫、英国的大英博物馆、美国的大都会博物馆并称为世界四大博物馆,以古文字学研究和欧洲绘画艺术品闻名世界。该馆最早是叶卡捷琳娜二世女皇的私人博物馆。1764年,叶卡捷琳娜二世从柏林购进伦勃朗、鲁本斯等人的250幅绘画存放在冬宫的艾尔米塔什(法语,意为"隐宫"),该馆由此而得名。藏品共有270万件,主要是绘画、雕塑、版画、素描、出土文物、实用艺术品、钱币和奖牌。藏品中绘画闻名于世,从拜占庭最古老的宗教画,直到现代的马蒂斯、毕加索的绘画作品,及其他印象派、后期印象派画作应有尽有,共收藏15800余幅。其中意大利达·芬奇的两幅《圣母像》、拉斐尔的《圣母圣子图》《圣家族》、荷兰伦勃朗的《浪子回头》,以及提香、鲁本斯、委拉士贵支、雷诺阿等人的名画均极珍贵。展厅共353个。有金银器皿、服装、礼品、绘画、工艺品等专题陈列和沙皇时代的卧室、餐厅、休息室、会客室的原状陈列。其中彼得大帝陈列室最引人注目。

据说有人统计过,如果在冬宫内的每一个藏品前停留1分钟的话,看完整个博物馆也将需要8年时间。在冬宫中你随处可见参观者在认真的聆听、观看。没有喧闹、浮躁,在艺术面前,我们都变得"卑微"起来,在人类巨大的文化面前,我们都变得"诚恳"起来。这让我想起一个故事。在北大,有很多爱好广泛的学生,年轻人活力四射,就连走路也时常争论。大到国内外大事,小到做事情的方式方法。但经过学者教授的住所时，大家总会自觉地放慢脚步，互相叮嘱不要说话，因为大家都知道，先生们正在里面写文章、看书作画呢。你看，这就是文化的力量，学者的力量。是其他任何力量都无法代替的。人们尊重文化，尊重艺术。这样对艺术和文化虔诚的国家和民族才是最先进、最伟大的。

走近冬宫，首先就被冬宫的整体建筑风格所吸引。据当地的学者介绍，该宫由意大利著名建筑师拉斯特雷利设计，是18世纪中叶俄罗斯巴洛克式建筑冬宫一隅的杰出典范。初建于1754—1762年，1837年曾被大火焚毁，后来又重建。第二次世界大战期间遭到破坏，战后修复。

仔细看过去，冬宫其实是一座三层楼房，长约200多米，宽100多米，高20余米，呈封闭式长方形。据说它占地约9万平方米，建筑面积超过4.6万平方米。最初，冬宫有1050个房间，1886扇门，1945个窗户，飞檐总长达2公里。冬宫的四面各具特色，但内部设计和装饰风格则严格统一。四角形的建筑宫殿里面有内院，三个方向分别朝向皇宫广场、海军指挥部和涅瓦河，第四面连接小埃尔米塔什宫殿。面向宫殿广场的一面，中央稍突出，有三道拱形铁门，入口处有阿特拉斯巨神群像。宫殿四周有两排柱廊，雄伟壮观。宫殿装饰华丽，许多大厅用俄罗斯宝石孔雀石、碧玉、玛瑙制品装饰，如孔雀大厅就了2吨多孔雀石，拼花地板用了9种贵重木材。御座大厅（又称桥治大厅）的御座背后，有用4.5万颗彩石镶嵌成的一幅地图。面向涅瓦河一面的是一片开阔的广场，最雄伟的是广场中央的亚历山大纪念柱，它由整块花岗石制成，高近50米，直径4米，重600吨，没有任何支撑，只靠自身重量屹立。这是为纪念1812年卫国战争而建的。仰视那巨大的柱体，柱顶上的天使铜像，再回望冬宫，似乎谛听到俄罗斯心脏的跳动，感觉到一种庞然大国的气魄，一种傲视苍穹、睥睨四方的自信。这应该是那个时代，俄罗斯强势精神和气势的象征。纪念柱后面那淡黄色主体、呈半圆形展开的超大建筑，与主体淡绿色的冬宫迎面相对，流光溢彩，交相辉映，让整个广场充满了皇家的气息。驾驶着仿古马车的"马夫"和一些身穿古代宫廷服饰的俄罗斯年轻男女在广场上兜售着自己的生意，也为广场增添些原本的历史味道，让游客似乎看到了从前穿着华丽的皇家人生活状态，找回了一点回归历史的感觉。

  相同的家具摆在不同人的家里，就会有不同的感觉，不同的风格。更何况世界上每一幅画只有一张真迹。在世界上你永远找不到相同的一间博物馆。在博物馆里你永远也找不到相同的作品。据说冬宫最早是叶卡捷琳娜二世女皇的私人博物馆。这一点引起了我浓厚的兴趣。一直以来我都很坚定的认为，一个有品位的女性，应该懂得让自己美丽的秘诀，这种秘诀除了外在的，还要有内在的作用。能够懂得生活的美好，喜欢文字，常与书为伴，常流连于博物馆。这么来说，叶卡捷琳娜二世女皇的确是一个令人赞颂的女人。

  走近冬宫，你会马上体会到欧洲宏大的建筑风格，金碧辉煌的陈设让你不由得深吸一口气，甚至在冬宫走廊的上面都是美轮美奂的壁画。在众多的艺术作品中，有我非常喜欢的画家列宾和希施金的作品。但这样近距离的观看他们的真迹也还是第一次。在西安时，听著名油画家郭北平说到俄罗斯油画时，提到俄罗斯油画家名字次数最多的便是列宾，在冬宫里，我更是特别留意列宾的作品，见到了那幅著名的《伏尔加河上的纤夫》原作，它是列宾现实主义绘画杰出的代表作之一，也是画家的成名之作。画面上展示的是，烈日酷暑下，漫长荒芜的沙滩上，一群衣衫褴褛的纤夫拖着货船，步履沉重地前进着。列宾在油画中塑造了 11 个纤夫，他们的年龄、身材、性格、体力、表情各不相同，我们从他们身上看到的不仅是沙俄专制下普通民众奴役般的生活，更体会到了他们的智慧、善良和力量。这也正是画家的创新之处，巡回展览画派艺术家以往的作品都是把人民当作同情、可怜的对象，而列宾在反映现实的同时，通过人物的神态和姿态来充分体现人民身上所蕴藏的巨大能量，给人以激励、震撼。19 世纪 80 年代以后，列宾被公认为是批判现实主义的泰斗，成为巡回展览画派的旗帜。列宾是俄罗斯 19 世纪后期的俄罗斯批判现实主义绘画主要的代表之一，是 19 世纪后期伟大的俄罗斯现实主义绘画大师。在列宾的创作中，肖像画具有重要的位置。著名作家列夫·托尔斯泰与列宾的往来，持续时间最长，大约有30年之久。列宾对托尔斯泰生前形象的塑造也最多，他画了70多件写生作品，包括油画、水彩、素描和雕塑。现在保存在特列恰可夫画廊的《托尔斯泰肖像》（1887），是托尔斯泰所有肖像画中最为出色的一幅。

伊凡·诺维奇·希施金（1832—1898）是19世纪俄罗斯巡回展览画派最具代表性的风景画家之一。希施金的风景画多以巨大的、充满生命力的树林为描绘对象，那些摇曳多姿的林木昂然挺立，充满生机。繁木绿林，疏密有致，俄罗斯大森林的美与神秘，被他渲染得淋漓尽致，可谓美不胜收。希施金所描绘的林木，无论是独株，还是丛林都带有史诗般的性质。林木的形象雄伟豪放，独具个性，显示出俄罗斯民族的性格。

冬宫内收藏了非常多的西欧艺术品，有人说它收藏的印象派和后印象派的作品数量和质量堪比法国的奥赛博物馆。能够这么近距离地与原只在书中看到过的印象画派真迹接近，真是一件挺美好的事。达·芬奇、莫奈、塞尚、梵高、高更、雷诺阿，还有毕加索、马蒂斯……。在大师的作品面前，我只愿静静地感受它们的美……

那些陈列的油画作品，表现力太强，将我深深打动，那画面至今仿佛还挂在我的眼前。

先是达·芬奇的两幅同题材的油画作品，《圣母与圣子》和《戴花的圣母》，这两幅油画都不大，却是非常珍贵的收藏。其中一幅作于1490年，是达·芬奇名副其实的"少作"，它的特点是无论你站在哪个方位，圣子耶稣的眼睛都在盯着你。圣母慈祥、纯洁、忘我的目光，与圣子世俗的望着人间的目光形成了鲜明的对比。

17世纪荷兰画家伦勃朗创作的题为《浪子回家》。浪子的比喻是《圣经》中出现的一段文字，伦勃朗于1668年以这段文字为蓝本创作了一幅题为《浪子回家》的油画作品。耶稣说：一个人有两个儿子，小儿子对父亲说：父亲，请你把我应得的家业分给我。他父亲就把产业分给他们，过了不多几日，小儿子就把他一切所有的都收拾起来，往远方去了。在那里任意放荡，浪费资财。既耗尽了一切所有的，又遇着那地方大遭饥荒，就穷苦起来。于是去投靠那地方的一个人，那人打发他到田里去放猪。他恨不得拿猪所吃的豆荚充饥，也没有人给他。他醒悟过来，就说：我父亲有多少雇工，口粮有余，我倒在这里饿死吗？我要起来，到我父亲那里去，向他说：父亲，我得罪了天，又得罪了你，从今以后，我不配称为你的儿子，把我当作一个雇工吧。于是就往他父亲那里去。相离还远，他父亲看见，就动了慈心，跑去抱着他的颈项，连连与他亲吻。儿子说：父亲，我得罪了天，又得罪了你，从今以后，我不配称为你的儿子。父亲却吩咐仆人说：把那上好的袍子快拿出来给他穿上，把戒指戴在他指头上，把鞋子穿在他脚上，把那肥牛犊牵来宰了，我们可以吃喝快乐，因为我这个儿子，是死而复生，失而复得的。他们就快乐起来。那时，大儿子正在田里，他回来离家不远，听见作乐跳舞的声音，便叫过一个仆人来，问是什么事。仆人说：你兄弟来了，你父亲因为他无灾无病的回来，把肥牛犊宰了。大儿子却生气，不肯进去，他父亲就出来劝他。他对父亲说：我服侍你这多年，从来没有违背过你的命，你并没有给我一只山羊羔，叫我和朋友一同快乐，但你这个儿子，和娼妓吞尽了你的产业，他一来，你倒为他宰了肥牛犊。父亲对他说：儿啊，你常和我同在，我一切所有的，都是你的。只是你的这个兄弟是死而复活，失而复得的，所以我们理当欢喜快乐。

  作品画面表现的是老人的小儿子，索求家产，远走他乡，放浪形骸，迷途知返，最终回到家中，父子相遇的一刻。这幅画以一个大家门户的前厅为背景，画中的老人已是风烛残年，疲弱的视力已不能帮助他更好地辨认面前的情景，他伸出双手接受失而复得的儿子，那双颤动的手在儿子的背上抚摸着，生命的源流在那儿奔涌着。衣衫褴褛的浪子身上留下了流浪的印记：他挥霍尽了向父亲索要的资财，回家跪在老人的面前。伤感的焦点胜过选择喜出望外的瞬间，虽然接下来似乎可以耳闻目睹老人的吩咐和高兴的场面，但是，眼前我们只能从背景中辨认出四位坐立不一冷漠旁观的其他人物，根据圣经上的文字，人们认定前面的一位肯定是老人的大儿子，双手交叉胸前，面色犹疑，态度暧昧不明。其他三位人物的身份，人们各有猜测，定论不一。坐下的一位应该是管家，后面的两位是雇用的仆人，近乎无动于衷的神情寓意复杂的心情难以揣度，但那木讷的表情影射困惑的心理却暗示我们事情还没有结束，艺术家创作时虽然不受文字的限制，但是明确的主题和宽泛的意象都不违背创作的原理，事实上也是，并没有不蒙生意象的主题，也没有不关心主题的意象。

此岸没有可以取悦每一个人的事情，人所思考的只能是人的事情，彼岸的亲临才能让人们一同思考神所喜悦的是什么。伦勃朗以世俗的场景演绎了神述的比喻，以世俗生活体现圣经文本，这是伦勃朗独特的艺术情怀，出于他笔下的圣经题材作品往往是一幅世俗化的生活观照，而出于他笔下的世俗画面往往又是一幅圣事化的隐秘事件。个体的认信之道与集体的教化之理保持双向的维度，翻开西方艺术史，这是一条清晰的脉络，艺术家在此错综复杂的脉络之中留下了自己认证的指纹。画面表现的是老人的小儿子，索求家产，远走他乡，放浪形骸，迷途知返，最终回到家中，父子相遇的一刻。1669年10月他便告别了人世。也许这幅作品是伦勃朗灵魂的告白。

伦勃朗在创作时已经患上了老年性白内障，他凭感觉和功力，用心演绎了这幅名画，因而画面的构图有些模糊。伦勃朗处于宗教改革之后的荷兰，荷兰受到宗教改革的影响，接受新教自在自为领悟圣经启示的核心教义，以个人的日常生活感受上帝的恩典。伦勃朗适时造势，配合圣事世俗化的宗教仪式完成了视觉理念的一次变体，日常化的观察比卡拉瓦乔的艺术形式更为直接，承前启后，影响了维米尔和后世的画家。依循当时的观念，题材宏伟的"历史"画是绘画艺术最高的表现形式，对于伦勃朗来说，圣经是过去、现在和永远存在的启示，作为一位新教徒，道德教化的主题耗尽了他的一生精力。虽然卡拉瓦乔的一些静物画，伦勃朗的一些肖像画，维米尔的一些风俗画，都已经开始在表明任何一种艺术类型都可以完成"历史"画史诗意义的宏伟使命，这是西方艺术神人两维互渗互透的"历史"。然而，处于整体进程的一个阶段，伦勃朗的画面依然保持着构筑宏伟史诗的戏剧性特色，借助构图安排，光线道具，人物表情，心理活动，展开一幕幕"故事"情节，透析一层层"主题"意象。

伦勃朗依据圣经文本创作的这幅作品，与他一系列这类的创作没有根本的不同，既有主题文本，也不完全是被动地摄取，既有艺术家的心情写照，但也不完全是艺术家人生的告白或是经历的觉悟。画面本身包含游走的艰辛，回家的安慰，接纳的胸怀，利益相关的言论，麻木冷漠的旁观。

伦勃朗似乎从圣经文本中抓住了忏悔的意象，并以他独特的艺术形式表现了出来。耶稣在讲述这段经文之前有言在先：上帝的使者为之欢喜的是一个罪人的悔改。这也正是《圣经》上以老人之口回答大儿子的责问："你常和我同在，我一切所有的，都是你的。只是你这个兄弟，是死而复活，失而又得的，所以我们理当欢喜快乐。"

伦勃朗与1631年前后从故乡莱顿移居到繁华的都市阿姆斯特丹，适逢得意，随后时运多舛，家道中衰，晚年凄凉。伦勃朗一生留下了一百多幅自画像，画家以自己的面相和内心揣摩人类按上帝的形象塑身造体。《浪子回家》作于1669年，这是画家最后的创作，在此之前很长的一段时间里伦勃朗已经没有了定件委托人，就在创作这幅作品的前一年，1668年，他唯一的儿子在成年之际过早的离开了人世，凝聚的光源终于被黑暗彻底吞噬，拖长的阴影作为曾经被照耀过的记录继续蔓延。

拱形门柱托起沉重窒息的后壁让出金色衬红的亮丽前景，不知从哪条路上回转身来的泥土带着生命原始的印记，不知以怎样无颜以对的心情安慰黄昏垂暮的时辰，恪遵守望的人儿组成身后隐匿的视线，同根同体的兄弟结成前台的路人……懂得忏悔的人才会知道这是艺术家的生命祈求。

几百年过去了，我们今天站在他这幅作品前，在温暖的色调和阳光织体的射线里，似乎仍能看到画家想舒缓卑微崩溃的神经，想修补千疮百孔的伤痕的心思。哦，那双复杂感情的父亲的手呵，一只充满了母性的慈爱，一只又是那么有力，俨然一只父亲的手。

我站在伦勃朗这幅油画前，久久不愿离开。此时，我再一次感受到了艺术的伟大，和艺术的无国界性。

时常觉得博物馆是一种浓缩，是历史的时间的和空间的浓缩。在博物馆中你能得到你人生中平日里所不能体验到的东西。看着各种各样的画和雕塑，你仿佛能看见人类跳动的脉动。人类这个巨人在向前跑，身后留下了大串大串的脚印。我们跟在巨人后面收集他走过的风景。只能做一名虔诚的朝圣者。

假如生活欺骗了你

在莫斯科逛阿尔巴特步行街时，不知不觉走到了普希金旧居，在普希金曾经住所的门口，看到普希金与爱人拉手相拥的塑像。无法进入。当我们到了圣彼得堡的普希金博物馆时，这里的门也已关了起来。无论在俄罗斯博物馆，还是在普希金博物馆，都能见到他的雕像，却只能与他擦肩而过……尽管内心是有感觉的，却无法再更进一步走近他了。每年的这个月里，这里都要修整一番。这里是普希金博物馆，坐落在冬宫广场东侧，莫伊卡运河的南岸，是普希金最后的居住地，按原计划，我们是要参观这里——俄罗斯科学院普希金文学研究所经典作家陈列室。

此时，我在圣彼得堡，站在波罗的海的海边，望着大海，望着天空，捡拾起多少曾经闪亮的诗行。普希金可曾在这里这样久久孤独地伫立、这样久久地凝视着远方吗？他1824年创作的《致大海》里的诗句，可曾是在这海边，在这黑暗中，在这风中，凝视着那汹涌的波浪，有力地说道："再见吧，自由奔放的大海！／这是你最后一次在我的眼前，／翻滚着蔚蓝色的波浪，／和闪耀着娇美的容光。／好像是朋友忧郁的怨诉，／好像是他在临别时的呼唤，／我最后一次在倾听／你悲哀的喧响，你召唤的喧响。／

你是我心灵的愿望之所在呀！/ 我时常沿着你的岸旁，/ 一个人静悄悄地，茫然地徘徊，/ 还因为那个隐秘的愿望而苦恼心伤！"哦，那是他的心声，他的忧虑，还有他深深的爱和眷恋……

记得在我上中学时，曾经，多少次，我对着那个砖块录音机，深情地朗诵《致大海》，朗诵《假如生活欺骗了你》，那时，我已深刻地意识到，生命岁月不会像时间的长河那样永远奔流不息。

听朋友讲过这样一个现象。在俄罗斯，大多数俄罗斯人走出学校后仍不时地翻阅普希金的作品来慰藉自己的心灵，以至于在幼儿园里，有的小朋友在回答"家里都有什么人"的问题时，竟说，"爸爸、妈妈、我，还有普希金"。由此可见，在俄罗斯，普希金是多么的伟大。事实上，我们每个人，在从一个孩子，到长成一个成熟的人，在漫长的生命历程里，都已不知不觉地被生活欺骗过。普希金曾被生活欺骗过，他自己也曾假想过，他说过"假如生活欺骗了你"这样的话。是的，普希金的伟大，在每个人的心里，那是没有什么国界的。既然这样，真的是这样，我们没有理由不来，或者说，我们更有理由来这里的。

普希金1799年出生于沙俄莫斯科，1837年逝世于圣彼得堡，在冬宫广场东侧，莫伊卡运河的南岸，那是普希金最后的居住地，现在这里是普希金故居博物馆，是俄罗斯科学院普希金文学研究所经典作家陈列室。遗憾的是，当我们来到这里时，却无法走入。每年的这个月里，这里都要修整一番。按原计划，我们是要参观这里的。尽管内心是有感觉的，在这里却无法再更进一步走近他了。

普希金是俄罗斯著名的文学家、伟大的诗人、小说家，及现代俄罗斯文学的创始人。普希金是19世纪俄罗斯浪漫主义文学主要代表，同时也是现实主义文学的奠基人，现代标准俄语的创始人，被誉为"俄罗斯文学之父""俄罗斯诗歌的太阳"。

我们在生活中总上演着被欺骗与欺骗的戏码。在赌桌的两边坐着的是你还有未知的另一方。可是如果，你的对手握有始终你无法战胜的筹码呢？或者你的对手根本就是全知全能的撒旦呢？你还会不会勇敢的去赌属于你自己的人生，坚定的走你要走的路。之所以说这些，也是因为普希金说，假如生活欺骗了你……

我首先想到的一篇童话故事《渔夫与金鱼》，其实这也是普希金的作品。在这篇童话故事里，普希金塑造了一个看起来万恶的，贪婪的老太婆。老太婆是渔夫的妻子。有一天，渔夫抓到了一只会说话的小金鱼，在金鱼的哀求下。善良的渔夫把小金鱼放回了大海。渔妇知道这件事之后，对自己的丈夫百般挑剔，责骂，呵斥渔夫一定要向小金鱼要一个新的木盆。谁知道小金鱼答应后。渔妇又三番五次的反悔，得寸进尺地要求有新房子、做地主婆、做女皇。最终在过分的提出要小金鱼以后都为她服务的时候，一切又回归了原状。

从某种角度来说，我们可以理解这个童话故事告诉我们，做人不能得寸进尺，要靠自己的劳动换取幸福的生活，靠贪婪和懒惰是得不到进步的。可是，当渐渐脱离了孩童思维的时候，我就越发可怜起了这个"万恶"的老太婆。当她只需要一个新的木盆的时候，她顶多是一个贫穷的卑微的妇人。但到底是谁让她这样无止尽的索要，让她以为只要她张口就可以通过某种途径得到她想要的一切好处。也许是生活欺骗了她。一条无须付出任何代价的捷径，谁还会辛苦地再攀山越岭呢？是她自己的无知欺骗了自己，物欲的膨胀让她变得疯狂。可是渔妇却没有看见这条捷径只是生活和命运为她设下的"镜花水月"，并非真实存在……

假如生活欺骗了你，我想这个设问也同样适用于普希金……普希金曾说过这样一句话"如果你对诗歌没有兴趣，那我要恭喜你，因为你将没有痛苦和忧虑的度过一生！"但是很不幸，普希金是一位诗人，诗人总是浪漫的，总有浪漫的情怀和浪漫的想法。他永远也无法无视生活的任何谎言。

纵使是被生活欺骗，诗人也不会有所谓的"成熟"，他的心理，他的情绪，常常会停在一处不走，难以释怀。诗人的生活是痛苦的，也是艺术的。普希金的爱情满足了所有人的期许"男才女貌"。可惜他的妻子，却更希望可以是"男财女貌。"这是诗人的悲哀。据说，他的妻子公开表示对他的诗歌不感兴趣。结婚之后，普希金陷入了困境。要博得这位美人的欢心并非一件轻而易举的事，这需要大量的精力、时间和金钱。为了维持婚后的体面生活，普希金不得不靠借贷来度日。在他结婚的头四年里，欠债已达6万卢布。在随后的两年里，不仅没有还掉以前的债务，反而越欠越多。临死前已达12万卢布。债务压得普希金抬不起头来，应酬使他丧失了宝贵的写作时间。

普希金的妻子娜达丽娅喜欢舞会，喜欢首饰，也喜欢招蜂引蝶。这时丹特斯利用自己是外国人的身份，及沙皇的信任和人们对他的宠爱，对娜达丽娅穷追不舍。而娜达丽娅也被他的青春魅力所吸引，因而对他的追求和放肆不但不加以拒绝和阻止，反而非常乐意接受，觉得很快乐。后来虽然丹特斯与娜达丽娅的大姐叶卡捷林娜结婚，并于1837年1月1日举行了婚礼。但其实孕育着一场更大的风暴。丹特斯利用自己现在是姐夫的合法身份，更加大胆放肆地追起娜达丽娅来。面对这样"贤惠"的妻子和无赖的连襟，普希金纵有诗歌才华，此时也无济于事。除了决斗，他毫无选择。于是，他发起决斗挑战，并确定了极其残酷的条件：双方射击的距离只有十步，并且在第一次双方都没有射中对方之后，决斗再重新开始，直到有一方倒地为止。伟大的诗人就这样死在了情敌的剑下。普希金成了他妻子美丽姿色和轻佻行为的牺牲品。

还有一种更被大众广为接受的说法是普希金的死与沙皇暴政有关。普希金的文学作品歌颂自由，反对独裁，向往光明。这些"反动"的思想引起了沙皇政府的不安。普希金的创作令沙皇政府颇感头痛，他们用阴谋手段挑拨法国籍宪兵队长丹特斯亵渎普希金的妻子娜达丽娅·尼古拉耶芙娜·冈察洛娃，结果导致了1837年普希金和丹特斯的决斗。决斗中普希金身负重伤，身亡时年仅37岁。

普希金是伟大的诗人，为了尊严和爱，他也只有这一种选择了。这，也许是沙皇的阴谋，但，普希金确实背负了太多，因为，有对美好生活的追求，所以，才有了感人的文学作品，才有了诗歌的太阳这样的声誉。对美好生活的追求，浪漫纯真的个性，在不如人意的现实世界面前，注定了一个悲剧。普希金不会也不应该如普通人一样，对现实低头，委曲求全，高贵地离开这个世界，这是诗人的荣耀，也是诗人完美的幸福。在另一个世界，普希金仍是神，保全自己品格和尊重自己信仰的所有人都会是神，因为他们的灵魂是不灭的。

正如普希金死时说的："这个世界容不下我"，于是他带着他的自由离开了。压抑地生也许对他来说不如死来得痛快……

在很多人争相讨论普希金以这样近乎传奇的方式结束自己生命，是否值得的时候。我想用他自己的诗歌来回答最合适不过……

> 假如生活欺骗了你
> 不要悲伤
> 不要生气
> 熬过这忧伤的一天
> 请相信
> 欢乐之日即将来临
> 心儿生活在未来
> 现实却显得苍白
> 一切皆短暂都将过去
> 而过去的一切都将可爱

诗人就安息的这块土地与亚历山大·谢尔盖耶维奇·普希金的名字紧密相连。成千上万崇拜普希金的人们从世界各地来到这里，瞻仰俄罗斯土地的诗人。从前，这块土地被称为斯维亚德山（意为圣山）。这是由于这里盖了斯维亚德戈尔斯克修道院（圣山修道院）。严格意义上来说并不是山，而是土石相间的一堆。普希金的墓就建在山顶，紧靠着那座白色小教堂。因为这座不是山的山承载了普希金的躯体，它便以无与伦比的高度屹立于俄罗斯广袤的土地上。

普希金的墓由一座石方和立在石方上的尖塔形的拱门组成，普希金的家人也都葬在他的墓旁，环绕着普希金山和普希金墓地的，是一条光洁平坦的公路和一望无际的绿色丛林。在浩浩荡荡的林海深处，俄罗斯北方的美丽小村米海易洛夫斯克敞开胸襟，将这段因普希金而落墨浓重的历史展示给那些循迹而至的人们。

在通往普希金墓地的小路旁立着一块白色木牌，上面写着普希金著名的诗句："宁愿让那无知觉的躯体／全身被人唾遍，我仍一心向往／安睡在这亲切地方的旁边。"

人们说，当年只有37岁的普希金好像预先知道死神已经临近，1836年他到此安葬母亲时，曾向修道院交付了10卢布银币，买下了母亲墓旁的这块墓地，并写下了这首诗，表达了死后要和母亲安葬在一起的心愿。10个月后，诗人"那无知觉的躯体"已经伴随在母亲身旁。普希金的墓碑是用白色大理石筑成，下面黑色大理石基座上用金字写道：

亚历山大·谢尔盖耶维奇·普希金。
生于莫斯科1799年5月26日，卒于圣彼得堡1837年1月29日。

望着波罗的海海面，再次想起《致大海》里的诗句，怎么总感觉它总像是一种预言——

另一个天才，又飞离我们而去，
他是我们思想上的另一个君主。
为自由之神所悲泣着的歌者消失了，
他把自己的桂冠留在世上。

阴恶的天气喧腾起来吧，激荡起来吧：

哦，大海呀，是他曾经将你歌唱。

你的形象反映在他的身上，

他是用你的精神塑造成长：

正像你一样，他威严、深远而深沉，

他像你一样，什么都不能使他屈服投降。

世界空虚了，大海呀，

你现在要把我带到什么地方？

人们的命运到处都是一样：

凡是有着幸福的地方，那儿早就有人在守卫：

或许是开明的贤者，或许是暴虐的君王。

哦，再见吧，大海！

我永远不会忘记你庄严的容光，

我将长久地，长久地

倾听你在黄昏时分的轰响。

我整个心灵充满了你，

我要把你的峭岩，你的海湾，

你的闪光，你的阴影，还有絮语的波浪，

带进森林，带到那静寂的荒漠之乡。

在莫斯科逛阿尔巴特步行街时，不知不觉走到了普希金旧居，在普希金曾经住所的门口，看到普希金与爱人拉手相拥的塑像。无法进入。我在普希金曾经住所的门口，流连忘返。

当我们到了圣彼得堡的普希金博物馆时，这里的门也已关了起来。尽管内心是有感觉的，却无法再更进一步走近他了。每年的这个月里，这里都要修整一番。这里是普希金博物馆，坐落在冬宫广场东侧，莫伊卡运河的南岸，是普希金最后的居住地，按原计划，我们是要参观那里——俄罗斯科学院普希金文学研究所经典作家陈列室。放弃逛街，我也没多少购物的兴致和心情，在有限的时间里我再一次地，在普希金博物馆院内徘徊，我甚至爬到了楼的最高层，扒在门缝往里望，看有没有可能让我进去。无望。从楼上下来，在大门口以及门外的涅瓦河畔，流连忘返，有点无奈，思绪万千……

带着在普希金故居博物馆里买的普希金塑像，走向列宁格勒火车站，离开圣彼得堡时，我是带着些许遗憾的，最后，变成了些许惆怅。就这样，离开了莫斯科，离开了普希金的故乡。

怅然沈园

沈园是我必须要去的，尽管到达绍兴这个城市时，已是黄昏时分。

我一人来到沈园的时候，离闭园还有一小时。进园后，天就阴了起来，要下雨的样子，园子显得愈加荒凉。我渐渐变得忧郁而感伤，我忧郁地看着园子里的这一个角落，那一处草木。

园里看不到别的游人，我忧郁地想，也许，平时这里的游人也不一定多的，因为人们在潜意识里，都在拒绝着惆怅。

正胡乱想着，看见了那首凄婉的宋词《钗头凤》，在一面砖墙上，左边是唐婉的《钗头凤》，右边为陆游的《钗头凤》。此时，想到陆游，想到唐婉，哪怕只是一点点，就会陷入惆怅。尽管外面街上的霓虹灯是那样明亮，一进园子就像忽然变了天气，里面的调子就使人惆怅。"红酥手，黄藤酒，满城春色宫墙柳。东风恶，欢情薄，一杯愁绪，几年离索。错！错！错！春如旧，人空瘦，泪痕红浥鲛绡透。桃花落，闲池阁，山盟虽在，锦书难托。莫，莫，莫！"读之怅然。谁读到陆游这首词能不惆怅？那种说不出的怅然，从第一次读到这首词就郁结在了我的心中。作为女性，我因唐婉而惆怅的因素更多一些。

在那个"女子无才便是德"的封建社会里，20岁的陆游与才华横溢的表妹唐婉结合，没等后来如何来看这桩婚姻，陆母唐夫人一人已将他们的幸福摧毁殆尽。

实在想不明白陆母唐夫人这个人，她爱子心切而专断，她见不得身旁这对相爱的人，见不得儿子在自己眼皮底下爱另一个女人唐婉，她见不得这个要与自己分享儿子感情的儿媳，她容不下唐婉，逼迫陆游逐妻。悲剧是陆母一手造成，唐婉这个可怜的女人的一生幸福，是被另一个女人断送了的。同为女人，为什么一个女人就那么容不下另一个女人呢？陆母就是看不惯唐婉，就是见不得唐婉。同为长者，陆父陆宰就悯唐婉之无辜，在陆母将唐婉逐出家门后，陆父为儿策划，瞒着唐夫人留儿媳唐婉于外宅小红楼，即沈园，更显陆母之狭窄之小气。

被陆游藏在沈园的妻子唐婉，在深秋的每一个夜晚，独处小红楼，盼望着自己的丈夫来看看自己，同时又深怜陆游受累，日益绝望。而陆游爱之越坚，决意邀请岳父唐仲俊来调解，谁知陆母仍不允唐婉回家，调解不成，亲家决裂，唐仲俊将唐婉带回娘家。

当陆游再次赶到沈园，人去楼空，内外交困，爱恨交织，托书信于卖花三娘致唐婉，约相守三年。狠心的唐夫人暗自将"三年"改为"三十年"。三年后，陆游自福建归重游沈园，惊唐婉改侍赵士程，相逢不能语。陆游询送酒婢小鸿，证实唐婉为他"断绝情爱而一心报国"作出牺牲。

公元1155年春天，陆游、唐婉二人邂逅沈园，十分感伤，陆游于沈园内壁上题下一首《钗头凤》，怆然而别。唐婉读此词后，肠已断矣，和其词《钗头凤》，"世情薄，人情恶，雨送黄昏花易落。晓风干，泪痕残，欲笺心事，独语斜阑。难！难！难！人成各，今非昨，病魂常似秋千索。角声寒，夜阑珊，怕人寻问，咽泪装欢。瞒，瞒，瞒！"不久即郁闷愁怨而死。

秦桧死后，恢复中原呼声复起，陆游赴任建业，梅林觅香魂，慷慨长吟以告唐婉在天之灵。陆游北上抗金，又转川蜀任职，几十年的风雨生涯，依然无法排遣诗人心中的眷恋，67岁时，他重游沈园，看到当年题《钗头凤》的半面破壁，泪落沾襟，写诗以记此事，诗中小序曰："禹迹寺南有沈氏小园，四十年前尝题小阕壁间，偶复一到，而园主已三易其主，读之怅然"，诗中哀悼唐婉："泉路凭谁说断肠？断云幽梦事茫茫。""城上斜阳画角哀，沈园非复旧池台。伤心桥下春波绿，曾是惊鸿照影来。"陆游七十五岁，住在沈园的附近，"每入城，必登寺眺望，不能胜情"，写下绝句《沈园》，"梦断香消四十年，沈园柳老不吹绵，此身行作稽山土，犹吊遗踪一泫然"，就在陆游去世的前一年，他还在写诗怀念："沈家园里花如锦，半是当年识放翁，也信美人终作土，不堪幽梦太匆匆！"

这是陆游一生深挚无告的爱情，痛苦的婚姻，而造成他一生痛苦的正是自认为最爱儿子的陆母唐夫人。让唐婉看到"世情薄，人情恶"的也不是别人，正是她的婆婆陆游的母亲唐夫人。陆母这样一个女人一生能有多大的权力呢？在那个封建社会，大概也就是这么多了，她就能把它利用到这种地步。女人何苦为难女人？自古以来，这个令世人想不通，一直折磨着相爱的夫妻，最受折磨的还是女人。

女人好妒，不分阶级类别，不分阶层高低，不分年龄大小，不分关系远近，每个女人都会遭妒和妒人，包括婆媳、母女、姊妹、闺密、同事等种种关系，只要让两个女人同在一个屋檐下近距离接触，她们多多少少都会产生一些嫉妒心的，只是有的表现出来，有的放在心里。女人每个阶段，总是要给自己设一个"假想敌"，不是这个就是那个。于是，我想，女人的嫉妒心是天生的吧。也许，有时它不叫"嫉妒心"，只是羡慕而已，如果另一个女人的快乐与幸福的样子不被她看见，她的心理未受任何"刺激"，她的那古怪心理、小气的一面不会暴露出来，那毒蛇一样的嫉妒心便不会缠绕着她作怪，她的心里就不会喷吐出毒液而伤及那个被她视为"假想敌"的女人。而嫉妒者对所嫉妒的人射出的毒液多少，取决于她对所嫉妒的那件事的热爱程度。

什么都会是女人妒忌的理由，她的一件衣裳、一个首饰、一个新妆，她毕业的学校、所学的专业,她的住房、工种,她的男朋友或丈夫,你的孩子、你的生活方式,她的一个微笑,一个眼神,甚至是她身上的某个部位或器官、某个爱好,从"物质"到"意识",妒你有,笑你无,你有的她没有,当然妒你,当然想有。嫉妒与否,嫉妒的程度如何,当然因人而异。

那天,我与楼下的卖菜女打羽毛球,打毕,我们往回走,她看上去与我一样开心,唱起了韩红的《天路》,这是我喜欢的一首歌,我不觉也跟着她唱了起来,她发现我的音比她高时,她不唱了。当我发现是我一个人在唱时,就问她怎么不唱了,她友善地说:"没你唱得好,我不唱了,跟着你唱我唱不上去,累得我还听不到自己的声音,不如听你唱。"这是一种态度,也是一种心态,并不影响我们二人的心情。除她以外,这里我与别人也没有什么接触,她是个蛮有趣、蛮大气、蛮可爱的女人,即使将来她做了婆婆,我想她也会是一个可爱的婆婆。她喜欢唱戏,高音却飙不过我,但她"认了",就像她的戏唱得比我好,我也"认了"一样。她这样的女人,怎么样都会被人理解和接受,怎么都能找到她自己的快乐,而不可爱的女人,怎么都可爱不起来,那她自己又怎么会得到快乐呢。

记得有一次,与同事去歌厅唱歌,碰到另一拨女子,她们唱得有点噪,别人听时多少需要忍受,她们自己感觉却不错,不知怎么的她们就与我们较起劲来,说什么"唱得好怎么不去电视上唱呵",影响了我们歌唱的兴致,我们笑了笑,一旁打麻将去了。结果,她们也不唱了。看来,陌生人之间也会随时无端生妒忌。

而最易生妒忌,最易没完没了嫉妒你,在心里妒忌最甚者,且最终会或重或浅地伤害到你者,总是离你较近的较熟悉你的人。当一个女人嫉妒起另一个女人时,那是可怕的,无论她是多么的善良,有时反倒是善良的人才会做出愚蠢的事,妒忌就是一件蛮愚笨的事情,因为它是双刃剑,在折磨别人的时候,也在折磨着自己。陆母就够愚笨的了,眼睁睁看着自己儿子痛失最爱而惆怅一生的,正是这位母亲,一位"小气女子"。当嫉妒心疯涨的时候，也是在和自己过不去，和自己的亲人过不去，陆母就是如此，她那个深受其害的儿子只有将自己深埋的痛苦之情倾吐在他的诗词之中。

与其说是对陆母有点想明白了，不如说是对中国女人有点想明白了。尽管陆母是伟大诗人的母亲，但她也是一个女人啊，想到这里，忽然就想明白了一些事情，比如，有时你让一个女人给另一个女人捎话总是捎不到；比如，有时候你向一个女人要另一个女人的联系方式总是要不到；再比如，你等一个女领导在你的文件上签字总是迟迟等不到，当另一个领导终于把文件还给你时，结果却是你不想要的……这些你总想不明白的事情，也许会是哪个角落里的妒心流出来的"毒汁"在那里起化学反应了。这是人性所决定了的，这是人生的可悲之处，也是女人的局限性吧，《红楼梦》里女性害女性的案例比比皆是。屋檐下的"战场"当然不会有男人的"战场"铺得那么开——整个世界都可以是他们的战场，但威力是一样大的。当年入四川宣抚使王炎幕府投身军旅生活的陆游，一直受到投降集团的压制，晚年退居家乡，但收复中原的信念始终不渝，渴望恢复国家统一的强烈爱国热情至死不减，他雄浑豪放的诗歌从来都没有停止过抒发自己的政治抱负，反映人民疾苦，批判当时统治集团的屈辱投降，而打败他的，只有他那夭折的婚姻。可见，"女人战场"的"威力"甚至要大过"男人战场"的，在母亲摆的战场上，陆游败退了。

千年过去，天下几多儿媳含恨而去，几多女人又从"媳"熬成了"婆"去找另一个女人为敌呢？其中又有几多男子在她们身旁无奈"陪战"。陆母一生享受不到陆唐那样的爱情，因为那个社会决定了她不可能懂得那样的爱情，她才不自觉地扼杀了那样的爱情。在男尊女卑的社会里，陆母并不愿意也想不到她会伤及到自己的儿子，她以为休了这个媳妇，自会有别个女人走进儿子内心。

我进何家做儿媳以前，何母已病逝，每当我遗憾、抱怨自己此生没婆婆爱时，就有人安慰道："这样也好。"我每每这样回了他们："你们站着说话不腰疼，我的孩子也没奶奶疼。"现在想来，是一些吃不到葡萄便说葡萄酸的话，也许，私下该真庆幸老天未派一位"天敌"来与我周旋，我可是太不会也不喜欢与人争斗、太不会跟人周旋了。这样说，虽少了一些亲情，也少了一些麻烦。是吗？

"沈园依旧昔时柳，千年犹念陆唐愁。"一个多么令人惆怅的地方，何时进来，何时惆怅，在这里，清楚地看见一个"弱女人"把另一个"弱女子"送进了坟墓……思绪"天马行空"游离至此，好端端进到园子里来，不经意回眸，一番惆怅。

终于走出了遥远了的刻骨铭心的沈园，永远的沈园，在我的身后。

人间四月天

一

四月里，我突然想去海宁，到徐志摩的故乡感受"人间四月天"。心里总有一个人，一个此生不知会不会在自己的生命里真正显形的被自己理想化了的一个完美的影子。每年到了这个季节，心中好似展开了一匹绸缎，总似有什么东西在轻柔地撩拨着自己。这种感觉在所谓的"充实"的忙碌的生活中是感觉不到的，总是被这个季节提醒才会有些微的恍然若失的感觉。真不知是"难得糊涂"的好，还是情绪着好。心里想着，如果在我还算年轻，还想去的时候不能去，到自己年老，那将是一生都不会有的感受了。

于是，买了一张机票就去了，就像是一阵风，一阵来自自己内心的风，把自己吹到了江南。迷离中遁离了亲人，一个人去感受江南。

像刚刚喝完了一杯咖啡，我带着一种很快乐的感觉，在这个春天里，在我的眼里、心里，有了一个我的江南。

我是带着对江南春天的所有想象来到江南的，可是，我到江南时，江南遇到了多年不遇的冷空气。我把这恶劣状况用短信告诉诗友，从而得到鼓励：那会是别样的风情哦！这句话让我怀着种轻轻的憧憬心情，去走过一路风景。我想，这感受与记忆，该是我这一生中内心留下的美丽照片吧。

第二天上午，我梳洗好后，提着收拾好的包，包里有一个日记本，一支黑色签字笔，一个忘记带充电器的相机（只有找最经典的地方拍了）和我所有的钱下楼。

想到今天就可以看到水上人家了，我心里有一些激动。

三轮车带着我在西塘的里弄和小巷之间穿行。

耳旁传来吴侬细语，顺着声音望去，看到了屋檐下的委婉动人的女子身影，还有臭豆腐，腊肉……这里的人，真正懂得人生，所以，不紧不慢地悠闲地生活……

那小园小院里处处飘漫着草木泥土的芳香，它们与我内心秘密花园里的清香弥漫在一起。我好奇那很普通的花儿，放在这里怎么就不一样了呢，是那么的别有情调，它们在不经意间把人内心的温柔心意唤醒。这就是杏花江南吗？这就是春雨小巷吗？在这样的雨巷，在这里，我的心加倍地柔软起来，没了方向似的。我一路欣赏着，感叹作为匆匆过客来的自己就是不能真正安静地在这里坐下来。

我对车夫说，让我在那里坐一会儿吧！善良的车夫笑了，告诉我前边就是"烟雨长廊"了。我终于走近了那一次次跳进自己眼帘的台阶，小坐片刻，感受身边的小桥流水，小户人家，窗前垂柳，画栋雕梁，都是好的地方。只可惜，处处都好，处处都不能久留。

江南人温柔浪漫，建的房子写意而隽永，这些民宅大都随地而赋形，色彩是中国水墨画般的淡雅，精细的局部营造出一种特有的美感。

石头是这里的肌肤，石头与木头，是小镇的形象，一踩到石板路上就有一种特别的感觉。

那些爬墙虎、藤蔓与那些老墙是那么投缘，像恋人一样亲密地相依相伴，浪漫而生动，那不离不弃的感觉让我在感动中感觉到一种精神。

过得桥来，就没了那小雨的感觉。抬头望去，那桥下连着的，正是"烟雨长廊"，我此时就站在它的下面哦。而此时，却并无身处烟雨中的感觉，如恋爱中的人，反倒没了"烟雨的感觉"，而那美好，只有在爱情离开时才能够完整地看清楚它吧。也许，此时的我，在别人的眼中也正是画中的美好吧。迷离中似乎望见一个打着油纸伞的丁香一般的女子，正在这雨巷里轻轻走过……此时想到的并非这首诗的作者，而是徐志摩，并且我也希望逢着一个"撑着油纸伞，独自彷徨在悠长、悠长""寂寥的雨巷"里的"丁香一样的结着愁怨的姑娘"。

徐志摩在我心中，并不像一位教授说的是"轻飘飘的人，轻飘飘的诗"，他是一个地道的浪漫天真的理想主义者。我喜欢这个诗人，是因为他有着真诗人的神韵，因为他本身是一个憧憬美好甚或完美的人，而这种人现实中又少得碰不到。他曾在给凌叔华的信里写道："我们的力量虽则有限，在我们告别生命之前，我们总得尽力为这丑化中的世界添一些子美，为这贱化的标准堕落的世界添一些子价值。"

徐志摩是那么有才情，我甚至认为，在他们那代诗人里，他是最有才情的，最有诗意，最真诚的，正因为真诚，我才觉得只有他的诗是最值得看的。而那些诗却只是他在那么短短的几年时间里写下的。他只是过于感性，过于情绪化，在他爱情观形成的过程里又受西方罗素等哲学家思想的影响，使得让情感一度左右了他。设想一下，如果他稍稍理性一些，如果他再多活些年头，怕没人会再那么说他了！他这个人是被埋在了过于柔软的情感的婚恋的沙里，若抖落掉蒙在他身上的沙尘，才会看清他是怎样一个优秀的诗人和散文家，才知既是那些恋爱中的诗和日记，也有着很高的文学价值，才知他有着怎样优秀的思想品质和社会理念！或许这时，你才会想起，呵，他曾在中外名校先后学的是历史学、政治学、经济学，并都得到过学位的呵！在中国现代的学者中，有这样完整的思想训练的，可说是凤毛麟角！才知他在我国现代文学史上的地位是不可忽视的！他是值得我们注意和研究的！或许，在心里充盈着诗意的徐志摩的眼前，得有一个可让他借来挥洒他心中对理想的爱的追求的人。他是一个追求完美的人，我想，无论他最终与谁结合，他的心都会不由他自己地继续寻寻觅觅，若有所失的。因为，"爱是他的宗教，他的上帝。"有些事情的客观发展是不以人的意志为转移的。借来的东西，是别人家的，在还不属于自己时，把玩得就格外珍惜，也便格外享受那个过程和细节，是不耽误和浪费的，是不会摔摔打打的，若是永远属于自己了，就不急着走近了，渐渐麻木的人儿便不再仔细体味，变质、变味甚至都不觉得。爱情，不也如此吗？徐志摩和陆小曼不也如此吗？正因为如此，在徐志摩永远的走了之后，已经有点麻木的陆小曼才会有心痛的感觉。但我相信，如果徐志摩后来还活着，在感情上已经承受过那么多的痛苦和折磨的他，经过了历练的他，会成熟很多的，有了很多的新的体验与感受之后，他会有更漂亮更深刻的文章出来，会有更辉煌的成绩的。然而，那么理性了，还是徐志摩吗？他是天生的感性，他是一生的难理性呀。

当然，我也带了一种"心痛的感觉"和一种对"新的美好之向往"到了江南。

我到了江南，却去不了海宁，虽然已经很接近了，当地人竟然不知道徐志摩，我也没本事到达那里。但我在游走江南的过程中，心里一直没忘了海宁，由于潜意识中的惦记，把其他地方便当作想像中的海宁感受了。

梨花、丁香花，在这里静静地开着，开得不卑不亢，摇曳在阳光里。

不知怎的，来到江南，就空灵了起来，心意也一下子变得温柔起来。雨帘的后面，戏台上人影朦胧，戏声朦胧，春眠渐渐觉晓，梅雨渐渐晴朗，你还记得那佳人留下的千年幽怨吗，还记得诗人不醒的梦吗……我已如进了诗意的梦境，在这个世界里，暂时迷失了一会儿自己。

一个演员告诉我，说我走进他们的舞台了，戏马上就要开始了，请我跨过栏杆，到那边茶座找个位子坐下来听戏。我才意识到自己竟这样自然成了一个入了戏的人。而那小桥的提醒，有点恍若隔世的感觉。其实，人生就这样，时常不知哪里是平地，不知哪里是舞台需要有演戏的感觉，或不知或忘记自己身在舞台之上，需要收敛一些，只知自自然然走过时自顾自地感受。

在西塘一个小饭馆吃饭时，我打问徐志摩的故乡，老板问：徐志摩是谁？那表情难以捉摸，端详他那张脸，突然发现他很像徐志摩。听说要和他照相，老板很合作，这样，我们就照了这样一张相片，一张我要的浪漫。他那眼神，他那发型，他那手指，他那淡漠而含蓄的表情，那轻轻地一低头，简直就是徐志摩，但怎么可能？

二

只是，老板怎么会不知道徐志摩呢？我想，如果他不知道徐志摩，怎么会有那么浓厚的徐志摩感，难道他身上带着的只是徐志摩身上也具有的江南男人的味道吗？不过，我疑心他是个"大隐者"，专门放弃了大学里的工作，或许他曾经有过热血青春，有过浪漫而轰轰烈烈的爱情，在经历过风吹雨打后，心有些冷了，胸中那一团烈焰还在，便不愿退而向佛，便隐在这市井的日日生活里吗？不管怎样，我喜欢江南人如水的灵动和丰富细腻的感情。

其实，在这里我也已不知徐志摩是谁了，自己只是在找一种感觉而已。我是林徽因吗？我是陆小曼吗？我是徐志摩吗？有时我谁也不是，有时我却谁都是，那样脆弱，那样儿女情长。在来江南以前，几位作家带着美意把一位美男作家介绍给我时借用了徐志摩之名，可是，怎么可能有呢？世界上永远都不会有第二个徐志摩了，有的只是"徐志摩感"了。

嘉兴是徐志摩的故乡。望着西塘的小桥、流水、人家，我想，徐志摩在这样的地方，能不做梦吗？

望着烟雨长廊小摊上的油纸伞，不知怎的，我想起了王家卫《花样年华》里，那个放梦、放秘密的洞。徐志摩的梦在江南能放得住吗？他的梦放在哪里合适呢？他明明知道这里放不住，可是，他却还是偏偏要放。他还把自己的一些梦放在了一个箱子里，箱子交给了他的一位友人。可是，那只箱子最后丢了。

鱼汤让我们等了很久，听说那鱼就是这窗外河里的鱼。

在阁楼的阳台上等鱼汤的时候，我把 MP3 插在耳朵上，里面有我此次特意带的一首歌，是一直并未真正听出感觉的《江南》。此时，我想我此时会听出感觉，会听得懂。是的，这里会让人真的产生魂牵梦绕的维系。我从阳台上往东边的桥头望去，那歌声与风景融在了一起……

　　风到这里就是黏
　　黏住过客的思念
　　雨到了这里缠成线
　　缠着我们留恋人世间
　　……
　　当梦被埋在江南烟雨中
　　心碎了才懂
　　……

吃完饭，再和小饭馆的老板聊几句，又拍了两张照片才离开。

三

到达乌镇时，天色渐渐就暗了。

在窜进小弄之前，我就那样一动不动地从旁边的河水望过去，从门楼望进去，感受着小镇如歌的悠悠扬扬的感觉……

轻轻地，我来了，静静的乌镇，静静的我。哦，乌镇，梦一样的乌镇，在此独自做着长长的梦的乌镇，那流水桨声灯影，仿佛是梦的回声。

　　静静地从干净的石板小街上走过时，有两三家小店还没打烊，里面传来店家女人轻柔的问语和叫卖声，那低头的温柔让人忍不住想回头望她，看看她介绍的东西。我就是这样买下了几件有特点的披肩、小包、纱巾，作为此行的纪念。

　　走了，走了，可我还是忍不住想回头看那店家女人，真美哦！我想把徐志摩那首著名的《沙扬娜拉》献给这位陌生的女子——

> 最是那一低头的温柔，
> 像一朵水莲花不胜凉风的娇羞，
> 道一声珍重，
> 道一声珍重，
> 那一声珍重里有蜜甜的忧愁——
> 沙扬娜拉。

　　夜幕渐渐降临。便想找吃饭的地方，抬头望见桥头有个很大的茶楼，四周挂着很多淡黄色的大灯笼，灯笼上写着"茶食"二字。感觉不错，就走了上去。上面老式的家具更不错，从四周窗户望出去，兰花、屋檐、小桥，真的很好。刚要坐下，一阵强烈的马达声从京杭大运河上传过来，越听越觉得吵，往对面望去，司空见惯的现代画面早已替代了那古老的拉纤，河两岸的风景落差太大，感觉自己被一下子就从历史中拉回到现实，那运河像高速路，一切也不那么美好了。于是，赶快退回到刚才的古画中，进了对面的三珍斋。

　　三珍斋二楼上的桌椅都是现代样式，只是门窗镂有花纹，不同是这边关闭了靠运河的窗子，安静了很多，楼下仅几步远的桥头上站着的三两个拉家常的当地人，像无声电影屏幕上的影子。这里就可给我想象中的我要的感觉：尽管时光不曾为谁停留，但机动的帆船和南来北往的游人，并不能改变依然故我的水乡人那依旧温暖的生活方式。

陪我的当地人阿伟见我坐下了，就拿出了茶叶罐，向店家要茶壶。这一路上多亏了他的这个茶叶罐，路上有上等的好茶喝。

这楼上，只有我们一家。按店家介绍，点了他们的几样特色菜，三珍斋酱鸭，红烧羊肉。点完菜，静了下来，一边喝茶，我一边开始写日记。

饭后，我原位坐着接着写日记。又换了壶茶。时不时和阿伟聊几句，时不时会幽幽地向窗外望去。就这样感受着乌镇。

窗外飘起了雨星，似乎那雨又下不起来。华灯初上，感觉家家都在做饭，五颜六色的灯光映在水中，那波光有点暧昧，水中的倒影温暖却迷离，美丽却寂寞，让人好想谈恋爱，可是，和谁呢？又怎么可能？

乌镇，西塘，二地有着不同的美好，江南，每个地方都是那么美好，不同的美好，而相互之间又是不能比的。

对面，有位先生站立窗前，看样子也是外地人，我没去碰他的眼。这里就这样，房子和房子挨在一起，抬头和低头之间，男子和女子的目光容易地就碰到了一起。这就是南方与北方的不同，想那唐寅、西门庆如果不是在江南，也不会遇到那两个女子。想那徐志摩，若不是常常走在这样的石板路上，也不会有那幽深的情愁。也难说，像他这样的多愁善感的人，走到哪里不会带着自己的心思？

路灯下，有游人三三两两地走过。令我最记忆深刻的一处是在一个桥头，一对男女谈恋爱的情景。男人穿着干净的休闲装和旅游鞋坐在河边的石头上，女人穿着风衣低两个台阶面对着男人站着，两个人在夜幕里默默相拥，就那样一动不动，一张纯美的艺术照。

人说旅游是爱的艺术，爱大自然，爱身边的朋友以及陌生人。是的，人间，要有光，要有爱，没有了光，没有了爱，大家都是孤独。那么，你如果不去爱别人，你就不会得到爱，你就没有爱。

看着幽静的小街，过往的路人，想起一个人，此时，他会不会来？

一个人影过去，是他吗？怎么可能？却还是一动不动地等着那影子走近。阿伟问我在想什么，我没有说。其实，我心里想起了电影《人间四月天》里的一首歌——

    我等候你
    我望着户外的昏黄
    如同望着将来
    我的心正忙碌地听
    你怎还不来？
    ……
    如果这个时候窗外有风
    我就有了飞的理由
    ……
    我只身飞向孤寂的宇宙
    眷恋的命运是寂寞
    我的爱当你人间游倦的时候
    我会在天涯与你相逢

四

  是的，等候你，你怎还不来？尽管不知你在哪里，不知你今生会不会来？人生真正的"遇见"，并不是件容易的事。朋友是一种"遇见"，而爱，更是一种难得的"遇见"！人生哪有那么多难得的真正的"遇见"呢。所以，才有了"守候"这个词。所以，我们就这样轻轻松松地快乐地活着。是的，让自己就这样好好地活着吧。

  晚上9点钟了。想应该先在乌镇的街上找下住处，就在东大街上留意起来。

走在幽幽的古巷，阿伟说："如果，此时咱们俩分别是和自己亲爱的人在这里散步，那会是一种很美妙的感觉……"我轻轻"哦"一声，谁说不是呢？不过，此时我们带着友谊在这里一起走走，不也挺好，因为在这样美的地方散步，对我们俩来说此生又能有几次？

我的住处选在275号那家阁楼上，靠河边的那间，室外是原来的风景，室内有主人改造成有卫生间的标准间。房东老太太住在我对面靠街的那间，她的室内保持着原来的样子。阿伟住在一楼，他房子的周围种了很多顺墙爬的花草。然后，又找了河边的一家喝茶。暗夜的水边，挂着两只灯笼。灯笼的倒影在水里摇曳，暗暗的静静的，没有半点声响。坐在无玻璃的窗前，可以看到屋檐下挂着的腊肉，晾衣服的竹竿。不知是雨的缘故，还是到这里时间不对的缘故，我看不到窗口吊水、自家房子底下洗菜的画面。

天生有沧桑感的阿伟，除了聊文学、茶叶和摄影外，很多时候是沉默的。加之他的南方口音说快了让我听起来费力，他往往得耐心地把话尽量说慢一些、清楚一些，显得很累的样子。此时看我陷入了沉思，便也无语。

而此时的小镇，像个甜美的梦，宁静而悠远，把我的思绪也带到很远的地方。茅盾先生就是在乌镇读完小学后，从这里去了湖州、上海……我想象着茅盾先生穿长衫的样子；又想起这里曾是唐代大书法家颜真卿的辖地，便又想象着他在乌镇体察民情时的样子……

夜，黑暗着沉寂着。夜风吹过，在轻轻的兴奋中感受着江南带给我的温柔和宁静。胃在隐隐作痛。我知道，此时我一旦停止吹风，回到住的屋子里吃片药胃就会舒服一些。但我舍不得，

我必须忍着，因为，我明天一大早就要离开这里了，此生的我不可以生活在这里，又能有多少时间真实地感受这里呢？

黑暗中，我让自己感受着江南的风，承受着江南的风，它是那样温柔，湿润，又是那样的能让人的内心燃烧起来。每个春天都是独一无二

的，这样一种地方，更会让人觉得一个新的春天正像花似的盛开。

人生是没有返程票的旅程，态度决定你的人生，你是否快乐，都在你自己。我这样想着，于是，我让自己的内心尽量快乐着，于是，我的心境变得开阔起来，让自己的梦飞扬起来。你心里有梦，你怎么会老？当你的梦随时提醒你有爱、要爱时，你的心情马上就变得异常的好，你就会忍不住地自己笑出来。我想，那些梦也许就是生命的馈赠吧，因为我们心里有爱，我们付出而得到美妙的馈赠。一个人总是到了有一天，后悔取代了梦想，他才会老去。

这是一个此生去了就永远不再回来的四月！人间四月天是需要爱的呀！所以，人生还是要做梦的，因为，生活就是一场梦，你若太看破红尘，不就觉得无聊了吗？还有什么激情去爱，还有什么精神去做事！

这是我的四月！风儿吹过，越来越清冷。我怎么就来到了这里，看是一阵风，却是长久在心里的一个念头。我该知道风在哪个方向来吗？我不知道，即便知道，我也不知它向哪个方向吹。

我不知道风是在哪一个方向吹

我是在梦中在梦的轻波里意会

我不知道风是在哪一个方向吹

我是在梦中，她的温存我的迷醉

我不知道风是在哪一个方向吹

我是在梦中，甜美是梦里的光辉

我不知道风是在哪一个方向吹

我是在梦中，在梦的悲哀里心碎

我不知道风是在哪一个方向吹

我是在梦中，黯淡是梦里的光辉

不管怎样，大自然中的四月天是美好的，是会让生活在现实中的人们有很多美好憧憬……

画乡古韵

丽水是个充满活力又较低调的城市，在莲都区有个距今1500年的古镇，名曰古堰，人们把那里叫画乡。

由于地理环境相对闭塞，也因历史上较少受到战乱侵袭，未受到经济发展的冲击，村落原始形态保存完好，至今保持着历史发展的真实性和完整性，神秘的以宗族血缘关系为纽带的聚族而居的古村落鲜为人知。艺术家偏爱这种偏僻得如一幅尘封古画的古意、独特与自然，它融合了古代遗风和现代气息的地方，如墨色般的古韵，在那片大美之古地上像一块从一千年前放至今日的墨，弥漫至今似乎还未完全化开……在这里，我感受到了一种远离城市喧嚣的秋韵、水韵、墨韵、气韵和古韵，还意外地欣赏到了瓷韵。

江南最惬意的季节是春秋，十月的古堰留下了秋季最后的温柔，这里的秋风吹在身上，有种春天的感觉，每一抹都温暖而迷人，让景色在秋日里更显得静谧，似乎上天把最柔美的秋天给了这里。无论在哪秋天的味道总是直指人心，这里风景柔美宁静，可让人尽情亲近大自然，真切感受生命的存在，给人一种既浪漫又清新自然的感觉，调和成此地独特的气息。

古镇依山傍水，阳光充足，河水温暖，没有公路，没有汽车，只有纵横密布的河网，仿佛与世隔绝的童话世界。来到古堰画乡，才知它并不是出过很多画家的地方，而是值得画家来这里画一画的地方。安静而舒服地走一走之后，坐下来写生，真是一种享受。眼前，随手一拍，都是风景，不用你刻意构图，对前来的画者，只需实地取材。

一个人的人生，能做到少欲、勿贪、自足，的确是很难的，但是，这里的人很久以前就做到了。放到宇宙间去看，对静于一隅的村镇来说，就是舞台般的存在，他们原本就是美的，无须拿它们表现什么，也不需和什么地方去作比较，只需要留住这种美的存在。从理论上来说，万物都可变成黑洞，而且黑洞会因为辐射而逐渐萎缩变小，直至消失。但这个村镇一千多年依然在这里，保持着自己的安静原始，从未随波逐流而否定自己或改变自己。在这里，我在看到水墨画意境的同时，看到了古人的境界。我们所说的"境界"，实际上不就是一个系统的思想集成最终的表现嘛。

乘船往河对岸方向走，风光依然旖旎，更有股浓重的中国水墨风格扑面而来，一幅浑然天成的立体水墨古画做了我们的背景，仿佛是董源的《龙宿郊民图》。石墨画成于五代，董源则是五代时期著名画家，尤擅长山水，他的作品多取材于江南实地，意境注重乡野间的生活气息，饶有情趣，来看过江南的山水和植被，感叹怎能不入董源的作品啊。后人称赞董源"神品格高，无与比也"，北宋沈括《图画歌》云："江南董源传巨然，淡墨轻岚为一体。"既能作水墨意笔又长于青绿山水的董源是情不自禁地要画出居人的生活图景，将此中透出的生命活力感染给无言的山水。

我眯起眼睛来，想象着那画动了起来，右边画面是山峦相叠，当视线往左移动时，空间顿时豁然开朗，沿着河水低平的流域，将视野带往既广且深的境界。细看另一方，可远眺村民的活动，河岸左边有二艘小船，船上的人正望向这边。且多湿笔，墨色的浓淡变化产生层次感。平峦缓坡，坡上高木成林，坡下溪流成河，渔者、渡客等星星点点，饶有生机。往更深处走，如入古画深景。千年前保留至今的古建筑群，老樟树，老房子，老桥头，构成了最有魅力的街景，村落空间变幻韵味有致，巷道、溪流、建筑，参差起伏，布局相宜。桥头有个古廊庭为木结构、砖墙维护，溪流从村北、村东经过村落在村南桥口汇聚。木雕、石雕、砖雕，具有很高的艺术价值和历史价值，体现了古村落人居环境营造方面的杰出才能和成就。建筑色调朴素淡雅，古树老屋都以黑白灰为主色调，泼墨般的飘逸感不经意间透露出独特的古典写意之美，那古树、古桥头、古民居、古祠堂、留下无限神秘的贞节牌坊，这些都是画笔想到的地方，也极像一幅幅水墨画，层楼叠院，精致朴素，堂皇俊秀，古道厚重，古韵悠远，古色古香，透露出浓郁的古朴，悠闲与惬意，重笔与写意，华美而悠远。走在这样活动着的古景里，一不小心成了画中人，我心想，怎样的走姿才不会破坏了这古意的美呢。几乎挪动三五步，脚边就会撞到一个或几个画者，所以，脚步怎么也快不得的，就这样，一边赏景街一边看绘画者的画。

墙上除了岁月和雨水留下的痕迹，没有更多的色彩，简约的东西会给人更多的想象空间，此地人似自古有水墨画情结，不愿被杂乱的色彩、结构、布局和构图所破坏。千载古樟如云般在空中弥漫，小河两边的树枝交叉在一起，树荫后面是高高的白色马头墙，檐口见长，雕梁画栋，与山水媲美，与古堰同秀。房子沿着绿树溪水，在阳光蓝天的映衬下，密密地缓缓地展开，无须刻意修饰，每一间每一角落，自有它独到的品位。

令人百看不厌的独特美景吸引着远方拿着画夹的人，我忽然明白了那些画者为什么可以直接在这里创作出佳品的缘由。建筑、街巷及周边环境都趋于古调和黑白化，自然带着水墨色调的效果，有些地方用了"积墨"一般，似乎一次用墨不够分量，才一年年的反复加强。

感受巷陌中的慢时光，体会当地人安静美好的生活，体会那眼光背后与父母家人一样的普通百姓的淳厚神情。人这一生，最重要的不就是静好岁月与你相随嘛。

很久未读完过一本书，总是看到一半就放下，找不到一个可以让心静下来的地方，曾不愿再穿过几个街区四处去寻找让自己满意的书房，后来决定在自家打造一个读书的角落，却又被隔壁租户的噪声装修烦扰，总想什么时候暂别人群，去一个遥远又安静的地方，倾听大自然，唤醒自己的心，而在古堰，感觉可以随处随时静下来读书画画的样子。

路两旁是20世纪的中国传统民居建筑，挂着古色古香的灯笼，有一股自身的古朴淡远的馨香之气，且显出一种古朴的色调。小巷小院儿里的每一间小屋，都深藏着东方的精致，将自己和大自然完美融合。历史年年层层渲染的效果，画面上保持着一千年前第一遍水墨的原始痕迹，在凹进去的地方积墨方显厚重。淡墨透明、干净为主，似乎保持了笔与笔之间形成的水印，并与浓墨呼应、对比、相互依托，同时保持它自有的特色。

千年古香樟树因木材上多有纹路，取"大有文章"意而得名，埠头古樟为大港头最大的一株，树龄有1300多年，胸径达近8米，树冠覆盖面积超过500平方米，郁闭度75%以上，它们是大港头历史变迁的忠实守望者，茂密的树枝与树干似水墨画中墨最重的地方，把树下遮得严严实实，阳光透不下来。按理说，墨是寒色，由五墨构成的画应该有寒感，其调子是灰暗的。但眼前的"水墨画"又为何会使人有温感而不感觉它的调子灰暗呢？这是因为利用了空白来与黑的寒色相对比、相调和，因而使人有介于寒热之间的温感。好的烟墨并不是暗墨，江南的天然"烟墨"在这里简直是神来之笔。

每一抹朝阳或斜阳的移动，都让老樟树重新焕发着盎然充沛的生机。那层层叠叠向天空延伸的古樟树的树枝大翼擎天直入云霄，漫过了历史悠久的建筑物，樟香飘过山水之遥，飘进邻村居室。

街道是不走车的那种原始路，两旁呈现出浓浓的水墨韵味，古老的鹅卵石路，歪歪扭扭，疙疙瘩瘩，这路似乎就是用布鞋来轻走慢步的，皮鞋走急了定是会摔跤的。当我们沿着古溪从一棵棵千年樟树下走过时，一位拉二胡的老人，在一棵古树下，用他的琴声诉说着千年流传的故事，阳光暖融融地照着静静的街巷，空气里混合着桂花的气息，令人流连忘返。

如不能见到一个地方的晨昏就不能见识到它真正的美。在清晨或黄昏，怀着温柔的心意，走在这青石板夹杂着鹅卵石的路上，那是一种难得的感受。到了晚间，又不肯放过对夜景的感受，吃过晚饭就来到街上。

华灯初上，迷茫的夜雾覆盖了周围的一切，以青石铺地的街巷，白墙青瓦的房子，桂花树、小桥都印在雾中，只有船上和房檐上的灯笼隐约可见，暗红色的灯笼，星星点点地闪着微光，把眼前的景色晃得像天上阁楼一般。现代人所穿的亮色衣着和热情似火的灯笼，为这里的秋天增添了一抹色彩。

暖黄的灯光为秋后阴冷的江南增添了温暖，家家户户窗户和门缝里露出的暖色灯光，静谧而温馨，映印在街面光亮的石板或水面上，泛着流光，令人看得见却又看得不很清晰，却把精致高雅的气质烘托得淋漓尽致，让人仿佛要进入了仙境，那种美，入心，想捕获美丽的梦幻，河对岸的小船、芦苇，与对岸河畔的房子，两者交相辉映，构成最美的风景线，散发着迷人的魅力，迷人的夜色，闪烁着灵动的光，让人沉醉。放眼望去，缥缥缈缈，迷迷离离，犹如置身于一片远离凡尘的梦幻的天地中，与让摄影师拍摄时非常难把握的那种光源杂乱的城市夜景完全不同。

大自然的造化太迷人了，这里的风景，带种水墨画的美感，有着水墨画明显的特征，有的地方似用了点染、擦、破墨、拨墨的"技法"一样，看得出浓墨、淡墨、干墨、湿墨、焦墨来，看得出黑、白、灰的层次，墨色浓淡不同，别有一番韵味，这韵味在国画里被称为"墨韵"。

平视时，简直就是完整的水墨画作品，横向的全景式布局，像极了古画长卷。水墨画具有水乳交融，酣畅淋漓的艺术效果，江南多雨，多水，所以山体、墙体、树木皆多"湿笔"。水墨相调，出现干湿浓淡的层次，山体和墙体，如水墨和宣纸相融，产生洇湿渗透的特殊效果。由于水墨和宣纸的交融渗透，善于表现似像非像的物象特征，即意象，这种意象效果能使人产生丰富的遐想，符合"中国绘画注重意境"的审美理想。

水墨画是国画的代表，是中国汉族特色较强的一种绘画艺术形式，借助具有本民族特色的绘画工具和材料，表现具有意象和意境的绘画。水墨画是由水和墨经过调配水和墨的浓度所画出的画，水太多又会烂掉，要做到淡墨润而不烂，我想，也许正因为当地人自古就懂得，所以一千多年来，都未对周围环境随意开发。画家绘画时常动脑子积墨积在什么地方好呢？这就要向眼前的大自然学习，向古人学习，大自然中有更加奥妙的东西，它有时或能解答人类深度思考之后还不得解的东西。

水与墨，近处写实，远处抽象，色彩微妙，意境丰富，这些中国水墨画的特点，这景色里都有，江南的风和雨如神手神笔，将墨的神韵发挥到极致，同时还做到了和空白、浓墨的对接、呼应，天然造成黑、白、灰和谐的整体。淡墨里最忌混进红色，尤其脏水，不能作为淡墨用水，淡墨上置上淡颜色都会破坏它的性能，易发闷、显脏，失去透明感，这里与北方的黄土、黄河和高原的景色完全不同，这里雨水是细润而干净的，营造着江南阴雨、雾气、冰雪的气氛，妙不可言，正是发挥了它的特长，在淡墨上积墨，只能一遍比一遍更重才好，墨色朗润，色感真实。意、识、灵，诗、书、画一体。千年的画面放在这里，在这里的先人也留下他们的思想和生活方式，那些所留下的很多空白处，就由走近的人自己去想去悟吧。

不知从什么时候起，人们在非宣纸上创作水墨画成了潮流，衣服上，茶壶上，瓷器上，箱包上，从物理的角度，水墨画就是用毛笔蘸着墨和水的合成物，描绘在宣纸、绫、绢等织物上的一种绘画形式，没上过美术课的小姑娘在布包上画的各种小图，令人爱不释手，它们与小文艺家居用的手工布艺等小摆件放在一起，既有小资审美，又不乏亲民味道，给人一种慢生活的姿态。

在飞回西安的前一晚，我流连在那条走过多次的古街上，流连在戴望舒的诗句里，我记住了暖暖的灯光洒向中间的街道的感觉，记住了今生在这里的邂逅，我虽流连在这飘着小雨的悠长又寂寥的雨巷，没有撑着油纸伞，但我却邂逅到了丁香一样芬芳的姑娘，也未看到愁怨、凄清、迷茫和彷徨。在这里邂逅到了天下最美丽的秋天，邂逅到充满古意的水墨画般的风景，以及在绝世美景里邂逅到的带着体温的清新瓷韵，即使只是惊鸿一瞥，也足以令人难忘。

走过冰天雪地

空中飘着漫天飞舞的雪花，为什么有时是欢乐的，有时却是哀伤的呢？窗户玻璃上，潮湿、模糊。从这里可以感觉得到窗户外面的寒冷。

雪，这次不再变成雨，在窗外，坐住，越积越厚，它不停歇地连续下了半个多月，让气温一下降到了 -8℃以下，让房檐上挂满冰溜子。冷就是冷，冷的时候，那冷里不存在任何情愫的。

其实，我们没有意识到，冷是从冷到这个难以承受的程度之前就一点一点开始了的，从我们心里没有承受的准备时就开始了的，于是，才添入了冬日的忧思，才感到旧事成堆，才让事情、问题、时间和地点，都和自己一起入冬。于是，才让冷里透着一种烦恼和痛苦的味道。于是，感触颇多。

其实，冷和痛苦的深浅与我的本意相去不远。冷是一件事，痛苦是另一件事。《佛经》里讲，"无知就是痛苦"，很多情况下的痛苦是因为自己不知，当你知道了，便可在雪天里堆雪人，就会把某种痛苦当成一种享受。这时，我才意识到磨难在我们的一生里，就像一场无法躲过的风雪一样，磨难是人生无法躲避的一件事，每个人的一生里，多多少少总会碰到各种不同磨难。其实，磨难也是人生需要的一件事，那么，不如享受无法回避的痛苦。

下班了。报社门口等了很久，没有公交车经过，也没有空的出租车经过。那条路上，路面很滑，四周没有同伴，心里却一直不肯放弃。站在冰天雪地里，感受着冷。冷风一阵一阵吹得脸疼。

其实生活在城市里的人，并没有多少机会和时间这样站在冰天雪地里感受这一片天寒地冻，感受这寒冷无处不在的感觉，站在寒冷中深思。人在温暖舒适时容易安然入睡，而在寒冷困顿时，容易进入一种较为冷静的思考状态。快乐往往是在迷糊时，悲伤时却是清醒的。

又一阵冷风刮过，我想起女友雪，在我们未见面的这段时间里，她多了一份与丈夫吵架、冷战、分居、离异的痛苦经历。我说你怎么不告诉我呢，让我帮帮你。她说你那么忙，即使说了你也没时间没心思管的，有些事是要自己承受的。她说那个男人："他简直像个魔鬼，他是我的地狱！"是的，一个人，可以给另一个人带来一个冰天雪地。你或者走开，或者承受。当你无法选择走开时，你只有慢慢承受，渐渐让自己变得坚强，坚强地去独自面对那个冰天雪地。

我想象着她如何蹒跚走过她的冰天雪地。恍惚之间，回忆起与自己有关的许多冷暖。似曾在一个如此冷的时间里也遇到过的冰冷之人，给我带来的冰天雪地般的冰冷世界，带来了我的地狱。那一段时间里，我在自己的地狱里，内心苍茫，做什么事都很难把心放在该放的地方。

天大，地大，大至无限，人心能到的地方，便可热至无限，也可冷至无限，可以是天堂，也可以是地狱。因为人心之"恶"之"善"都是无底的。或许，人类社会最早就是一个"地狱"，需要人与人之间不断地共同努力，才可变它成越来越和谐的"天堂"。

很少有人善到无限，所以，就很少有人爱到无限，同样地，也很少有人恶到无限。所以，"天堂"和"地狱"会永远同在。或者，"天堂"和"地狱"两者永不会真正存在，过于向往和惧怕都是徒劳。总之，没有人喜欢在"地狱"里生活，听到这二字，你会不寒而栗，于是，你就总会想办法把它变得接近"天堂"。

在一个人经历"炼狱"的时候，可能会得到上帝给的魔力和时间的帮助，使那个冰天雪地融化，使"地狱"变成"天堂"。

于是，我想，那些所谓甘愿受欺之人，如不是"大忍"，就是为了"大"之"和谐"，是值得我们尊敬之人。

人生，也许就是这样一个过程，即把一个个"地狱"变成"天堂"的过程。每个人在某个阶段里，不得不孤独地面对一个相对寒冷的冰天雪地，面对自己的"地狱"，迈过心里的一个又一个坎儿。

中午，去见了一位受过文学滋养的同行，一位由播音员改行了再改行的美丽女人。几日前，她用匿名"老姐"在我的博客里留言，那句话所提供的信息让我一时闹不清她是谁，有点纳闷。今天，她的声音忽然从另一位朋友的手机里显现："你可看到我的留言？你可想到那个人就是我？我在名典咖啡停留一小时，来吧，等你。"一股暖流穿身而过。我这时才知，她就是那位"老姐"。她说，她再到学校去看一眼孩子，就要飞往另一个城市。是的，我们属于"行为主义"者，我们只有做给自己的朋友和孩子看。我们常常在别人不解的目光里被自己感动。送她的人一拨又一拨，可她要把离开西安前有限的一点时间留给她几个认为是"流动在天上，还未流入污浊大地上的一股清流——人间不多的纯洁灵魂"，个个力量微弱，却都具有人格力量，他们也从人生的冰天雪地里走来，他们作为人的尊严，尚在。听着她的声音，我的脑海就飘起了爱尔兰男孩 Declan Galbraith 的童声唱出的《Tell Me Why》：

在我梦中，孩子在歌唱
梦中天是蓝的草是绿的
全世界都听得到的笑声
突然我惊醒，我了解

现实世界却是在危难中的人类么

　　告诉我为什么，世界必须变成这个样子吗？

　　告诉我为什么，我已经失去了什么东西？

　　告诉我为什么，我真的不明白

　　为什么当有人需要很多帮助的时候

　　我们不能给予一点关心，为什么？

　　每个人问问自己吧

　　到底我在这个世界上要做怎样的人

　　去证明每个人到底是谁？

　　难道我的人生生来如此？

　　浪费在一个充斥着不和平的世界里？

　　为什么，为什么，老虎要逃离家园？

　　我从来没被教过生存是这样残忍

　　难道大人们，你们没有人告诉我们为什么让森林忍受炮火煎熬。

　　难道我们不关心这一切么？

　　为什么我们这样僵持对视，仿如敌人

　　为什么，为什么海豚要尖叫躁动？

　　难道没人能告诉我们为什么我们让海洋一片死寂？

　　为什么我们逃避这一切谴责

　　告诉我为什么

　　为什么它永远也不结束

　　为什么我们不能成为朋友？

　　冬天里，公认的是风和烈酒，望着清亮的杯子里清冽的陈酿，没有什么暗示的忧伤，对经历过忧伤的人来说。她说："羡慕你！我堕落了！"我使劲摇摇头，感觉不是那回事，英雄识英雄。那么多的大脑和手都失去秩序，那么多的任意和颠倒，而她，是纯正的。她说的"堕落"，意思是有那么一点随波逐流而已，其实和我一样是个喜欢简单的纯正而不给他人设防的人。

在过去的日子里，我们这些人都吃了不少的亏，但我们不后悔。望着窗外的雪，我不知说什么好。一下子就看到了很多从无奈中走过的人的影子，当然也包括自己。路旁树下的那些洁白的积雪，无人踩踏，直到太阳出来，从生到死，都是干净的。而那些飞扬在路中央的雪花，从落地那一刻就注定了将被踩踏成泥，那是它的宿命，然而，大地，如此这般的无奈，除了让雪的生命更加生动，还能说明什么？它的灵魂依然纯洁。雪在空旷的少人走过的地方就很美，就能为或清秀或壮阔的风景，而在人多的地方，就看不出或形不成风景。

今天，她有点夸张，似张扬的雪花，欲把肮脏的土壤踩在脚下。在座的虽都闷着头，却都是些易被心灵感动的人，她的一席话，像冰天雪地里的一把火。私下不由得想，哪一个容易啊？抬起一张张已不年轻的脸，满眼泪光。我对自己的过于单纯，完全没有认识到生活的残酷性而感到难过，眼湿起来。有泪好，无泪时像一个病人的无力。眼泪一直不能风干，只因在无情和狡辩的北风面前，仍有颗滚烫的心。

在有限的时间里，交流作为人存在的感性显现，从一种无言的感觉中，交流着对艰难、残缺、信仰的感受。没一个不是怀着梦想在俗世里挣扎过来的。如性情的柳树，坚持在一片片冰雪天地中，站立，直到把自己站立成了春天。多年的生活历练会有很多精神积淀，那么，试着将眼光和思考伸到更远。六祖惠能《坛经》里云：不思善，不思恶，自在无碍，也不沉空守寂，"识自本心。达诸佛理。和光接物。无我无人。直至菩提。真性不易。"吾以为，此乃平常心的最好境界。

走出咖啡屋，我们都重新站在了冰天雪地里，握别。望着我眼前的冰天雪地，想起一首题为《未名湖》白话诗，忘记是谁写的了。"未名湖，不同于另外一些湖，无须命名／表面平静，波澜不惊／一旦暴雨来临就能让众多的毫不相连的湖泊，连在一起，一次又一次地／就像一只翅膀与许多翅膀连在一起，那是一种什么样的飞翔啊／躺在我面前的未名湖，像一座融化的冰山，破裂，撕碎自己的破裂，是惊心动魄的破裂，让全世界都能听到她内心的颤抖／但是，未名湖还是太瘦小了，更多的时候，像一个弃妇，满池都是被冷落的哀怨／不安的灵魂曾在踽踽独行，留下的脚印像一块块伤疤，也是一堆堆会随时燃起的火焰／未名湖啊，一湖能结冰的泪水！／像大师的眼睛，极为纯净，没有杂质，也容不得半点杂质。无论睁开，还是闭上，即使视而不见，也能将天上的风云净收眼底。"静若处子，动若脱兔。这几个"天上末流的灵魂"，从这里重又出发，重又分流到天地间的各个角落。我们忙碌，我们将忙碌一生；我们如履薄冰，我们如履人世之薄冰，但我们愿意，在悠闲的白云上，只会被吊死。

这场雪，压下去了空气里干燥的味道和灰尘的味道，或许连同一些健康的欲望也暂时压下去了。压不下去的，会更具旺盛的生命力。

一场雪，可以把多变的世界一时冻住，可以冻死一些表层的寄生虫，可是，能真正冻住冬眠里毒蛇的野心吗？能冻死顽固的细菌吗？什么都无法说清，或者，不想说清。

以前，显然力不从心。从前，可真是傻，愚痴地以为梦影是人生最重要的东西，死守住自己认为重要的东西，磕磕碰碰，在看也看不见的路上，擎着它，只顾往前赶。后来发现，自己死守的东西在渐渐失去吸引的魅力，替而代之的是更鲜活的东西。于是，望着和去年一样不动的日常生活，我变得安然恬淡。

三十多分钟后，终于挡住过来的一辆空车，它还拒载了我。我开始徒步回家。

冰雪中，麻雀站在电线上，像热恋中的年轻人忘记了寒冷，动情地交谈着。微妙的伤害就在四周，不知道在将来的哪一天哪一刻。

看见有一对年轻人正相互搀扶着小心翼翼地从我身边走过，女子怀孕了的样子。他们刚走过我的身边，突然，他们中的一个摔倒了，带倒了另一个。

冰凉的地面，灰蒙蒙的天，没有色彩。灰蒙蒙的房顶盖着一层雪，两群灰色的鸽子，在房顶的天空中，在枯老的枝干之上，飞旋。我们这个世界的白天，就像你们的梦境，光线刚够看清书本上的字，我就坐在窗前不停地读，可还是看不清，直到黑夜来临。而在夜里，如果不依赖听觉或触觉，我们会怀疑自己是否存在，因为在黑暗里，我们什么也看不见。

我的心，是空中的鸽子，在你的眼里，寻找蓝天。

天，越来越黑暗。投向我的，是陌生而冰冷的目光，心里添了一丝恐惧。

脚冻坏了，就不想走路，就向往家里的温暖。脚有被冻坏了的感觉。这种切肤的冻的感觉是很久没有的感受。这个念头像掉进积雪里的脚，越陷越深，再深下去，就会是一种绝望。恍惚想起，也是这样一个风雪天，我患上病毒性重感冒，需要有人送我去医院打点滴，亲人不在身边，高烧，越来越严重，我就陷入了一种绝望，还记得当时痛苦极了的样子。人生，如此绝望的时候总会有的，而且不止一次。那么，不能等到绝望，得在绝望以前就移动起来。

我得移动起来，不能让脚真的完全冻坏。我开始往家的方向缓缓移动。只要移动，就会离寒冷越来越远，离温暖越来越近。

人，在不知不觉中，不断告别过去的自己。去年里，告别了从前的自己。那些糟糕的日子，如这雪地寒冷岁岁的样子。糟糕的日子随着新年的走近，在渐渐成为过去。在走近的新年钟声里，我祈祷：让以后的岁月不要再像从前蹉跎。

渐渐远离了身后的那个无情、危险而充满恐惧的冰天雪地，每一个人，一生里都会碰到这样躲不开的冰天雪地，它很冷，却留下了自己的体温，自己的生命经历，和自己独有的回忆，甚至是流泪流汗流血辛苦打拼、放弃了内心的至爱，所以美，所以流连和回味。

这样的天空，什么都有，什么都没有。晴天和阴天转换间，悲情在上空久久不忍离去。有一种回忆，像塞进邮筒里的信，拿不出来了。灵感被谁赶走了，就像被摘走了的花朵。灵感，能否像再次开放的花朵那样，再次回来？

　　人和鸟一样，在飞得不够高时，在年轻时会碰到很多阻力，当他飞到很高的高空以后，就很少有阻力了，他就可以自由飞翔了。那么，现在，自己还飞不到很高，所以，还需要努力需要忍耐，忍耐了，再忍耐。

　　雪，暂时停止了飘落。雪天，却还在继续。

　　看着眼前的景色，回忆着春天和秋天的样子。想到这里的冬天也可以不是这样的，本可以更美一些的，但已经这样了。这样也没什么不好。一切结果不一定是我们想要的，但一切结果，我们都得接受。美丽的景色，美丽的相遇，都可以带来美丽的心情。那些不美好的景象不一定是我们想看到的，但一切景象，我们必须面对。

　　一个人影，在我的身后不远处，隐约隐约，不知什么时候尾随着了，我拐弯，他也拐，冷冷地盯着我看。他在看什么，他要干什么呢，不得而知。

　　眼前的人突然多起来，我停下来看。有三个面呈灰色的人抓住一个开小车的人不放，他们让那人给拿出一千块钱出来，那人问凭什么，我离你那么远根本就没碰上你，可是，三个人互相证明他真是碰了人。旁观的一位医生模样的人在小声说，这几个人常去我们社区卫生所，常常在天黑时出来玩"碰瓷"。

　　天这么冷，行人多有不便，这些黑影，像童话故事里的妖魔鬼怪一样出来使坏。

　　忽然，路灯亮了，那些黑影转眼就不见了。一些黑影，在黑处是鬼，到了明亮的地方，他们就是人。那么，就让街道多一些亮光吧，这样，我们就少一些看到妖魔鬼怪的机会。

　　终于到家了，回头望，大雪早已封盖了我的足迹。告别了身后那个常常令我产生幻觉、甚至是噩梦的世界。那近乎极限的冷和痛苦，也是有限的。这个寒冷的过程是无法省略的。在看格林童话时，总以为里面的魔鬼是真的，于是，怕而憎恨。但掩卷转身，就会很快走入那个故事。回头看，我的身后，也是部格林童话而已。走进我的家门时，已经忘记了那突来的疼痛。

我想到阳台上那两盆耐寒的蛇剑一定冻坏了，那天我脑子里想起它们时手头正有事，一忙别的又忘记了，今天得赶紧把它们搬回屋里来。

蛇剑被冻得变了颜色的叶子，看上去仍很壮实。我怕它如利剑般坚挺的叶子会扎破我的手指，便戴上了手套。花盆很沉，我一步一步把它挪进了屋子。

在温暖的客厅里，蛇剑叶上的那层冰雪很快消去，天！它被冻透了，这盆平日茂盛的蛇剑，此时倒塌在大花盆里，倒塌在我的眼前，我呆立许久，然后一片一片地往出拔已失去生命的绿叶，带出了盘生在花盆周围错综复杂的根须。拔到中间时拔不动了，那里又粗又壮，像一个健康的心脏，它是被速冻而停止跳动的，再顽强的生命也会变得如此脆弱。我后悔自己想起得太晚，早一点也许它还有救，现在已经来不及了。我的脑子里闪现出在抢修电网中殉职的三名青年电工的身影，电视里正在说着他们的英雄事迹，这场50年不遇的暴风雪猛烈袭击了中部省份的电网……

令人不安的消息还在传来：大雪压断高压线，全城停电，高速公路封堵，机票价格全线飙升，火车票难求，电暖器紧俏缺货，城市到乡村的上空，飘浮着用木柴煤炭取暖的气味，并且，每天都有人在雪地上滑倒，摔胳膊断腿，春运急着回家的人挣扎在回家的路上，他们随处滞留……雪，往年罕见的雪，我们曾无数次赞美过的，那来自天界的雪啊，为什么还在下？冰，如玉的冰！一种美在快速过渡成一场灾难，把美好的华夏2008年1月过渡成黑色的日子。

鸟类知道在冬季会换上一层保暖的"羽绒衣"，那是因为它天生就有的一种预防能力？作为最高级的动物——人，怎么就想不到预防呢？

为什么一些意象会在我心中产生如此强烈的反响？因为倒塌的时间是我的世界。日月不尽相同，所有的事物都在发生着变化，都会变至陌生。或者是不变的，但一切事物都会老去的，世界总会在我们的目光中游离，我们能抓住的，只有每天不一样的新的时间。

冰雪总会消融，世界真面目终会露出。看着早两天搬进屋的花盆里那些坚硬而肥厚的绿叶，那是我喜欢的透明的绿，充满阳光的绿，它让我看到了轮回，看到了希望，看到冷也富于生机，仿佛掀开了通往春天和快乐的门帘儿。望着它，我心如花开。

2008年1月于西安写在中国遭遇雪灾的日子

在路上

  与中国散文网的朋友们很久未见面了,所谓"熟人""朋友"皆如此,说是常见,不知不觉亦隔了数月。每日见的,不过家人与同事,见朋友,可能在今日,也可能在数月或数年后的某一日,正因如此,才有如莲的喜悦。

  他们电话里说,咱们的那套散文丛书被"农家书屋"一下子卖掉了好多套,要再版了呢,咱们小聚一下打个牙祭,我说好啊。

  丛书的作家有七人,一人一本。他们六位的单位都没我忙,都有空闲时间,下午五点半就聚齐了。真羡慕他们这份轻松,自己却永远是在路上的感觉。我们的生活节奏是不一样的,尽管今天报社安排文化版可以早出,但清样到饭时才能出来,于是,我便肯定地说道:本人可能会晚一些到呵。

  六点多时,终于忙完手头的事,可以出发了。已在路上,又接他们催我的电话。我怕他们还在等我,不忍心让他们等我这个并吃不下几口菜的人,就说我还在班上忙着呢,你等如有良心,就挑"绿色食品"给我留两筷子吧。他们说有个晚报的记者也来,要采访我们。

熟悉我的他们果真惯性思维以为我要来"还早着呢",到我去时他们已基本"结束战斗",他们果真"很有良心"地给我的碟子里夹了菜,小山一般,甚好。我抓紧时间吃了几口,我们开始拍合影,接受采访。

原来,他们说的那个晚报记者是我老公单身时同个宿舍里的兄弟勇,也是我曾经的同事,当年是他把我的资料交给单身的老公,老公偷偷背我一首诗寻了来⋯⋯

勇开始给大家讲我和先生的故事:这两口子啊,一个浪漫到了极点,一个现实到了极点⋯⋯我打住了他的话。呵呵,回忆,该是白发苍苍时的事情吧。勇感叹道,你们两口子一直在奋斗,都比我成功啊。我说,不能那么说,我们都还在路上,在路上。不管各自的目的地在哪里,此时是在一起。

散时,大伙儿说笑着三三两两结伴离开。我,又一个人在路上了。什么时候,在看似热闹的街道上,我已这样孤独地走着了。

路上,一个个走着的陌生人。他们,和我一样,在走着自己的路。孩子上学了,孩子爹上班了,白天里,他们与我一样,各自走着自己的路。皆是独自走路的感觉,只是相互惦记着。其实,每个人都是孤独者。

爸爸妈妈不能帮孩子做作业,夫妻不能到对方的单位替对方上班,纵使在一起,家人、同事并不能代替你走路,自己的路永远得自己走。纵使一家人,纵使一个办公室的同事,并非任何时间都在一起。只是,两口子,走得快的,永远得等另一个走得慢的。

想起昨日里女儿的问话:"听说比尔·盖茨给他孩子留了两个亿呢。"我说:"那他孩子不是啥都不用干了,一天只享受吗?"女儿说:"对啊。"我半信半疑道:"没有吧,那他孩子活着还有啥意思呵,看来盖茨悟得还不够彻底⋯⋯"

先生说,我要养活你妈,她就是不让我养活,你看把她一天辛苦的。可见家庭里的丈夫和父亲会成全女人和孩子的惰性。我说,被人养活就会失去很多能力的。如果盖茨把他家人都养活了,那就等于让他们只享受不

259

再创造什么价值了。盖茨绝对不会让他家里的成员做个无能的寄生虫的,他会把自己的价值观传染给他的孩子及家人。女人如被男人养活,身心能完全自主、自由吗?

回去的路上,我又接到同事电话说版面有变,请回报社,声音那头感觉像战场。

路上,那很短的时间里,还是想起一些过去的人和事,但镜头一闪,就过去了。在这个喧哗的城市中,我一个人走自己的路,我走得匆匆忙忙磕磕绊绊,虽然有点隐隐忧伤,但更多坦然,工作着总是充实的。这些年,充实而疲惫,遍尝生活的酸甜苦辣,这是我们的职业所独享的幸福和疼痛。

走路时,还可以这样偶然想一想,工作时什么也顾不上想,有时感觉像忙碌的蚂蚁,就是一味地走动。我有一位常年过着隐居生活的朋友,有一年我们见了,谈起人生,聊起某事,恍若隔世,感觉自己与此隐居朋友无甚不同,不同的仅是他隐在寂静是山里,我则隐在忙碌的城市中。

人这一生,大部分时间,都该是一种在路上的感觉吧,在那一块地方,蚂蚁一样地来回奔走。工作,一件接一件,少做一件时感觉轻松的那一瞬才知压力之所不安的心,一直在为自己证明着什么。于是,时常在长途跋涉之后,又从零开始。

在路上,需要勇气和热血,需要坚持和恒心;在路上,有不得已的酸辛,有心灵的困境,也有温暖我的人,有醉人的花香。有时会被烟火熏得呛着,有时却闻不到一点炊烟的气息,只有泥土的芬芳。

只是,路上奔走的每个人感觉有所不同,有一段强烈,有一段空虚,有一段忘了自己,有一段麻木得没有感觉,有一段充实到可听到心跳和时间划过的声音。

走在路上,想起一首《我和我自己》的歌:"我和我自己的影子,一起在街上游游荡荡,一起走在无人的路上,虽然画面有一点凄凉,你不必觉得悲伤,这个世界本来就这样,你可能还没有学会怎样去欣赏,无入夜街分外宽广，既没有紧张，也没有装模作样……我和影子共陶醉，沧桑属于过往，我有我的影子陪，寂寞也无所谓，我和我的影子，游游荡荡……"

我继续这样走着，孤独地，蚂蚁一样地。我一直在走。有时走马观花，有时什么也没看见，边走边撒着心里的种子，收获着心里的希望，随遇而安，创造着自己的精神家园。

怀念一位台湾诗人

从《文艺报》上看到了台湾著名诗人文晓村先生逝世的消息。哦，这时才忽然想到我竟有那么久没有与他们联系了。

回到家，我就翻箱倒柜地寻找着一叠照片，一边翻找一边回忆着和文晓村夫妇在一起的一些细节。眼前，我只在电脑里找出了这两张照片，我一直还停留在过去岁月留给我的记忆里，停留在一种美好的情谊里，看着照片，仿佛他们夫妇才刚刚与我们夫妇俩握手别过……

文晓村先生与廖振清先生，是我结交最早、最亲密的台湾文坛朋友。不知怎的，我与他们之间有着一种难以言状的家人般的亲切感，在我的潜意识里，文晓村、廖振清、赖益成等台湾诗人都有这样的感觉。他们是"海峡最早的破冰者"，他们每年或隔年就会来一次内地，他们是一批推动着两岸文学交流的台湾诗人，是台湾诗人队伍里为祖国统一尽心尽力的"拼命三郎"。

由于路途的遥远，在文老先生住院的整整七十多天时间里，我未能见到、未能感受到文老所遭受疾病带给他和家人的痛苦，我未能赶去台湾参加他的丧礼……

我现在只有在我的这个博客里，静静地写一点文字，来遥寄我的思念与怀念，他们在台湾能看到我的博客吗？

希望有一天，我能够站在文老先生的墓碑前，献上一束鲜花……

第一张照片是我们第一次与文晓村夫妇见面时的合影，摄于西安火车站贵宾室，这张是用我的相机拍的，上面的拍摄时间是不准确的，因为拍照时我忘记调准它（回头得查一下具体日期，诗友谁有想起，望提醒我）。这个早已被我搞丢的相机，当时和文夫人的相机在不停地来回倒换，四人位置也在不停倒换着拍照。

那次，文晓村夫妇是去山西参加他们一个孩子的婚礼，途经西安，在西安停留一天一宿。此前，台客兄（廖振清之笔名）往来无数个电话到我家里，反复叮咛着各种细节，我就又反复说给我家先生——没有我家这位先生的帮助，相信我总会丢三落四，有了他，一切就会接近完美一些。

我们这是第一次去机场接海外朋友，那天下午，我们早早赶到了咸阳机场，可是那架来自香港的飞机迟迟没有消息，最后得知飞机晚点时，我们才安心地在机场候客厅里喝咖啡看书，耐心地等下去。午夜时，晚点的飞机终于到了，我们站在门口等到所有的人都推着行李离去，我们以为他们夫妇没有来，想着今晚是接不到人了。就在这时，一个老头儿笑呵呵地向我们走来了，他看上去平稳祥和，善气近人，他就是文晓村先生，旁边的文夫人一口埋怨："都怪这老头子，非要在里面上厕所……"文老先生道："我想飞机已经晚点那么久，我们一出来就会坐车走的，我们又是第一次见杨莹，出来找厕所会很尴尬……"我们都笑了，打破了双方初次见面时的拘谨。

第二天，一个晴好的午后，我们一起出去玩时拍了一些照片。文夫人喜欢摄影，这方面就与我家先生有了共同语言，只见他们两位各拿一相机在拍，我和文老先生就给他俩当模特。文夫人拍照是有经验的，她给我摆的一些姿势做起来并不难，自然大方，她自己的动作也很利索，她那样热情，我怎么好客气，我怎么好拒绝她要给我拍照的要求，这样就让走在前面的文先生和我家先生，常常会不失绅士风度地在前面不远处等着拍"风景艺术照"的我们。

记得，从兵马俑博物馆出来，只见文先生把门票很认真地收起。文老先生说，近年来他走了大陆不少地方，每个地方的票根都要这样收藏。

记得他们在背包旁的插袋里，装着一瓶温开水，喝药时很方便。这是一个老行者的习惯还是经验。

记得，在西安火车站贵宾室，文晓村夫妇告诉我，他们这是要去山西参加儿子（或是孙子，此时我没印象了）的婚礼，我有一句没一句地听着，文夫人把她给新媳妇买的金首饰一件一件拿给我看。天，这么贵重的东西怎么能在这个地方随便拿出来呢，这位诗人妻大概嫁给诗人后也患上了诗人的"单纯病"。

记得文先生给我讲他主编的诗歌杂志和杂志社的诗人的故事，讲廖先生的故事，讲赖先生的故事，讲台客家的院子，讲他家后花园里种的大大小小很多从在河里捡来的石头。我根据文先生的描述，想象着那是怎样的一种享受，在居家的小花园里，装点了河里拉回的巨大顽石，古典石鼓，从世界各地买回去的藏石、奇石，那该是怎样的华美。他们说，等我有一天去他们那个城市去做客，他们会让台客用车拉着我看遍每个角落，他们那里没有我们这样大。

我在心里一直等着，等着那一天。

记得晓村夫妇回到台湾后，把我这边的情况说给了台湾的廖振清夫妇，廖兄还打来了长途电话，带着他全家人的问候，说廖夫人有礼物要送给我，廖太太薛美云是位美丽的女画家。不久，我就收到了他们让来大陆的台湾朋友捎给我和我女儿两个漂亮精致的手袋，那是心灵手巧的廖夫人手工制作的，那花案和铃铛都比外贸商店卖的手袋要雅致呢。

哦，这些年，不是一个"忙"字可以说清楚的，应付生活和工作，直叫我手忙脚乱、连滚带爬，我的时间的破碎，我的计划的破碎，我的希望的破碎，我的文章写到一半，我的诗写到一半，我给远方朋友的信写到一半，无法寄出……我无望地看着时间从我眼前流过，不断的，不断的。这些年，我们的友谊就是靠诗歌、诗集、杂志、信件、明信片、照片，还有让往返的朋友来回捎带一些礼物维系着的。也有一些朋友，他们悄悄地来了，又悄悄地走了，当我知道以后，心里是无奈的。

记得文晓村夫妇第二次来西安，我们夫妇送他们去机场的路上，文夫人邱淑嫦女士突然想起什么似的，匆匆拿过她的包，从里面取出了厚厚的一叠照片交给我，我打开一看是上次她为我拍的照片。照片拍得真好，其中有一张是她专门放大了的，构图，色彩，甚好，我喜欢。拿回家后找了一个好地方把它们放好，可是，后来，这会儿，我又想不起来到底放哪里了。我有很多宝贝，都是这样，很想放好就放在自己认为可以找到的好地方，找时又一时不知放在哪里了。我的那一叠照片呢？就让我继续找，继续回忆……

为了梦中的橄榄树

接到师大同学党文军的电话后,想起了自己曾写的两首诗,那是毕业前后那段时间,党文军和其他一些同学给我的灵感。我一下被带回到那段已经遥远了的纯净而美好的时光,想起过去很多开心、美好、愉快的回忆。

毕业了
办完了一切离校手续
若无其事地踢一下脚边的石子
——就这么走了,这么走了吧
迷茫的双眼 凝视
你仓促的双眼 凝视
你仓促的握手
仿佛还在为男子汉的尊严谋算
想起初恋 理想 还有
青苔般弥漫云一样飘游的梦

原来这些 怎么 全属徒劳

想幽默地说一声"珍重"

怎奈这泪水

却在止不住地流

让我再握一握你的手

就这么走了，这么走了吧

　　（摘自诗集《杨莹小诗》:《就这么走了，这么走了吧》）

总是想起

墙上已萎的枫叶

总是想起

班长叫起立

你看我没看老师

总是想起

晚会上

大家都在笑着

你在一笑不笑地演着双簧

总是想起

第一次感觉到春的气息的那个时节

总是想起 总是想起……

那个角落世界

到明年枫叶红时

还是先前的地址吗？

　　（摘自诗集《杨莹小诗》:《总是想起》）

　　我在陕师大中文系上学时，碰到校新闻社在全校招兵买马，那时我已发表了一些文学作品，是个小有名气的"文艺青年"，就想报名试试。

经笔试、面试后，我被招进广播编辑室当了文字编辑。从此，每当我中午去打开水时，听到广播里马兰正在播送我编辑的广播稿，就多了份欣喜。

记得我们每周三开一次会，有年冬天，我感冒了，开会时，我在不停地擦鼻涕，中文系的陈永斌开玩笑道："大家在这里认真开会，你怎么能肆无忌惮地擦鼻涕呢？"使我当时好生尴尬。

新闻社的社长就是政教系的党文军，于是，政教系的王必成等男生就会来广播编辑室找党文军，就认识了我和马兰等人。我们时常参加他们系的一些活动，他也常参加中文系办的一些活动，如参加电影《黑炮事件》《野山》导演与师生座谈等活动，活动中结下了纯真的友谊。

毕业后，大家渐渐失去联络，尤其是党文军和陈永斌，我不知他们到底分配到了哪里，不知他们到底在这个世界的哪个角落，杳无音信。后来，从别的同学那里得到了他们的地址，不知地址可否准确，试着寄了一张明信片去，上写道，你如能收到这张明信片，请与我联系。如石沉大海，仍无他们的消息。

这些年里，自觉不自觉中，撒向社会的我们各自都在选择和被选择中，我们的一切自由和不自由，也都是我们自己选择的。远远看到的都是结果，亲人、友人见面时，才会偶然说起过程——未必有人真有那份耐心和心情去听你关于过程的述说。有因有果，过程就不是空转。知道了过程之后才知道，我们都曾那么久地醉心于爱情，醉心于理想，醉心于伤感和担忧，当然，我们也醉心于艺术，同时不得不醉心于生活，我们每一个都是草根成长，因为前面有为自己铺路的老爸的人并不多，只有在历练中经受着各种各样的痛苦和绝望，每个人都曾有过无数次的反抗和妥协，都遭受过很多孤寂和忧郁，都默默地经受着一些难以捉摸的不安，在互不通消息的时间里，各自都在一个具体的"角落"里埋着头坚实地走着自己的路，有时发现在烦恼的间歇里也会有一些收获，甜苦在胸膈之间生长，变成了一团沉重的茫然，那快乐如昙花一现，昙花却开得特别好。

我相信，有缘的人，迟早会在同个城市里相遇。

几年前的一天,我收到了一封神秘的匿名电子信件,写信人说出了过去的一些事,很了解我的样子,读来很亲切,很美好,使我不得不回信。我们猜谜似的往来书信数十封,我知道了他现在广东佛山的一所重点中学里教书,是一名优秀的语文教师,可是,他就是不说他是谁,直到他的那句"你怎么能肆无忌惮地擦鼻涕"那句话出来,我才想起他是陈永斌。当我们 MAIL 里聊得火热时,他忽又沉入生活大海,没了音讯。不过,高兴的是从此知道了陈永斌在佛山,我把这个消息后来在与党文军联系上后告诉了他,我相信陈永斌迟早还会再现。

2006 年夏,我趁年假带着父母去青岛度假,旅途中,忽接从报社打来的电话,同事说,这里有两位自称是你的大学同学,正在这儿风风火火地找你呢。我一听那陌生又熟悉的声音,才知是党文军和王必成,我好一阵惊喜。他们的电话便陪了我那一路旅程。通过电话里的诉说,我才了解到党文军毕业后的情况,这时也才知党文军当年收到了我的那张明信片,并还回了我一张,因我忘记留地址。他说后来就没敢继续找我们,想着在他自己的"角落世界"里"混出个样儿"来,才来找我们,风趣又自尊。有什么值得他这样折腾呢?是梦,是他心中的橄榄树吗?

在这个世界上,能与自己投缘并能被记起者并不多,所以,我们该珍惜一些缘分,朋友来之不易,更别说是同学中的朋友,所以,那次旅行中,我们似乎都没想很快挂断对方电话。长长的长途电话里,党文军告诉我说,他先被分到了咸阳的某所中学,在教了两年书之后,他那受不了约束的个性驱使他毅然离开,当时想到祖国边陲的一个袖珍小城畹町去谋发展。他联系到了皖町市检察院的一份工作,本想在那里试上两年,如果感觉自己能在那里继续下去就待,待不下去时就再回来。他离开俗世,似到了一个很纯净的原始部落,他为那个美丽的小城的魅力所倾倒,当他两年后再回到北方时,发现自己已经很不习惯北方的寒冷了,他便把父母也接了过去,一待就是十几年,他乡成了他新的故乡,已不知思归。对他来说已是被旧梦证实过的预言和边城旧事,我听来却是那样的新鲜。

末了，又没了消息。今天，党文军又忽打来电话，说他已到了西安。这次，他是陪他们书记来延安听课，在西安做短暂停留时想与师大校友小聚，时间很紧，能叫到几个是几个，就这样，我们重逢在这个冬天。

我们的见面地点放在了陕师大宾馆，当年广播室的播音员、如今已是校外语学院副院长的马兰在这里招待大家。

学校大门前的那条街变化太大了，夜幕降临，灯火辉煌。到八里村时，我以为到了外院旁师大老西门的那条路，出租司机说还没到，见同学心切的我硬是说到了，非说司机不熟悉那块地儿，"我在这里上过学，我能不认识母校的门吗？"要求人家停下来，我甩门而去。爱迷路的我竟找不到母校的大门，我把邮电学院的大门当了师大的门，沿校门旁的那条路走进去，在一个完全陌生的环境里，看不到挂着酒幌的那个小酒馆的踪影，怎么走都走不到师大的老西门，更别说师大宾馆了，这时才知自己迷路了。先到的几位同学这时打来了电话，他们不相信我真会迷路。他们让我站在原地别动，派王必成同学用车来接。

今天，大家高兴，就放开喝酒。喝热了情绪，就唱歌。如今已是师大党委副书记的韩耀文，幽默感不减当年，他出的节目竟把大家笑翻。

党文军朗诵了一段他当年"南下"时写的一篇演讲稿，这篇题为《我自豪，我是一名边陲检察官》的演讲虽曾轰动一时，我们这些老同学却在重逢之日第一次来听，从而也可看到党文军在外漂泊多年的一些足迹。

"你们可曾知道，两年前的今天，我还在古城西安执掌教鞭，两年后的今日，我却漫步在中缅边境的畹町河畔，光荣地成为一名人民的检察官。有人不止一次地问我，这究竟是感情冲动，心血来潮，还是精神有毛病？不，都不是！这正是我慎重的选择，执着的追求，美好的夙愿。"

"记得，从小我就喜欢生机勃勃的绿色服装，仰慕神圣威严的国徽，崇拜为民请命的包拯和刚正不阿的海瑞。强烈地向往可以触及人的灵魂，坚定的选择能够改变人的一生。1989年10月，我先后谢绝了很多人的规劝和挽留，毅然离亲别友，千里南下，跨入了畹町市检察院的大门，成为人民检察队伍中的一名新兵。"

"我赞赏检察机关'实事求是，客观公正'的无私精神！我敬仰检察机关'刚正不阿，不畏权势'的顽强个性！我钦佩检察人员'一身正气，两袖清风'的高贵品格！高悬的国徽是我前进的灯塔，鲜红的肩章是我执法的名片。我骄傲，我是绿海中一只劈波斩浪的小船，我自豪，我是一名边陲检察官！"（摘自党文军获奖演讲稿《我自豪，我是一名边陲检察官》）

党文军不是学中文的，但他似乎比中文系的学生还浪漫、还更富有写作才华，在校时就展现出他的演讲口才和组织能力，这些天生的才情和深厚的功底，在他南方闯天下时都帮了他自己不少的忙，使他能在有史光柱、臧雷、辛勤等当时全省诸多名家参与的"云南省红土地之歌演讲比赛"中脱颖而出，他的才华当时就被州长等当地领导发现，他被调到了市委办公室当主任。

这时，一个云南姑娘秘密地把安宁和丰盛播种在党文军的生命里，爱情和抱负，成了她和他的宗教，在校落下浪漫爱情课程的党文军借机恶补了一下功课。有句话很适合他们俩，"丢了天和地，丢不了心底的痕迹；停了风和雨，停不了的是惦记；忘了东和西，忘不了人群中的你。"那是怎样的一个姑娘呢？他们的故事，男女间的大情小爱，足够写一本传奇小说呢，我想我会在我的小说里写到他们的故事，因为他描述的都是他们不小心模拟过的小说中的场景。

韩耀文喊起了"党铆子"，乍听很怪，后来越听越顺耳，感觉党文军身上真有那么一股劲，于是，我们也"党铆子，党铆子"地跟着那么叫起来，越叫越发现大家身上也都有那么一股"铆子"劲，于是，大家又"韩铆子""王铆子""杨铆子"地叫了起来，"铆子"劲使一个个更鲜活，成为可爱的人。今天的昨天与明天，人人互道衷肠，生活五味杂陈，大家都一样，说清楚了，还是蛮惊心的，王和韩如今都是离过婚的人了，说清楚不说清楚的，在同学的眼里、心里，看到的和记得的却都是美好。那些精神层面上的很多难以妥协和不如意,挣扎又淡去的脚印,如没有香味已枯萎的花,那是时间留下的历史。时间让我们害怕,政客让我们有点绝望,让一些心灵无能为力,怎样开导自己呢?对社会、对后代要有责任,让永恒的信念和友谊,给我们希望吧,就让装满浓烈而纯真的同学情的汽车挤在工业现代化都市间的高速公路上吧,我们总是明天的伏笔。

想起同学少年,一个青春生长爱情让理想疯长的年龄,感叹光阴似箭。喝了一些啤酒后,我的脑子也有点发热,主动交待了我在师大的一段恋情。他们听后很是惊讶,有人道:"啊,事情发生了那么久,我们竟然不知你是和他!"我说,"因为已经尘封,所以才可以说啊。再说我说的不如写的,白纸黑字才算'自供书'啊……"

我接着给大家讲了个故事。从前,有一座圆音寺,每天都有许多人上香拜佛,香火很旺。寺庙前的横梁上有个蜘蛛结了张网,由于每天都受到香火和虔诚的祭拜的熏陶,蜘蛛便有了佛性。忽有一天,佛主光临圆音寺,离开寺庙时,看见蜘蛛便停下来问:"你我相见总算是有缘,我来问你个问题,看你修炼了这一千多年来,有什么真知灼见。你看世间什么才是最珍贵的呢?"蜘蛛答道:"世间最珍贵的是'得不到'和'已失去'。"佛主点了点头,离开了。又过了一千年的光景,一日,佛主又来到寺前,对蜘蛛说道:"你可还好,一千年前的那个问题,你可有什么更深的认识吗?"蜘蛛说:"我觉得世间最珍贵的是'得不到'和'已失去'。"佛主说:"你再好好想想,我会再来找你的。"又过了一千年,有一天,刮起了大风,风将一滴甘露吹到了蜘蛛网上。蜘蛛望着甘露,见它晶莹透亮,很漂亮,顿生喜爱之意。蜘蛛每天看着甘露很开心。突然,又刮起了一阵大风,将甘露吹走了。蜘蛛感到很寂寞和难过。这时佛主又来了,问蜘蛛:"蜘蛛这一千年,你可好好想过这个问题:世间什么才是最珍贵的?"蜘蛛对佛主说:"世间最珍贵的是'得不到'和'已失去'。"佛主说:"好,既然你有这样的认识,我让你到人间走一遭吧。"就这样,蜘蛛投胎到了一个官宦家庭，成了一个富家小姐，父母为她取名叫蛛儿。一晃，蛛儿到了十六岁了。过了些日子，蛛儿陪同母亲上香拜佛的时候，正好新科状元郎甘鹿也陪同母亲而来。上完香拜过佛，二位长者在一边说上了话。蛛儿和甘鹿便来到走廊上聊天，蛛儿很高兴，但甘鹿并没有表现出对她的喜爱。蛛儿对甘鹿说："你难道不曾记得十六年前，圆音寺的蜘蛛网上的事情了吗？"甘鹿很诧异，和母亲离开了。蛛儿心想，佛主既然安排了这场姻缘，甘鹿为何对我没有一点的感觉？几天后，皇帝下诏，命新科状元甘鹿和长风公主完婚；蛛儿和太子芝草完婚。这一消息对蛛儿如同晴空霹雳。几日来，她不吃不喝，灵魂就将出壳，生命危在旦夕，芝草知道了，急忙赶来，扑倒在床边，对奄奄一息的蛛儿说道："如果你死了，那么我也就不活了。"说着就拿起了宝剑准备自刎。就在这时，佛主来了，他对快要出壳的蛛儿灵魂说："蜘蛛，你可曾想过，甘露（甘鹿）是由谁带到你这里来的呢？是风（长风公主）带来的，最后也是风将它带走的。甘鹿是属于长风公主的，他对你不过是生命中的一段插曲。而太子芝草是当年圆音寺门前的一棵小草，他看了你三千年，爱慕了你三千年，但你却从没有低下头看过它。蜘蛛，我再来问你，世间什么才是最珍贵的？"蜘蛛好像一下子大彻大悟了，她对佛主说："世间最珍贵的不是'得不到'和'已失去'，而是现在能把握的幸福。"刚说完，佛主就离开了，蛛儿的灵魂也回位了，睁开眼睛。

听完这个故事，大家沉默良久又点头。

我不能喝酒，就给大家朗诵诗。朗诵完了大家还让我喝酒，我就又唱了一段秦腔。唱罢，大家还不放过我，我便又唱了一首三毛作词的歌曲《橄榄树》："不要问我从哪里来，我的故乡在远方……"这是我喜欢的歌，没想到大家都喜欢。可以说，我后来的去教学和不教学，我后来去西大、去北京不断读书、不断寻找更适合自己的单位，与党文军后来的"南下"，都一样是为了梦中的橄榄树，每个人心里都有一个"橄榄树"，有一个属

273

于自己的梦，一生为了那个梦，去不断地开始着新的寻找。我们的理想和忧伤蔑视尘世间的一切，我们找啊找，一直找到中年，落叶吹进深谷，歌声没有归宿，寻找不能结束。

《橄榄树》的歌声久久在心里回荡："不要问我从哪里来，我的故乡在远方，为什么流浪，流浪远方，为了天空飞翔的小鸟，为了山间轻流的小溪……为了我梦中的橄榄树……"

一半，一半

除夕，年夜饭吃了一半，家务做了一半，烟花看了一半，短信发了一半，与闺密的电话说到一半，春节就这样来临。其实，我内心是不喜欢、不情愿过年的，因为，总是还没做完手里的活，就到了年根。

熬夜熬到一半，晚会看了一半，很多做到一半的事情想了起来。听着《时间都去哪儿了》，看着爸妈白到一半的头发，陷入沉思，陷入思索，陷入回忆，陷入纠结。

别人欠我的债，只讨回了一半，停止讨债，是为了别人安宁，也是为了自己的安宁。

年前，2013年的工作计划进行到一半，那无法带走的、滞留在2013年的另一半，无奈地随我进入到2014年。

一幅幅画了一半的水墨画，让整理中的画册永远停留到一半；故事发生一半，小说写到一半；一首首写到一半自己不能满意的诗，让诗集整理工作停留到一半；一篇篇写了一半的文章越改越画不上句号，散文集的整理也只好停在一半；几件事都这样画不上句号。为什么会那样？

那年，我独自去旅行，却未能把心带着。尽管，白屋上的红顶，蓝天上的白云，以及心底散发出来的快乐至今还躺在海边的沙滩上闪闪发光。阳光在房角移动一半就没有了，灵魂，总与一半裸露在外，赤裸裸，一直裸露着，无法掩饰。总是在命运悲惨到一半时，看到了太阳光。

后来的那一年，我再次旅行，还是有一半的心没带着。尽管，在那座大山里，我有歌唱的欲望，《橄榄树》唱到一半却哽咽，莫名其妙的烦恼，让心底发出的呐喊，至今，还在广场的空中回荡……

碎了的心洒了一半，另一半的心也瘫痪了，所以，游记写到一半。

写着，就是在寻找另一半自己，另一半的心一直在漫无边际地自由飞翔，那是另一种自由。

完成了的，是作品，未完成的，什么也不是，就像什么事也没有做。

为什么？因为梦，永远只做到一半时自己就醒了，让梦永远停在空中，萦绕在脑海。

一直在梦中。或者，梦，只做了一半，一半在梦中，一半醒着。一半的自己在成熟、在长大，另一半自己，却永远长不大，于是，一边走，一边哭。自己的一半永远在哭，一半在笑。永远没人知道，笑脸后面的纠结和泪眼后面的踏实。

鸟儿，如果没有一处舒适而安全的栖息枝，要么，它在或纷乱或寂静的空中飞，要么，它不知不觉地在角落等死。无奈，我做了一只不栖息的飞鸟，像一个游神，"飘洒血泪在故乡"，永远走在寻梦的路上，永远寻找逃脱的方向和飞往的地方。另一半自己，永远是寂寞的。心跟着希望走到一半时，虽然看到了八百里少见的一棵独苗，却有一种空落落的失落感，不禁慢下来，然而，并不想放弃，因为，另一半的感觉是充实的，那便是坚持下去的理由。

人生走到一半，岁月剩下一半，力气余下一半。一直在追求完美，什么都追求完美，到头来，却什么都不够完美。

素黑说："大部分的痛苦，都是不肯离场的结果，没有命定的不幸，只有死不放手的执着。"那么，必须放弃一些做到一半的自己不喜欢的事情，必须，因为生命有限，从此，会少做不少事。少做有些事，是为了多做有些事。时间是单行道，生活是简单的，做出了选择，就不好再回头。

祭司问天：当灵魂飘离了躯体，请赐予我智慧和力量。一半是他人的意识，另一半是自己的潜意识；一半说出来，另一半在心里。人，要懂得对现在的生活感恩，生活不管什么时候，仍在继续。感冒好到一半，从年前感冒到年后。

虽是一半又一半的，但却是我逐渐完整的人生；尽管一半一半的，似乎不那么完美，但确实是我真实的生活，是我充实的人生。花看半开时，羊肉泡吃到一半时最香，人生路不管如何坎坷如何幸福，相信一生最深的记忆，一定是走到一半时的感触。

过年过到一半，有一些激动，有一些沉默，因为一半是火焰，一半是海洋。过年过到一半，有一些难过，也有一些欣慰，一些快乐。其实，人，从来都是这样，笑着笑着，就哭了；哭着哭着，就笑了。于是，我的春节，永远是一半欢乐，一半忧愁。

谁能说：我和那悲伤无关？

渐渐地，我发现自己的肠胃是神经性的，工作紧张时，就没食欲，吃下的东西就难消化，心情不好时，吃了刺激性食物就会吐出来。吃了自己认为不干净的东西，就会吐出来，还要吃消炎药，似乎那是我的胃所不需要的。不知道怎么做才好。

夜晚下班回家，把米粉、牛奶、果汁搅和成让胃感到舒服的夜宵，轻轻来一点音乐，味道是让自己的神经舒展安静下来，让自己的胃能舒服，离自己心距离最近。音乐，在过滤着我的胃，我的心。就这样在音乐中，舒展自己，肯定自己，拥抱自己。

搬电脑在膝上开始上网，在网里漫步，看看在快节奏生活下，人们面对压力所出现的精神状态是否和自己一样，或者，在寻找，该是什么样子？

忽然，我带着一种心情在图库里找到这样一张图片，画面上开满野生的小花，纯洁而美丽。看到这幅图，就有不忍放弃的目光，像我内心永远不想放弃的那些唯美的东西。无论现实是多么的不堪，都想把自己的内心清理成这个样子。音乐里，我在寻找，总感觉自己丢失了什么。不知从什么时候起，就喜欢上一种翠绿叶子上开着一些小白点或小红点的花，像是新草地上落了初春的桃花瓣，很纯净的颜色。最后，感觉内心在寻找的，就似这画面一样的一个世界，似一种不变的情怀。

猛然间感到，所有的《台历边语》，似一个梦的过程，岁月的花瓣，集成一本厚厚的《梦日记》。然而，那些散落的花瓣，是沉香，还是一份单薄的美丽？

对生命成长历程中的一些深刻感受，涌上心头，十分强烈地撞击着我。一直摆脱不掉的情绪化，像个慢性病，带来开心一刻，也给我烦恼无限。哦，我的快乐，我的痛苦，我的真实地活着的日子，我的刻骨铭心。

看眼前，花飞，花舞，花满心。陷入一种梦游状态，身临其境。感时花溅泪。心里的泪水，在音乐里哗啦哗啦地流过。流去的，是无尽的岁月，也是生命的璀璨。我可掬得起散落在岁月里那些生命的花瓣？

清晰地看着时间这把无情的利剑，在爱人的脸上，刻画出美丽的皱纹。

生命的存在，神圣而庄严，有时又荒谬的有点不可思议。

那天，沈奇先生喊我去参加一个诗人的研讨会，我是被他从一个画展上喊去的。那个画展，原是我想停留的，却不在状态，那样的真画家如今不"炒作、作秀"也出不来似的，都因了国画界的不正常和市场的混乱。

凭空又给人心头添了另种悲哀。不如离开。

此时，沈奇先生的电话又打过来，他说，诗歌是你的老本行，别在那边吃饭了，过来吧，我们等你。

于是，对沈奇先生说：好吧，我来。

饭桌上，从四周朋友的眼神里，感觉自己的神情是可怕的。

听到旁边有人在对另个人说："别逗惹她，她快要哭了……"

当我和我的影子在跳舞时，他们的欣赏并不是懂得以后的欣赏，他们只是想调侃得让精神还梦游在他乡的我早点回来。

何止是哭。对行尸走肉来说，只要能哭出，也好。

当时，有个不知会在哪一刻引爆的爆发，不知会是什么后果，只意识到自己快要疯了，一直在克制着。如果说那一刻，我是病的，也很合适，或者说，是一个醉鬼。如果，再继续刺激我一下，我就会失去控制，与和我下棋的那个人一起去死。人在舞台上，表演是即兴的，一切可能发生的，都不是没有可能，就看爆发时的形式和状态。但周围都是善良的朋友，虽无人知晓我内心的状况，也无一人去闻一下我心周围的气味，却无形中保护了我，没人碰我，让我自己安全地走过了一段极其危险的地带。

好友说："不划算，咱的命可尊贵呢。"于是，我就醒过来了。或者，自己在某一刻就醒过来了，意识到刚才是在梦中。意识到，那些日子，自己陷入了一片沼泽地，情绪没有上扬的空间，特压抑。

那些天的内心，不是这绚烂图片上的样子，自己无力变出阳光和花朵，却仍做出坚强的样子，让神采飞扬掩饰着疼痛。总沉在一种情绪里，行尸走肉。走到哪里都一样。谁也帮不了你。只有自己把自己从一种情绪里解救出来。走到绝境，渴望有列火车，把我拉走。然而，永远没有可能，只有在自己清醒时，往火车站的方向走。

路，一直在自己脚下展开，往哪个方向走，全靠自己感觉。

是的，在我们各自奔忙的时候，有的人，忽然就死了，我们无暇去看仔细，这个人是为什么死的。或许，连他自己都不知道。他的死，该怪谁，似乎谁都可以怪，谁又都怪不上。永远能怪的，只有他自己了。他死了，活该。于是，没死的人庆幸自己活着。好好活着。

陈仓在我博客里留言，说了些他自己由诗人余地自杀引发的感想。我看过后，似乎又引我想到点什么。该不该把面子看得重要？该不该把他个人的精神世界看得重要？我有点想问熟悉余地的人，诗人的幼稚或者感伤的情绪他真的没有吗？该死的不是诗人，但诗人却死了，而那该死的人，永远连死的勇气都没有的人，他们活得好好的。于是，我们常常看到悲剧：诗人死去了。

死，对一个有血性的人来说，有时只是一念之差，他们常常会与死亡擦肩而过。死，对抑郁中的人，更是随时会发生的事情，因为，那时的生命就似一片轻飘在地面上随风走的树叶。傻子疯子们都不想死，但他们也不怕死，因为没有他们在乎的什么了。

如果不能在自己或别人的努力帮助下从那种弥漫到深谷里的情绪中跳出，死，只是一念之差。其实，你死了，也是白死；你走过去了，就会看到阳光灿烂的景色，就会觉得那个时间里自己怎么那样傻。想那"文革"中死了的人很多也是如此，他们不知不觉地，为一些个政治运动，失去了珍贵的生命。

我在以一个完美主义者的苛刻：我的语言永远不如想像，于是，我的想像里的愁，永远不能用语言准确地表达出来。我无数次勾勒的那个场景，在无数次的变幻。内心的镜中花，在这纷杂的世界里成为一个个幻景。好好的音乐，总被我听出伤感。奇怪，音乐中，也会忽然想到现实中某个"俗"的细节。世俗，是可接受的，难以忍受的，是庸俗和恶俗，常常在不经意间被恶俗打倒，好半天回不过神来，甚至令心瘫痪，可见庸俗和恶俗的力量。

谁在问："你好像被人欺负了？谁敢欺负你？""不，有。是恶俗。在恶俗面前，我烦闷，我哑然无语，我束手无策，无可奈何！"

只是，我可以不理它，心里却总堵得慌。哦，我将从何处获得力量，以某种独特的表达，化腐朽为神奇，去处理人性的飞扬？

若说一个心底不洁净的人，能写出干净的文字，我是不信的。想起了陈忠实那篇《种菊小记》里抒发出的那种纯美的朴素情怀，想起了他讲述的种菊的故事。一位在公园供职的朋友给他送来几盆菊花，花谢之后，他便将盆栽菊花送回乡下老家，移栽到小院里，少去了天天或隔天浇水的麻烦。菊花移栽到小院里，便还原为野生形态。清明时，妻子又从庙会上买回了几团菊花的根，他同样栽在小院里，任其自由发展，把一团团的花根埋到地下，也埋下了一团团的花谜。

秋来时花儿开了，白色的更显得白，紫色的更显得紫，抽丝带钩的花瓣更显得生动，没有了修饰的痕迹，花朵没有原先的那么大。花儿们自己长得疯，新栽的菊花因一场阴雨秆茎撑持不住全都匍匐在地，扑倒在院中的路径边沿，没人扶起它，倒有另种风情。当作者再次回到原下小院，看到一团一团花朵任性开放，直教他左看右看立着看蹲下看不忍离去。当他走上村后的原坡，看到山沟里，坡坎上，一簇簇一丛丛野菊花已经含苞，有待绽放，他想到，这山野间的菊花一旦开放，漫山遍野都是望不断的金黄，是他小院里的那一丛无法比拟的，野菊花其气象其烂漫其率真，都是人工所难以为之的。为此，大作家题诗道："何事争春斗妍态，不与桃杏一时开。伏花凋谢香色去，抖出遍山黄花来。"从中不难感受到陈忠实宽广的胸怀。我未看见他院里养的菊花，也未看见他们村后坡坎上那一簇簇一丛丛野菊花，但我从他的文字里感受到了，我从文字里看到了那些美丽鲜嫩的花儿，看到了红得那么灿烂，黄得那么鲜嫩，又是那么沉静，看到了一张张美好纯净的脸，看着，看着，看到了同类，看到了自己。寒风里，秋雨里，花儿们不用顾及旁边的冷眼和冷脸，自尊地待在一个角落里，悄悄地开，静静地落。这一团和那一团，并不长在一处，却有着相同的寂寞和孤傲，如那么多的文学青年，无人过问，像野花一样默默地绽放和凋零，冷漠中，开放，是他们唯一的微薄希望，开放，静静地开放！生存的压力迫使他们得先活着，只有活着，才能谈理想，谈奋斗。一年又一年，数年过去，在自由生长的空间，靠自己微薄的力量顽强地生存着，挣扎着在来年开得比去年这个时候精彩一些，终于，在暗淡中飞成一片片血染的花瓣，成海，而不是被都市森林淹没。那些具有知识分子的独立人格和自由思想的人，拥有深远的眼光，事实将证明他们的选择是正确的。

如画片上这样具有自然美的世界，如今，似乎也越来越少了，似乎只有人为地去寻找、去种栽了。我羡慕陈忠实能在原上种菊。我除了我那有限的阳台，无处可种，从秋山上采回的花藤花树的种子只能放在阳台的角落。

忽然想，我是可以在自己心里开辟一个小院来种栽自己喜欢的那种菊花的呀！我的内心，无限大的宽阔，至少我可在那仅供自己享受的小院里，种上灿烂的花朵，让阳光照射进来，让整个院落看上去洁净、简朴、美丽而又灿烂。不管那院外是什么样子，当我无力理会院外的时候，我渴望我的内心，我生存的空间是这样的一个世界。把虚假的友谊关在门外，把真正的友情放在心院。每个人该有一片可种菊的地方。沉静地开，独自抚摸，美的质感，美的陨落。纯洁的友谊是我种在心院里的菊，当纯洁的友谊被说走了样，故友忍住不见，那人，那心中无菊的人，更无必要见的了。

我想要梦中那无与伦比的东西，我知道，也许这世上根本就没有我想要的那种东西。然而，长长的梦里，有相信，就有快乐；一旦不相信自己所追求的，就会感觉此生没有意义。所以，我仍在相信着。

想起了费玉清唱的《千里之外》，我欲求那一千年的壮阔与美丽。见到彩虹。为什么我只能见彩虹？过去心不可得，现在心不可得，未来心更不可得？谁信谁傻。可我就浑浑噩噩傻了这多年。

想起了泰戈尔的诗。也许，正是一些诗境，打开了我的心。同时，又是另一些诗境，束缚了我的心。

白日里遇到的一位故人，二人对话——

"你说我过去怎么就那么傻呢？怎么一点都不成熟。"

"你以为你现在就成熟了？你只是比你过去相对成熟了这么多（他风趣地用手指比画着），比起同龄人，你还差得远呢。料定你了……"

"呵呵，你还说我，你也一样啊！面对问题时直往下看，不回避，不缓和。"

"本性，天生的东西，难改！"

二人不置可否，摇摇头，然后，哈哈对笑起来，又笑得像个傻瓜。岁月到底改变了我们什么？还是那样的性情，那样的容貌，只是多了细细的皱纹和一些阅历而已，而已。

人生苦短吗？一点也不，有时还显得很漫长，尤其是那些苦闷的日子，试着想盲目地梳理时间的脉搏，却不得法。现在才承认前人说的那句话，人生像一台戏，一生，只是一个演的过程，我的偶像，你的偶像，最终会记不清是喜欢当时的演员还是喜欢故事中的人，管你自觉不自觉，管你认真不认真，管你有没有导演，都自然进入表演，中间穿插很多你自己都意料不到的细节，精彩不精彩的先不论，长长短短的真切与丰富，连自己都会禁不住惊叹一声，曾几何时已在戏里入梦，又不觉从梦里醒来。醒来，才看见残酷的真实，和真实的残酷。

近日在《诗生活》论坛里，看到一位女诗人帖子里的一句话，发人深省，"谁说曾经写过阿Q的鲁迅就不是阿Q，谁能把自己摘出来说：我和那悲伤无关？"

不能说是强说愁，也不能说愁里就找不到快乐池塘里四周都是污泥，四周也都是健康的绿叶，荷花只管开自己的花。

也许，我们带点幽默感去看待一切，笑着面对时，很多的不堪就会视而不见。不失单纯的心，就会看见美丽。

好好的，就哭了，哭得有点迷糊。太多感慨。常常，音乐、国画、小说、电影、以至于新闻，都会让我哭。我的哭不只是此时此事的难受，还因着无能为力、无处可去，世界的、众生的苦，折过来，把我变成一个胆怯的人，下坠到很深很深的冰洞里，那是切切实实的痛。常常，因为自己只能哭而看不起自己，但我还是不由自主地痛哭一回，哭的声音顽强地撕扯着，延展着，像疯狂生长的野花。

艺术，不就是为了表述我们内心那些无法言喻而又充满灵性的感动吗？其实，那在本质上不也就是诗吗？而这一切来自心灵的花一样美丽的感觉，就那样要被一路莫名的风吹得无影吗？在一个越来越失去执着追求的世界里，我要不要放弃我内心的追求呢？从文学语言中最本质的笔触切入，去探寻一种全新的视觉体验？面对自我，找到心灵中那些黑暗的领域，赋予它一束神性的光芒，照耀并且呈现在读者的面前，在强调精神自足性的同时也展示其与客体世界的互动特质，把我内心里这些充满着存在主义式的无助与焦虑，每天令我哭的充满着浪漫情绪的孤独与激情，用文字准确地表达出来？问自己：可以吗，可以吗？

像舟舟一样的活着，就会有舟舟一样的幸福；像路遥一样的活着，就会有路遥一样的痛苦。

想起三岛由纪夫的《春之雪》，想起作品里那震撼人心、荡气回肠的唯美气氛和复杂的人性，想起三岛奇特的矛盾性，以及他的凄美的浪漫和凄美的残酷。想起了女主人公聪子生命里喜欢的那两句诗，"急流遭岩石阻挠，一分为二；无论相隔多远，迟早会再重逢"。爱情如此，艺术亦如此。真性情的人，对艺术就像对爱情，随性、慵懒、散漫，却是全身心的投入。谁也拿这个没办法，包括他自己。那么，一切莫强求，莫难为自己，随性，随意，随心所愿，走哪里算那里，莫让院外变换的风景影响到自己的心绪。

这样，内心才能找到真正的快乐。

原来，我的心是不能停止跳舞的。

附录：

我看杨莹散文
贾平凹

杨莹是个很纯正的人，她心里没有阴暗的东西，也没有偏执、狂躁的东西，更没有浮华、伪作的东西。她这么多年坚持写作，开始起点并不高，但她一直在学习在实践，一步步在前进。我越来越信奉作者的品格对作品的品格的影响和统一。大高尚的人或许能写出好文章，大枭雄的人也可能写出好文章，大正大邪都可能干大事情，但是如果说是小奸小善的，或者庸俗的、小聪明的，我觉得那肯定写不好，即便有一点才华，也只能越往后越暴露自己的"小"来，因为任何文章都是作者的自供书。

杨莹是个很阳光的人，这点我非常欣赏。这个时代充满了许多偏见，当我们看待一个人、一件事或一部作品时，正像台湾戏剧大师、《暗恋桃花源》的导演赖声川所说的，凡没有进电影院就对这个导演或某个演员有了偏见，那么，他在看电影的过程中就不是在看电影，而是在看自己的偏见。那么，我不带任何偏见，虽然我和杨莹是几十年前就认识，作为一个同行、一个读者，我谈谈对杨莹散文的看法。

杨莹早期的散文是清新的，优美的，但她继承的是20世纪50年代以来的传统,当然也不能说是杨朔那个时候的,但是起码是包括杨朔在内的解放以后的散文,总的来说还是写得比较浅显的,因为她生活阅历比较简单,所以从选材到写法,触动社会的东西不多。但是随着社会阅历、人生经验的积累,随着年龄的增大,她的散文发生了悄然但是巨大的变化,题材还是写她身边的那些生活,写的还是自己内心的体验,但视野开阔了,写出了生命中的某些东西,而且写得真切,笔法也老辣,作品就很有质感了。尤其是在《花儿日记》里面,当时就令我刮目相看,可以说,这本书出来以后,一个真正的散文家的形象就由此产生了。

新时期以来小说界比较庞杂,淘汰率特别大,这不是坏事,说明小说界的革命程度比较大。而散文界的状况呢?十几年甚至几十年前的作家,大家还都知道,这不一定是件好事,说明散文界革命程度比较小。陕西应该说是散文大省,但是如何突破呢?除了坚持自己的特点外,应该要寻找到自己的出路。

有人说杨莹是"小资"作家,我觉得她不完全属于这一类别。目前"小资"写作在散文界似乎特别风行,而"小资"作家最受推崇的就是张爱玲。张爱玲是个比较清高的人,因为她是旧家庭出来的,但是她专门写世俗的东西,想把世俗变得高贵,挖掘人性里那种冷漠和苍凉,再加上其独特的想象力,所以她写出了那个时代里个体生命的体验。我觉得杨莹以后在写作中也要写世俗的生活,这种世俗的生活不仅仅是文化女性的那种生活,写表面很世俗但骨子里很高贵的那种东西,在想象力和细腻化方面还要进一步努力。东北有一个女作家叫格致,我看过她几本书,发现她是以小说笔法来写散文的,写得特别质朴,就像把行书当草书写或把草书当行书来写。在一般人理解,写草书就写得快,实际上真正写草书的大家是把草书当行书写,写得特别慢,行书反倒写得快。就是说,如果把坏人当好人写或把好人当坏人写,这样反个笔法来写可能更好,围绕一个格局,就产生一个浑然感,也产生一个开阔感。女性写作必然要带女性的特质,但写作不要有意识认为自己是女性。总之,杨莹没有故作深沉,写了许多年，没有油滑的感觉，没有矫情，没有玩世不恭的文风，也没有刻意去写观念，因为刻意去写观念就是越写越精细但越写境界越小。她的状态是自在发展的状态，我觉得非常好，所以我认为，杨莹还有提升的空间，会写出更好的作品。

这是一个同行真挚的期待和一种祝福。

品人生之茗　得思辨况味
——读杨莹散文随感

石英

二十多年前，当我在编一本散文刊物时，如果要我对散文的形态勾画一个轮廓，应该说是比较容易而且也多半能为人接受；而现在，如果有谁三言两语就能将散文的形态表述得既精确又全面，恐怕只有特大手笔才成。

不过，散文仍不是一个模糊的影子。人们在谈何为散文的时候，还是会依自己一向接受的约定俗成的概念和他们对散文这个东西的感觉，去认同它，并给予宽容的理解。

读杨莹的散文，我毫不犹豫地认定它不是一般的文章，而是当今的散文作品。原因是我的感觉告诉我：她的行文流畅而不乏意蕴；她的说理明彻而富于个性色彩；她无疑是比较现代的，但却又不是教人莫知所云那一种；她无疑是年轻的，却又充满思辨的智性与"冷静"的激情。

尽管作者在字里行间不时地感叹自己的激情减退了，但我还是读到了以激情助推的思辨锋芒。虽然作者很少涉及重大的社会问题，但对于人生，对于人与社会的关系，对于传统观念中的种种以及人在行为中对这些观念的体现，还有文学艺术中的一些现实问题，都表现出一位年轻女性作家特有的敏锐与独具的清醒。譬如，她对中国自古以来在传统道德中对女性的要求与实践中约定俗成的习见，提出颇具挑战性的质疑。如果说，在杨莹散文中，哪一部分最具独特发现与思想光芒的话，我觉得上述这类篇章确能给人耳目一新之感。

　　杨莹的散文中，有一部分是写人的散文，我认为这部分也是写出了特色的。一般来说，写景（当然也可能包含着抒情）的散文是比较容易出彩的，在我国散文园地中成功的范例比较多；相对来说，写人的散文并不那么容易写，弄不好还会落入类似小报告文学或短人物传记的尴尬。而杨莹在这方面把握与处理得比较适当，比较到位，其"奥秘"在于选角度、抓特点、显个性，以活络之笔，写自然之人，不给人以生硬、板滞、造作之感。最值得称道的是她对同代女性，不仅熟谙其内质，而且通过少许音容笑貌的勾勒，尽显其深邃，这正如古人所云："传神写照，正在阿堵中"（见《世说新语》）。从本集中写人篇章当可看出：活写则人生，硬作则人"木"。

　　一般论及散文，大都离不开对抒情这一特质的看重，至今也不能说这种说法已经过时。甚至常有人说：散文即情文，也不能说完全无道理。但如何抒情，或情由何抒，却非单一的模式。杨莹的散文极少"跳"出来单独营造抒情文字，但并不能因此说她的散文乏情和寡情；相反地，我倒是觉得作者的才情，在叙事中流露得最为充分。她的叙事方式往往是以情带事，叙中有情，而不是将叙事、抒情与说理截然分割开来。这样的叙事文字便增大了弹性与张力，读来不仅不枯燥，而且相当好看。譬如，像以下这段话："我在长长的期待中，消耗着旺盛的生命力，也许，我所追求的那种浪漫爱情并不存在，即使存在，也像春天的天气，乍暖还寒，风云变幻，阴晴不定。也许，真正的爱情就是如今已经转入正常天气的平静而又平常的夫妻正常生活。婚前，一个人的爱情有多深，感觉到的爱情的影子有多长,都取决于他对所爱的那个人的迷恋程度,人总是要结婚的,当他一旦拥有爱情。婚后,爱情的影子总是要变短的,有时,竟也会感觉不到它。人的一生又不可能总去不断遭遇各种爱情,再婚,恐怕又是在体验一种重复。"(杨莹:《爱情的影子》)

杨莹的文学语言是比较干净的,丰腴而不累赘,极少废话。她一般不尚雕琢,但也并非漠视必要的文采。如当作者谈及散文创作时,她说:"散文像时装一样随意、无定式、无定法,或红或绿,或长或短,或松或紧,或素或艳,或现代或古典,或浪漫或凝练,类别多样,款式极多,美丽缤纷。"(杨莹:《散文之我见》)这话说出了她对散文的观点,又在表达上注意了话语的节奏,韵致与色彩。

作者毕竟还年轻,今后在散文的写作上难免还会有一定变化和发展。在这方面,如果要我说点什么的话,那么我认为:已经基本形成的写作路数固然是不错的,但还不必囿于既定者,适当范围地展开笔墨,不必担心会破坏了自己的基本特色,也不会影响独具的所长,因为,纵有变化,然万变不离其宗也。

人生途中的女性心态图
——评杨莹散文的艺术追求

大可

女性散文多明丽、多温馨、多情意、多感受、多悱恻……多缺一股主情的更改思绪，多缺一种内省的沉静。杨莹却不是这样，她的散文有着一种独具声韵的艺术追求。

杨莹的散文是人生旅途中女性心态的忠实记录；是女性生命在生活阳光照耀下沐雨成长、经风前进的心声倾诉；是再生情感在人的社会生存风雨中的孵化与孕育、雕塑与升华的惟妙写真；是人性在现实原则与快乐原则两极震荡中，穿过文明的晨曦，走向东天的朝霞与旭日的追求与撕扯、失落与困惑、获得与欣喜的情感流露。真实、自然、质朴、沉静、恬淡、细腻，是其基本的艺术情调。

读杨莹的散文，犹如在八月秋田阡陌间浴风漫步，在神清意爽中，满目是自然、鲜活、生机勃勃、迷心醉人的图景和场面。这里没有都市公园中那修剪得别具韵致的灌木，没有人工嫁接和培植的那种娇艳伦比的玫瑰牡丹，有的是一丛丛，一簇簇的车前子、紫丁花、蒲公英、一垄垄的玉米、一片片的高粱,一塬塬的谷子。绿、黄、红三原底色,铺就了一幅自然秋景图。它们虽然没有玫瑰牡丹艳美,但却是大自然中的阳光和雨露钟灵于天地之秀的精魂,是生活中原汁原味浇灌出的情感之花、自然之花、艺术之花。唯其带有生活中阳光和雨露,它们才显得那么鲜活、清纯;唯其带有生活中的原汁原味,它们才显得那么真切、生动。追求传述的生活化、情感的真实、自然、朴素,是她散文的基本意趣。

读杨莹的散文,又像是在人生途中,怀着一种冷静而审视的心态阅读女性成长的心灵图。这里有自然的记录,有生活的发现,有心灵的悟彻,有类比的落差,有美丑的扭结……作者勤于思考,敢于求索的心态,饱蘸真实感受的汁液,精心地描绘和营造散文艺术的新天地——那一幅幅楚楚动人的心灵图画,她的《出嫁》《初为人妻》《初为人母》《初为女人》《台历边语》《E时代的书信情结》《浪漫》《思念》《休憩南山》《雪花赋》《人间四月天》《花儿日记》《江南日记》……把一个纯情女子的心灵世界——心理里程表现得那么细腻、那么自然、那么逼真,那么惟妙,这里更多的是一种主观情绪的抒发,一种情感意绪的流露,一种生活体验的阐释,然而,这种主观情感、意绪、体验,是以生活的真实和过程为依据和逻辑层次的,这里有不知不觉自然的演进,有半推半就的生活挟裹和拥携,有心甘情愿地自觉追求。人们读她的散文,之所以为其文所摇,为其情所动,是因为这些主观情感的抒发中挟裹着一种带有人类性的哲思与诗思的审美意象。这种审美意象是靠作品飘浮、弥漫、洋溢、充盈着的那种心灵的波纹和光色所营造。杨莹散文的可贵之处正在这里。她的艺术感染力的奥妙也在这里。

杨莹的散文注重思想感受,带有一种思考和内省的性质。她不留恋小花小草,杯水风波。这种理性深思的特征,把她的散文一下就定在了比较高的层次。而且也与一般女性的散文拉开了距离。她的艺术追求在谋篇布局的形式上,在整体性的规划上。这样就使她的散文少了一些胭粉气。多了一些"人生味"少了一些女儿情,多了一些"哲理性",少了一些"自恋意",多了一些"生活情"。

  在亲情的伦理关系中,表现感情的特定性和人生价值追求的客观性与正确性,是杨莹散文中的审美选择。这里的客观性与正确性是以作者自己的审美理想和价值尺度为前提的。但是,追求一种文明的,健康的人性的自然复归,追求一种平等的,人的尊严与价值的实现,是其深层的心理波澜。也正因为如此,我们说,杨莹的散文有一股现代意识的况味,当然,这种散文是一种艺术难度很大的境界。目前,杨莹正在攀登中,途中还有许多艰难险阻,悬崖峭壁需要她翻越和超度,以杨莹的聪慧、伶俐,富于艺术的悟性,我以为,她是有能力登上这种艺术境界的高峰,只是需要付出艰辛的劳动和巨大的汗水,自然包括情感和意志力的代价。到那时,我们再回过头来看她目前的作品,其摘录处将别有一种滋味在心头。

逼近那个真正富有的成熟
沈奇

杨莹写诗已多年，从大学校园写到为人妇为人母，却始终不失其清纯之"童心"，宁静而真诚。而对于一位无论是年轻还是不年轻的诗人来说，保持这颗童心是尤为重要的，只有永远作为第一次，才可能使我们的艺术生命永远流溢着饱满的热情和深切的感染力，才能使我们发出的声音总是那么透明、澄澈、沉着、和谐，并最终逼近那个真正富有的成熟。

杨莹遇到什么就思考什么，想到哪里就写到哪里，感觉杨莹随时随地都是带着笔生活的。那些文字，纵横驰骋，不计章法。自由书写，超越规约。

大抵作家们都是非常渴望自由的人，比如写作的自由，思想的自由，想象的自由，发挥才情的自由，等等。博客的出现给大家对自由的渴望提供了一个最好的场所。

《花儿日记》就是在这个场所里开放出的一个花朵。全书三辑，我最喜欢看的，还是第一辑"花儿日记"。在这一辑中，可以全面检视作者的才情，心情流露也最为复杂、丰满和彻底。令我刮目相看的，是她把生活中最普通、最简单、最鸡毛蒜皮的乱象注入了诗意，把博客生活化，把生活艺术化，因俗而致雅，因低而趋高，并努力实现着生活和艺术意义的最大值，直接抵达到一个相当的审美高度。我们可以由此窥视作者开放的胸襟，开阔的视野，开朗的性格，以及潜藏于其中的自我实现、自恋情结和书中凸显出的强硬骨感——据此，我可以毫不隐讳地说，杨莹也许是个内心清高甚至有些傲慢的文化女人。因此，我们可以从书中了解一个文化意义上的杨莹。

我是第一次系统地阅读他人的博客日记，由《花儿日记》可以看出，博客的出现可能带来散文写作上的一次革命性的文体变革。

（根据沈奇在杨莹作品研讨会上发言整理，本次会议由沈奇主持）